黒い糸

染井為人
Tamehito Somei

角川書店

黒い糸

1

それでは息子を呼んできますので、と古希を過ぎた母親が席を立った十数秒後、「よけいなことをすんじゃねえっ」という怒声が上がり、壁がドンッと鳴った。その振動が居間にも伝わり、やれやれこのパターンか、と平山亜紀《ひらやまあき》は顔をしかめた。

となりに座るスーツ姿の土生謙臣《ときけんしん》は口を半開きにして呆気《あっけ》に取られている。彼は先週に中途採用で入社したばかりの二十七歳で、今日が初めての現場体験なのである。

亜紀はそんな見習い社員に苦笑して見せてから、窓の向こうの庭に目をやった。そこには寒空の下、鎌を手に雑草を刈る父親の姿がある。

この父親は先ほど亜紀たちが家を訪ねると、玄関で入れ替わるようにサンダルをつっかけた。「できればお父様もご一緒に」背中にそう告げたものの、「そういうのはうちのに任せてるから」と父親は振り返ることもしなかった。

子に甘い母親に無関心な父親、そんな両親のもと自由気ままに暮らす四十七歳の息子。

そしてこの息子、この家庭に嫁いでくれる女を探し出すことが亜紀の仕事だった。

亜紀が結婚相談所でアドバイザーを始めたのは九年前、三十歳のときだった。きっかけは五年連れ添った夫と離婚したことで、所得の必要に迫られたからだ。

当時まだ三歳の息子がいて、彼を女手一つで食べさせていくためには、男並みに稼ぐことができて、なおかつ拘束時間の短い仕事と、条件は緩やかではなかった。

最初は安直に水商売をしようと思った。ただ、冷静に考えてやめた。年齢からしてどの道長く続かないと思ったのと、まだ幼い子どもを深夜保育に預けることに後ろめたさを覚えたからだ。

そんなとき、とある結婚相談所から自宅に一本の営業電話が掛かってきた。ふだんの亜紀であれば、この手の勧誘は「間に合ってます」の一言で受話器を置くのだが、このときはちがった。そうかこういう仕事もあるのか、と興味が湧いたのだ。

亜紀は話に乗ったフリをして自宅で面談を組んだ。翌日、家にやってきたのは電話相手とは別の、自分よりやや年上の女の結婚アドバイザーだった。

「離婚歴があろうと、お子さんがいようと引け目を感じることはまったくありません。そうしたことを気になさらない方も多いですし、男性側にだってシングルファザーがいます。なにより平山さんほどの容姿があればチャンスは山ほどあります」

アドバイザーは世辞を述べ、笑顔を振りまいた。亜紀はその一挙手一投足を観察していた。そしてこれなら自分にもできそうだと思った。

「もしもわたしが入会したら、あなたはいくら報酬を手にするんですか」

アドバイザーはきょとんとした顔つきになった。

「月に休みは何日？　一日の労働時間は？」

客ではないと察したアドバイザーは一瞬だけ落胆した顔を見せたものの、その後はあけすけに実態を教えてくれた。「実を言うとね、わたしもバツ一のシンママ」アドバイザーは白い歯をこぼして言い、同時に笑い声を上げた。つい先ほどまで、少し優柔不断な、だけども穏やかな夫がいるともっともらしいことを語っていたのだ。

「うちの会社はそういう人多いよ。だからある程度融通を利かせてくれるし、がんばればそこそこ稼げるから、やってみなよ。きっとあなたは向いてる気がする」

三日後、亜紀はこの会社の名刺を持っていた。

もっとも最初の数年はうまくいかなかった。収入が安定し始めたのは三十五を過ぎたあたりからだ。仕事に慣れてきたというのもあるだろうが、一番の要因は自分の年齢が上がったからだと亜紀は分析していた。結婚アドバイザーは平たくいえば仲人《なこうど》なので、若い女がいくら結婚の素晴らしさや、独身の不安などを訴えても説得力に欠けるのだ。

亜紀が腕時計に目を落としたとき、ここでようやく母親が居間に戻ってきた。その後ろには上下スエット姿の息子もいた。ふて腐れた顔に青髭《あおひげ》が広がっている。

この息子は亜紀の来訪を知らされていなかった。これはけっして珍しい話ではない。テレフォンアポインターが面談の約束を取りつけるのは大抵母親で、当人は亜紀のようなアドバイザーが家にやってきて初めて事を知るのである。母親からすると、結婚相談所の人が来ると事前に通達しても拒絶されるため、それならばとば口からプロに任せてしまおうという魂胆なのであった。もっともテレフォンアポインターがそのように誘導するというのもある。

なにはともあれ、当人からすればいきなりそんな闖入者《ちんにゅうしゃ》が現れて、要らぬ節介を焼かれるのだから不機嫌になるのも無理はない。

その息子が母親と並んで亜紀の対面に座った。亜紀は卓上にパンフレットを広げ、改めて会社の紹介を始めた。

亜紀の勤める株式会社アモーレは設立が平成元年で、全国に店舗が九つあり、従業員の数は社員・パートを含め約百五十名の、中規模の結婚相談所だった。実績としてこれまでのべ四千人の会員を成婚に導いており、業界内で〝もっとも会員に寄り添う結婚相談所〟という評価をいただいている――と、これは自分たちで勝手に言っていた。

母親はうんうんとしきりに頷《うなず》いて耳を傾けている。一方、当人である息子は仏頂面を保ったまま、亜紀とは目も合わせようとしない。

だが、亜紀が分厚いファイルバインダーを取り出し、開いて見せると、その顔つきに変化があった。そこには女性の顔写真とプロフィールが掲載されているのである。

ちなみにここに掲載されている女性たちは実際にアモーレに登録をしていて、その中から容姿を基準に選抜された会員たちだ。「でも実在しないいんでしょ」と言われたときのためにそうしているのだが、当人たちはこれを知らない。亜紀が仕事を始めてもっとも驚いたのは、この業界の個人情報保護の概念の希薄さだ。

息子は前のめりでたるんだ顎《あご》を摩《さす》り、品定めをするように目を凝らしている。先ほどとは打って変わった態度に内心苦笑してしまう。

「ここに掲載されているのはほんの一部で、ご入会後は弊社サイトから多くの会員様のプロフィールを閲覧することができるんですよ」

息子は曖昧《あいまい》に頷いて見せ、かわりに母親が口を開いた。

「うちの子もけっして若くはないでしょう。だからあんまり高望みはできないなってわかってるの。親としては健康体の女性ならそれで十分」

「それだけがご条件なら星の数ほどお相手はいますよ」

あくまで見合いを申し込む相手が、という意味だ。その先はわからない。当然、相手にだって選ぶ権利はある。

「いかがでしょうか？　気になった方などおられましたか」

亜紀が訊《たず》ねると、息子は小首をひねり、「とくには」と初めて口を開いた。

「そうですよね。いきなりそう訊《き》かれても困りますよね。でも、あえて選ぶとすれば？」

亜紀は微笑みを崩さずになお迫った。ここで本人に選ばせることが肝なのだ。

息子はうーんと低く唸《うな》り、「まあ、この人とか」とひとつの写真を指差した。

選ばれたのは千葉市在住の三十一歳、とある工務店で事務員をしている女だ。

この女は結構な確率で初見の男から気に入られる。写真からもわかるくらい大きな胸をしており、本人もそれを強調して写っているからだ。ただし、この胸は人工的なものだった。また、目頭を切開しており、鼻と顎にはプロテーゼも入っている。どうしてそんなことを亜紀が知っているのかというと、この女を入会させたのが亜紀で、それは二年前のことなのだが、その当時と明らかに別人だからだ。

いずれにせよ、この女がこの息子を選ぶことは天変地異が起こらぬ限りありえない。『大卒』『年収一千万以上』『四十歳以下』というのが女の絶対条件だからだ。そのすべてをこの息子はクリアしていない。

「たしかにこちらの方は同性のわたしから見てもとても素敵だと思います」

亜紀が同意を示すと、となりの母親が「そおう」と眉《まゆ》をひそめた。

「この方はたしかに美人さんかもしれないけれど、ちょっとお化粧が濃いんじゃないかしら。髪もだいぶ明るいし。それにここの『毎年、海外旅行に連れて行ってくれる方』っていうのが、ちょっとどうなのかなって気もするけれど」

それぞれプロフィールの最後に相手に求める一文を載せているのだ。にしても先ほどの「健康体の女性なら――」という台詞《せりふ》はどこへ消えたのか。

「だいたいあなた海外旅行どころか、国内にだってどこも行きたがらないじゃない」

「そんな詳しく見てねえもんよ」

息子が鼻に皺《しわ》を寄せて言う。

きっと写真だけで選んだのだろう。男は大抵そうだ。「男の人からすると風俗嬢を指名すんのと変わんないのよ」これは入社したばかりの頃に先輩が放った台詞だ。当時はそんなことないだろうと思ったが今なら大いに頷ける。

「お母さんはこちらの女性なんかがいいなって思ったけどね」

母親が指差したのは、黒髪で化粧気がなく、純朴そうな風貌《ふうぼう》をした二十八歳の女だ。

「なんだか愛嬌《あいきょう》があっていいじゃない。こういう子に来てもらえたら、お母さんは助かるけど」

この女のことも亜紀は知っていた。たしかに明朗で、感じのいい人物だった。

ただしこの女からすればなにが悲しくて年収が四百万程度の取り立てて秀でたもののない年相応のルックスをしたおっさんのもとに嫁がなくてはならないのか、となるのは必至で、それがわからないのはこの親子だけなのだ。

結婚相談所の会員とその親に共通するのが、恐ろしいまでのバランス感覚の欠如だった。つまり、身の丈に合った相手を選ぶことができないのである。

女は男に学歴と収入を求め、男は女に若さと容姿を求める——端的にいえばこうで、そこに則《のっと》って考えれば、この息子に合うのは十人並みの容姿をした四十歳以上のパート勤めの女だ。そうじゃないと、この息子が腰を下ろしたシーソーの平衡が保たれない。

そう、結婚はシーソーなのである。まず初めに自分と相手の体重を見極め、次に腰を下ろし、そして慎重に地面から足を浮かせてみる。ここから微調整を図り、平衡になれば成婚、浮き沈みすれば破談となる。ここでいう微調整とは、身も蓋《ふた》もないことを言ってしまえば妥協だ。自分の求める理想と目の前の現実との差異にどれだけ目をつぶれるか、それができないようならどんなところへ行こうがなにをしようが結婚など到底できない。

大前提、〝あなたの理想の相手はすでに誰かのものです〟なのである。亜紀はこれを拡声器を手に全世界に向けてシャウトしたい。

それから一時間ほど話し込み、最終的にこの息子は入会の申込書にサインをした。もっとも本人は最後まで「あんまり面倒なことはしたくねえなあ」とぼやいており、そんな息子の背中を押したのはやはり母親だった。「お願い。お母さん、あなたが独りだったら死にきれないもの」と、切実な瞳《ひとみ》で息子に訴えていた。きっと入会費と月会費を支払うのはこの母親になるのだろう。


「ああいう感じなんですね。勉強になりました」

社用車のエンジンが掛かり、発進したところでハンドルを握る謙臣が嘆息交じりに言った。

「ふふふ。面食らっちゃったでしょう。わたしたちはああいうご家庭を相手にしていかなきゃならないの」

助手席の亜紀はエアコンの暖房を操作しながら応《こた》えた。日は出ているものの二月初旬なので、ちょっと放っておくだけで車内は冷蔵庫より冷えてしまう。

「でもあの男性、うちに入会したからといって結婚できるんですかね」

「さあ、それは本人次第。もちろん入会してもらった以上、こちらはがんばるけど、本人が前のめりできてくれないとどうにもならないから」

「なるほど」と謙臣が頭を上下させる。「ただ、こんなことを言ったらあれなんですけど、たとえ本人にやる気があっても……」

「あの男性を気に入る女性会員がいるのかって」

「はい。そもそも見合いの場までたどり着けるのかなって」

「そこがわたしたちの腕に掛かってるのよ。たとえばあの男性が女性会員のA子さんと見合いをしたいって所望したとするでしょ。そうしたらわたしたちはA子さんを必死に説得して見合いの場に行ってもらうの」

「説得したら行ってくれるものなんですか」

「人によるかな。ちなみにわたしの必殺の口説き文句は、『タダで美味《おい》しい料理が食べられると思えばいいじゃないですか』なんだけどね」

亜紀がそう答えると謙臣は並びのいい歯を覗《のぞ》かせて肩を揺すった。

会員同士の見合いの場の食事代や、その後のデート代は基本的に男性側が負担するというのがアモーレのルールだった。男女平等が叫ばれて久しい世の中にあって、時代遅れなのかもしれないが、こうじゃないと現場は上手《うま》く回らないのだから仕方ない。

現に女性は無職、無収入でも会員になれるが、男性はきっぱりお断りしている。たとえ入会させたとしても相手など見つけられるはずがないからだ。

その点、女性は無職だろうが多少の借金があろうが、容姿さえ優れていれば拾い手はいくらでもあるのだから、男女間における需要と供給は理不尽かつ残酷なもので成り立っている。

「ねえ、どうして土生くんは結婚アドバイザーなんかになろうと思ったの」

千葉北ICを降りて、国道16号線に入ったところで亜紀が訊いた。ここから会社がある松戸《まつど》まではあと一時間ほど掛かる。

「いやあ、親父が就職しろしろうるさくて。それでたまたま手に取った求人誌にアモーレの求人が出ていたんで、ここなら勤怠も緩そうだし、まあいいかなって……すみません。めちゃくちゃ不純な動機で」

「ううん。正直でよろしい。でもそっか。土生くんの実家ってお寺なんだもんね。そりゃお金はたんまりあるのか」

行きの車内で、謙臣の実家は成田《なりた》市にある聖正寺《せいしょうじ》という寺院なのだと聞かされていた。彼の父親がそこの住職らしい。ちなみに母親は謙臣の三つ歳下の妹が生まれてすぐに亡くなってしまったそうだ。

「まあ、お金がないことはないですね」

「あら、否定しないんだね」亜紀は苦笑した。

「だってあるのにないという方が嫌味じゃないですか。でもお寺だからというよりは、その周辺の土地を持っているので、そっちの収入の方が遥《はる》かに大きいんですけどね」

「ふうん。なんにしろ羨《うらや》ましい話」亜紀は肩をすくめた。「仮に土生くんがうちの会員になったらヤバいと思うよ。女性会員が一斉に群がっちゃう」

「そんなことないですよ――と言いたいところですけど、きっとそうなんでしょうね。ただ実家が金持ちってだけで」

いや、それだけじゃない。この二十七歳の男は容姿もいいのだ。身体つきこそ華奢《きやしや》なものの、顔立ちはお世辞抜きで端整だった。こうして横顔を見ていても、額、鼻、顎のラインが見惚《みと》れるほど美しい。いわゆる黄金比というやつだ。亜紀も若いときに出会っていたならばアプローチを掛けていたかもしれない。

「でもさ、土生くんはいつかお父さんの後を継いで、お坊さんにならないといけないんじゃないの」

「なりませんよ、そんなの」謙臣はとんでもないと言わんばかりにかぶりを振った。「ですから親父がいつか引退したら、適当な住職に来てもらって寺の運営を任せようと思ってるんです」

「ふうん。そんなにお坊さんになりたくないんだ」

「ええ、絶対に。だってぼく――」謙臣が細めた横目を向けてくる。「頭の形が悪いんです」

亜紀はあははと声に出して笑ってしまった。

謙臣は裏表のない、おもしろい男の子だ。

ただ、きっと長続きはしないだろうなと思った。結婚アドバイザーは基本的に女性の方が向いているし、業務内容だってけっして楽ではない。面倒な会員の相手をしなくてはならないし、理不尽なクレームを受けることも日常茶飯事だ。まちがっても金持ちの若いハンサムが道楽でやるような仕事ではない。

それから話は謙臣の少年時代にまで遡《さかのぼ》った。彼は小学校の卒業文集で、将来の夢について「お坊さんじゃなければなんでもいい」と書いたらしく、亜紀は再び笑ってしまった。

「うちの息子も最近、同じ題材で卒業文集を書いたらしいのね。で、なんて書いたのって訊いたら、サラリーマンって言われちゃって、がっくりきちゃった。まだユーチューバーって書いてくれた方がマシ」

「現代っ子ですねえ」と謙臣が肩を揺する。「ところで卒業文集ってことは、もしかして息子さん、六年生ですか」

「うん。そう」

すると、謙臣は意外そうな顔で助手席を一瞥《いちべつ》してきた。

「なに、そんな大きい子どもがいるようには見えないって？」

亜紀は冗談めかして言ったのだが、謙臣は真剣な顔で、「はい。超意外でした。そもそも平山さんって全然お母さんって感じがしないんですよね」と答えた。

ああ、これはモテるわ、と改めて思った。そして罪深い男だなとも思った。こういう台詞をさらっと口にできてしまうのだから。

「いるのよ。甘ったれな男の子が」

「男の子は甘ったれくらいが可愛いじゃないですか」

「わたしは女の子の方がよかったんだけどね。男の子は手が掛かるから大変」

「ふつう逆を言いません？」

「ふつうはね。うちは旦那《だんな》がいないから、男の子のことがよくわからないのよ」

「ああ、なるほど。けど、女の子は危険も多いし、それはそれで大変だと思いますよ。だってほら、二ヶ月くらい前にもうちの営業所の近くで、女の子の誘拐事件があったじゃないですか」

一瞬、心臓が跳ねた。運転席に目をやる。

「あ、そういえばあの誘拐された女の子もたしか六年生じゃなかったでしたっけ」

その女の子、うちの息子のクラスメイトなの――と、言おうとしてやめた。

正直、あの事件のことはあまり話題にしたくない。身近で起きた悲劇だけに亜紀もひどく胸を痛めたのだ。しばらく夜も眠れなかったほどだ。

結局、未《いま》だ被害女児は発見されていない。親御さんの気持ちを思うと、やりきれない。

それから一時間を経て、十六時過ぎに会社に帰着した。

「運転おつかれさま。ありがとう」シートベルトを解きながら礼を告げた。

「こちらこそ勉強させていただきありがとうございました」

「助手席に乗ることなんて滅多にないから新鮮だった。運転しないでいいって楽ね」

亜紀の勤務する松戸営業所は駅近にあり、ここを拠点に千葉県のほぼ全域に向けて営業車を駆る毎日を送っていた。たまに茨城や埼玉にも遠征することがあり、そうしたときはまるで運送ドライバーのような一日を送ることとなる。車の運転は嫌いじゃないが、五時間以上ハンドルを握っているとさすがに疲労が溜《た》まる。

亜紀がオフィスに足を踏み入れると、「おめでとう！」と所長の小木《おぎ》が立ち上がって言い、拍手が沸き起こった。つづいて従業員が列を成し、亜紀がそこを通って一人ひとりと握手を交わしていく。

アドバイザーは客の入会を決めて帰社すると、戦地から戻った兵士のようにして出迎えられる。これはアモーレの昔からの習わしで、初めの頃は気恥ずかしさと興奮を覚えていたが、今となっては醒《さ》めたものでポーズで行っているに過ぎない。後日キャンセルを食らうことも多いので、クーリングオフ期間外となるまでは安心できないのだ。

亜紀が自分の席に着くと、「平山さん、今月調子いいじゃん」と稲葉《いなば》敦子《あつこ》が声を掛けてきた。四つ年上の稲葉もまたアドバイザーで入社もほぼ同時期だった。そういうわけもあって、バチバチではないものの、ライバルとしてそれなりに意識している存在だ。

「わたしは今日も空振り。もう、やんなっちゃう」と、稲葉がため息をついて肩をすくめる。

「先月は稲葉さんがよくてわたしがダメだったじゃない。運は平等に巡ってもらわなきゃ」

「にしたって最近はツキがなさ過ぎ。先週決まったところも今から断りの電話を入れなきゃいけないし」

「あ、もしかしてニートちゃんだった?」

「ビンゴ。源泉徴収票出してってお願いしたら、『実は……』ってこうなわけ。その前の女だって透析隠してたしさあ。ほんと人間不信になるよ」

アモーレでは男の無職同様、身体的に重い病気のある者も入会をお断りしていた。冷たいと言われればそうかもしれないが、たとえ入会させても結婚はおろか、見合いすら組めないのであればどの道クレームに繫《つな》がるだけだ。もちろん来る者拒まずでやっているアコギな相談所も多くある。そういう意味ではアモーレはまだ良心的な方だった。

「それにさあ――」と稲葉が声を落とし、すぐそこで受話器を耳に当てている女性パートたちに横目を向けた。「オバサマたちももう少しアポの精度を上げてもらいたいわよね」

彼女たちがアモーレのテレフォンアポインター――通称オバサマ――だった。アドバイザーのように客前に出ることはなく、ここで缶詰めとなり、ひがな一日電話を掛けまくっている。

亜紀も稲葉も中年にはちがいないが、彼女たちはさらに高齢だった。一番若い者でも五十六歳で、最年長は六十九歳となる。メインターゲットが同世代の母親ということもあり、若くない方が都合がいいのだ。

彼女たちはアポさえ取れればそこでお役御免なので、相手が失業中だと察しても気づかないフリをして面談を組むところがままあった。ひどいときは、訪問時に「電話で何度も言ったじゃない。うちの息子は離職中だって」と声を荒らげられることもある。

「ところであの新人くん、どうだった？」

と、稲葉が遠くのデスクにいる土生謙臣を一瞥した。

「どうって、あ、そっか。明日は稲葉さんが土生くんを連れて回るんだっけ」

「そうそう」

「感じのいい男の子よ。ちゃんと気も遣えるし」

「ならよかった。うちに入ってくる中途っておかしなの多いじゃない。それもすぐに辞めちゃうしさ。会社も教える側の労力ってのをちょっとは考えてもらいたいわよね」

アモーレは社員の入れ替わりが頻繁にあるため、会社は年中、求人を出していた。基本的に自動車免許さえ持っていれば学歴や経歴を問わないので、やたら有象無象が会社の門を叩《たた》いてくるのだ。

それから亜紀は急ぎで日報の作成を始めた。さっさと済ませて、早く帰らなきゃならない。キーボードを高速で打ち込んでいると、カバンの中のスマホが震えていることに気づいた。これは社用のものではなく、私用のものだ。

発信元は息子の小太郎《こたろう》が通う小学校からだった。亜紀は席を離れ、おもてに出てから応答した。そして話を聞き、気持ちが沈み込んだ。

小太郎が教室で癇癪《かんしゃく》を起こし、またしてもクラスメイトに暴力を振るったのだという。具体的には椅子を持ち上げ、相手に向けて投げつけたのだそうだ。幸いなことに相手に怪我はなかったそうだが、大問題である。

〈相手の子が小太郎くんをチビチビと言って執拗《しつよう》にからかったことが原因なのですが、さすがに危険なのと、これが初めてではないので、少々厳しめに指導しておきました〉

六年二組の担任である長谷川《はせがわ》は淡々とそう報告してきた。亜紀より一つ歳下の長谷川は一ヶ月前の一月、今年の頭から小太郎のクラスの担任になった男性教師だ。

彼がこんな中途半端な時期に息子のクラスを受け持つことになったのには理由がある。例の事件によって、それまで担任を務めていた若い女性教師が精神を病み、休職してしまったからだ。その女性教師に替わって、長谷川が担任に収まったのである。

ちなみに亜紀はまだ長谷川と面識はない。就任直後に挨拶《あいさつ》をしたいということで、保護者一同、学校に集められたのだが、亜紀は仕事の都合で参加できなかったのだ。

「ご迷惑をお掛けして申し訳ありません。家できっちり叱っておきますので」亜紀は電話なのに頭を下げていた。

〈いえ、本人は十分に反省している様子が見て取れましたので、ご家庭では再び叱るというより、フォローしてくださった方がいいかもしれません〉

「そうですか」

〈ええ。ちなみになんですが、小太郎くんはご家庭でもこのような癇癪を起こすことはありますか〉

「ありません。多少わたしに文句を言ったりすることはありますが」

〈なるほど。であれば、やはりお母様は彼をフォローしてあげる方がいいかと思います。子どもがおもてで暴力行動に出るのは、ご家庭内で親御さんにかまってほしいといった欲求を抱えていることがままあるようですから〉

これにはちょっと気分を害した。まるでこちらの子に対する愛情が足りていないと言わんばかりだ。

とはいえ、この男性教師は信頼できそうだと直感で思った。

「あの長谷川先生、明日の放課後、ご挨拶も兼ねて小学校にお伺いしてもよろしいでしょうか。そこで少しご相談に乗っていただけたら――お忙しいでしょうか」

〈いえ、大丈夫ですよ。お待ちしております〉

二つ返事で了承してもらってホッとした。前の担任には、〈またいつか保護者面談がありますから、そのときではいかがでしょうか〉と敬遠されてしまったのだ。

それから亜紀は改めて謝辞を述べ、電話を切った。

赤く燃えた西の空に目を細めて、深々とため息を漏らす。

息子の小太郎は基本的には穏やかで、優しい性格をしていると思う。だが時折、カッとなってしまうことがある。そうなると、今日の教室の出来事のように、突拍子もない行動に出てしまう。

認めたくはないが、この気質は彼の父親に似ていた。小太郎の父であり、亜紀の元夫の達也《たつや》もふだんはおとなしいのだが、やはりたまにキレることがあり、そうなるときまって暴力を振るった。

亜紀が肩を落としてオフィスに戻ると、「平山さん」とオバサマの一人から声を掛けられた。

手の中の受話器を逆の手で指差している。

「また江頭藤子《えがしらふじこ》さんからだけど、どうする?」

その名を耳にして亜紀はさらに気分が沈み込んだ。ものすごく面倒な相手なのだ。

今回も居留守を使ってもらおうか、と一瞬思ったが亜紀は応答することにした。昨日も一昨日《おととい》もこの女性会員からの電話に居留守を使ったのだ。

亜紀は深呼吸をしてから目の前の受話器を持ち上げた。

「お電話代わりました。平山です」

〈あのう、どうしてダメだったんでしょうか〉

第一声がこれだった。

先週末、江頭藤子はとある男性と見合いをしていた。だが、その当日の夜、男性側から亜紀に断りの連絡が入っていた。つまり、以後、彼女とやりとりする気はないということだ。

その理由は、〈正直、ちょっと気味悪くて〉とのこと。もっともそれを彼女には伝えていない。

「江頭さん、ごめんなさい。以前にも申し上げましたけど、相手側のお断りの理由については教えられない規則なんです」

〈けどわたし、どうしてもわからなくて。だって、楽しくお話もできたし、次の約束だってきちんとしたのに〉

男性もたしかにそう話していた。別れ際にまた会いましょうと手を差し出され、つい握ってしまったと。

ただ、それが社交辞令であるとわからないところに、またこうしてしつこく破談となった理由を訊ねてくるところに、この女の人間性が表れている。デリカシーに乏しいというか、モラルに欠けているというか……。相手の気持ちを推し量るという当たり前のことが、彼女にはできないのだ。

「江頭さん。終わったことで悩んでいても仕方ないので、気を持ち直してまたトライしましょうよ」

〈けど気になるんです。なんでわたしが断られなきゃいけなかったのか。平山さんはしっかり理由を聞いてるんでしょう〉

これが彼女のもう一つの特徴。やたらとプライドが高い。相手に拒まれたことが認められないのである。

「なにがダメだったかと自分を責めるより、相性が良くなかったんだと気楽に考えないと婚活がつらくなっちゃいますよ」

〈わたし、別に自分を責めてません〉

少しは責めたらどうなのか。思わず口に出してしまいそうになる。

亜紀はひとつ咳《しわぶ》き、

「とにかく、お断りの理由については教えられない規則ですので――」

〈腹が立つんです〉

「へ？」

〈約束したのに、反故《ほご》にされたわけだから、ものすごく腹が立つんです。許せないんです。わたし、そういうことをした人にはペナルティが科せられて然《しか》るべきだと思うんですが、ちがいますか〉

いきなりそんなことを言われ、困惑した。

「ええと、でも、そういうのってよくあることだし……それに、そういう不誠実な人と早めに終わることができてよかったと考える方が健全じゃないですか」

そのように宥《なだ》めてみたものの、江頭藤子からの返答はない。しばらく待ってみても、沈黙がつづくばかりだった。

「もしもし、江頭さん――」

〈これからそちらに伺います〉

「はい？」

〈実はわたし、近くから掛けてるんです〉電話の向こうで車のエンジンが掛かる音が聞こえた。

〈では五分ほどで到着すると思うので〉

「あ、そんな急に言われても――」

一方的に通話が切れる。ツー、ツーという機械音を聞きながら、亜紀は額に手を当てた。

やっぱりこの女、ちょっとおかしい。いや、だいぶおかしい。

半年前、彼女を入会させたのは確実に失敗だった。初めて会ったときから不穏な、嫌な雰囲気を漂わせていたのだ。なぜあのときの自分は目先の数字にこだわってしまったのだろう。あとの祭りだが後悔せずにはいられない。

江頭藤子は本当に手の焼ける会員だった。事実、これまで見合いを組んだ相手からいくつかのクレームが入っていた。だが、亜紀がそれとなく注意を与えても本人は意に介さず、自らの落ち度を認めない。

きっとこの先、どんな凄腕《すごうで》のアドバイザーが担当しようが、彼女を成婚に結びつけることはできないだろう。手元に置いておくにしても、こうも面倒だとこちらの精神衛生面にもよくない。

思考がそこに至り、亜紀は足早に所長の小木のデスクに向かった。小木は新人の謙臣と話し込んでいたが、こちらは急ぎなので「ちょっといいですか」と割り込んだ。

今し方の江頭藤子とのやりとりを手短に伝え、その場で彼女に強制退会を言い渡してもいいかと伺いを立てた。

すると小木は腕を組み、眉根を寄せてうーんと唸った。

「退会までさせることはないんじゃない？　ちょっと変わった人なのかもしれないけど、月会費だって滞納することなくきちんと払ってくれてるんだしさ。だいいち理由をどう告げるのよ。あなたは面倒だから辞めてもらいますって言うわけ？」

「もちろん適当な理由をつけますけど。たとえば男性会員からのクレームが多すぎて、会社が対処に困っているとか。実際にクレームはいくつか届いてますし」

「けどそれ、これまではっきり伝えたことある？　ないでしょう」

「まあ、はっきりとはないですけど、でも多少なりとも匂わせてはいます」

「その程度でしょ。ならダメ。それこそ江頭さんから本社にクレームがいくことになる」

そんなの別に構わないだろう。なんのためにお客様対応室があるのかと言いたくなる。

「もちろんイエローカードを出すくらいはいいよ。ただし、いきなりレッドカードはダメ。絶対に」

「でも、このままじゃわたしだって……」

亜紀はその先の言葉を飲み込んだ。これ以上話をしてもムダだと思ったからだ。この上司は部下の気持ちを慮《おもんぱか》るということを知らない。

それともう一つ、過去に彼からの食事の誘いを断ったこともこうしたところに影響している気がする。四ヶ月前、小木が松戸営業所の新所長として赴任してきたとき、どういうわけか亜紀だけが食事の誘いを受けた。これを断ったところ、翌日から急に態度が冷たくなったのだ。

「というわけで、上手くやるように。それも仕事なんだから」

「……わかりました」

肩を落とす亜紀を、傍らにいる謙臣が同情の眼差《まなざ》しで見ている。目を合わせ、この仕事はね、こういう厄介なことがいっぱいあるのよ、と無言のメッセージを送った。

ほどなくして江頭藤子は本当に営業所にやって来た。相変わらず黒を基調とした地味ないでたちで、化粧がなされていない。この女はどういうわけかノーメイクを信条としているのだ。

それに加えてこの腰下まで伸びた直毛の黒髪である。子どもならいいが、彼女の年齢は亜紀と同じ三十九歳だ。さすがに不気味なので、亜紀は切った方がいいと何度も進言しているのだが、彼女は毎度「考えておきます」と受け流すだけだった。

謙臣にお茶を頼み、パーティションで仕切られただけの応接スペースに彼女を案内した。

「それはつまり、わたしの方に問題があると平山さんはおっしゃりたいのでしょうか」

相手の男性会員とのコミュニケーションの取り方を今一度見直すべきではと亜紀が伝えたところ、彼女からこのような言葉が返ってきた。

「問題というわけではないんですが、初対面でご自身の結婚生活の理想ばかりを突きつけてしまうと、相手の男性も尻込《しりご》みしてしまうのではないかなと」

江頭藤子は見合いの場において、家庭での家事分担から始まり、マナーやルール、さらには性生活の頻度についてまで事細かに相手に要望を伝えているのだ。

「だけど、最初にわたしはこういう人間ですと正確にお伝えしておいた方がいいと思うんです。それに、わたしなりに男性側のことも考えて、色々と配慮をしているつもりです。わたし、本当なら性交渉も持ちたくないですし、できることなら体外受精で妊娠したいくらいなんですから。でもそれだと男性側はストレスも溜まるでしょうし、だから譲歩をするんです」

そう、この女の結婚の最大の目的は出産なのである。三十半ばまでは子どもはいらないと考えていたそうだが、四十を目前にして考えを改めたのだと以前話していた。いずれにせよ、彼女にとって夫の存在はハナから二の次なのだ。

「しかし江頭さん、やっぱりそういうデリケートなお話はもう少しお互いの距離が縮まってから――」

「ですから、何度も申し上げていますよね。最初にお伝えしておいた方が手間が省けるでしょうと。平山さんって話のわからない方なんですね」

ふだんの亜紀ならばぐっと堪《こら》えられた。せり上がる憤怒《ふんぬ》を理性で抑えつけられた。だが、このときばかりは我慢ができなかった。きっと息子の暴力の件がメンタルに影響していたのだろう。

ここで噴火したように感情が弾《はじ》けてしまった。

「話がわからないのはあなたの方でしょう」

自分でも思わぬ大声が出た。営業所の中が静まり返る。

「相手があなたを気に入らなかった。ただこれだけの話じゃない。こんなのわざわざ話し合うまでもないでしょう。だいたいあなた、わたしのアドバイスを一つでも聞いたことある？　散々自分がやりたいようにやって、上手くいかないからってこっちに難癖をつけてこないでよ」

江頭がみるみる目を剝《む》いた。

「わたしがいつ難癖をつけたんですか」

「つけてるでしょう今も。だいたいあなた、すべてが非常識なのよ。こうしてアポも取らずにいきなり押し掛けてきて、少しはこっちの都合も――」

亜紀は止まれなかった。完全に冷静さを失っていた。

そしてついには、

「結局、あなたがそんなだから、いくつになっても結婚できないのよ」

と、絶対に言ってはならないことまで口にしてしまった。

亜紀は消沈して、営業所の駐車場に停めてある自家用車に乗った。

小木の説教から解放されたのは今さっきだ。滅多に声を荒らげることのない上司が、「おれのクビまで飛ばす気かっ」と、薄い髪を振り乱して怒り狂っていた。亜紀は身を小さくしてその唾《つば》を浴びつづけるほかなかった。

力なくエンジンのスタートボタンを押し込んだ。ブーンと静かなエンジン音がひんやりした車内に響く。

いくら苛立《いらだ》っていたとはいえ、どうしてあんな暴言を吐いてしまったのだろうか。同じ女性でありながら、あんな暴言を——。

その江頭藤子はボソッと捨て台詞を残して去って行った。その捨て台詞とは、「覚えていろ」の一言だった。

大通りに出て流れに乗った。亜紀の愛車はピンクベージュカラーのダイハツのミラトコットだ。去年の春先に思いきって新車で購入したのだが、ローンは三年以上残っている。

先の信号が赤に変わりそうだったので、アクセルを強く踏み込んだ。時刻は十八時を過ぎており、冬の空はとうに夜支度を終えている。一方、こちらは今から夕飯の支度をしなくてはならない。

信号に捕まったところで、亜紀は息子の小太郎に持たせている簡易ケータイに電話を掛けた。やっぱり今夜は夕飯を作る気力が湧かないので、外食で済ませようと思ったのだ。だから、おもてに出る準備をしておいて、と、そう伝えたかったのだが、彼は電話に出なかった。

小太郎は基本的に自分のケータイに触らない。なぜなら電話とショートメールしか送れない、子どもにとってひどくつまらないものだからだ。

次に自宅の固定電話に電話を掛けた。ところが小太郎はその電話にも出なかった。

なんだろう。眠っているのだろうか。もしくは風呂《ふろ》だろうか。いや、学校であういうことがあったからベッドの中で丸くなっているのかもしれない。

小太郎はこのようなことがあった日、深く落ち込むのである。そして「二度と暴力は振るわない」と涙を見せて反省の弁を口にする。

その姿も彼の父親にそっくりだった。

とりあえず、コンビニでお弁当を二つ買った。本当はあまりこういうものに頼りたくないのだけど。

ほどなくして自宅のマンションに到着した。亜紀と小太郎の住処《すみか》は松戸市内にある築三十年の八階建てマンションの四〇三号室だ。新しくも広くもない2ＬＤＫだが、収納が多いところだけは気に入っていた。なにより家賃が五万六千円なので助かっている。

亜紀は玄関のＬ字形のドアノブを引いたところで、おや、と思った。鍵《かぎ》が掛かっていたからだ。というのも小太郎はいつも鍵を掛けないのである。不用心でしょうと、毎度叱っているのだが。

鍵を使ってドアを開けると、「おかえり」と居間の方から小太郎の声がした。

「ただいま」パンプスを脱ぎ、一直線に居間へ向かった。「今日はちゃんと鍵を掛けてたんだ」

「なんか怖かったから」カーペットの上に体育座りをしている小太郎が言った。どうやらテレビアニメを見ていたようだ。

「怖いってどういうこと」

「さっきまでずっと電話が鳴ってた」

「電話？」

「うん。もしもしって出ても何も言わないの。でも切るとまたすぐに掛かってきて――」

そんなことが十回ほどつづけてあったという。電話番号は非通知と表示されていたようなので、おそらくイタズラなのだろうが、これで亜紀の電話に出なかった理由がわかった。どうせまたイタズラ電話だと思って番号を確認しなかったのだろう。

「でも誰なんだろう。気味悪いね」

亜紀が腕を組んで言うと、小太郎は「ぼく、犯人わかる」と俯《うつむ》いた。

「誰よ」

「たぶん、中川《なかがわ》くんだと思う」

今日、小太郎が椅子を投げつけたクラスメイトだ。

「中川くんって、そういうことをする子?」

「わかんない。謝ったときは許してくれるって言ってたけど」

小太郎は消沈した様子で言った。

「そう。とりあえずご飯を食べて、今日はママと一緒にお風呂に入ろう。今日学校であったこと、ちゃんと——」

電話が鳴った。

すぐさま歩み寄り、液晶ディスプレイを確認する。非通知の電話だった。小太郎が話していたのはこれだろう。

亜紀は一つ息を吸ってから受話器を取った。

「もしもし」

たしかに相手は何も言わなかった。ただし、微《かす》かな息遣いだけは聞こえているから不気味だ。もちろんそれだけでは男とも女とも判別がつかないが、なんとなく子どもではないような気がした。

「どなたですか」

言いながら、もしかしたらこれは中川くんではなく、彼の母親かもしれないと亜紀は想像した。

息子が被害に遭ったことではらわたが煮えくりかえっているのかもしれない。それに、この手のやり口はなんとなく大人の女のような感じがした。

いや、ちがうかな。中川くんの母親はそういうことをするタイプの人じゃない。どちらかといえば肝っ玉母ちゃん的な女性で、授業参観の日に少し話をしたことがあるが、その際の大口を開けて豪快に笑う姿が印象に残っている。ああいう人はこの手の陰湿な行動は取らない気がする。

しかし、だとすれば誰――。

もしや、元夫の達也――？

考えたくはないが、粘着質なあの人の方が現実味がある気がした。実際に離婚から数年間、亜紀はしつこく復縁を迫られており、それを断っていると、彼はストーカーじみた行動に出たので、警察に通報すると脅したことがあるのだ。

だが、それを機に達也のそうした行為はいっさいなくなった。今では約束通り、三ヶ月に一度、小太郎と会える日を楽しみに、つましく暮らしているはずだ。だいいち自分の息子を怖がらせるようなことはしないだろう。

じゃあいったい誰なのか。

ここでふいに、亜紀の脳裡《のうり》で、

――覚えていろ。

と女の声が再生された。先ほど江頭藤子から吐かれた捨て台詞だった。

まさかな。そんなはずはない。彼女が我が家の電話番号を知っているわけがないのだから。

「どなたかわかりませんが、迷惑なのでやめてください。これ以上、こういうことをするなら警察に相談しますから」

亜紀は語気荒く告げて、受話器を乱暴に落とした。

2

受け持ちのクラスの児童である平山小太郎が教室でトラブルを起こしたので、彼の母親に一連の報告をしたところ、明日、直《じか》に会って相談に乗ってもらいたいと言われてしまった。

長谷川祐介《ゆうすけ》は受話器を戻したあと、ふーっと長い息を吐いた。つづいて、遮光眼鏡を外し、指でこめかみを揉《も》み込んだ。

お待ちしておりますと、快く承諾したものの、正直なところ、あまり気持ちの余裕はなかった。

祐介は今、いっぱいいっぱいの日々を送っていた。

祐介が松戸市立旭ヶ丘《あさひがおか》小学校に赴任したのは三年前、三十五歳のときで、六年二組の担任になったのは今年に入ってから、わずか一ヶ月前のことだった。

こんな中途半端な時期に、それも卒業を目前に控えた児童のクラスを受け持つことになったのには理由がある。前任者の飯田《いいだ》美樹《みき》が休職してしまったからだ。

「長谷川先生、お疲れのところ申し訳ありませんが、少しいいですか」

背中に声が掛かり、振り返ると、教頭の下村《しもむら》の下膨れした顔が真後ろにあった。

「校長先生がきみにお話があるそうなんだ」

下村に連れ出され、校長室へ向かう。部屋に入ると、校長の田嶋《たじま》が苦々しい面持ちでソファーに腰掛けていた。

下村が田嶋のとなりに腰を下ろし、祐介は彼らに向かい合う形で座った。

木製のローテーブルを挟んだ先に並ぶ校長と教頭をブルーレンズ越しに見て、改めて狐と狸だと思った。前者は痩《や》せ細っていて吊り目、後者は太っていて垂れ目なのだ。

先に口を開いたのは狐の方だ。

「長谷川先生、目の方の具合はいかがですか」

「おかげさまで良好です」

祐介は食い気味に返答した。

すると狐は細い目をさらに細めて「なによりです」と言い、横の狸を一瞥《いちべつ》した。

水を向けられた下村が一つしわぶく。

「先ほど長谷川先生が電話をしている間に、小堺櫻子《こさかいさくらこ》さんの母親から学校に連絡があってね。最初はわたしが応対していたんだが、例のごとくヒートアップしてきて、あんたじゃ話にならないから校長を出せと」

下村はそこまで言って、バトンを渡すように田嶋を見た。

「弱ったものです」と、田嶋が話を引き継ぐ形でぼやく。「大事な娘を失った親御さんの気持ちは理解できるが、こちらに矛先を向けられても困ってしまう。正直、公務妨害でしかない」

「ええ、本当に」と下村が腕を組んで頷《うなず》いた。「まいりました」

「筋がちがうという話をしたところで、相手に聞く耳がないものだから、お手上げだ」

その一因はあんたにもあるんじゃないのか――祐介は口の中で言った。

この狐校長は事件から三日後に行われた記者会見の場で「イチ教育者として、また責任者として、慚愧《ざんき》の念に堪えません」という、まるで学校側に過失があったかのような発言をした。実際には過失などないのだから、「誠に遺憾です」と話すだけでよかったのだ。

おそらく多くのマスコミに囲まれて上がってしまっていたのだろうが、あの失言によって、世間の一部は学校側にも落ち度があったのではないかという印象を抱いたことだろう。

今から約二ヶ月前の十二月四日水曜日十六時半頃、六年二組に在籍していた小堺櫻子が小学校を出たあと、帰宅途中に行方不明になった。

十二歳の児童が自ら失踪《しっそう》したとは考えづらく、また彼女が日常生活において悩みを抱えていた節も見受けられないことから、何者かに連れ去られたという見方が有力だった。つまりは誘拐である。

小堺櫻子がどこへ消えたのか、未《いま》だ誰にもわからない。

事件当日、共に下校をしたクラスメイトの女子児童の証言によれば、互いの家の分岐点である十字交差点で「また明日ね」と言い合って別れたという。

そこから小堺櫻子の自宅までは徒歩で七分程度、彼女は一人で帰路についた。

そしてその直後、彼女は忽然《こつぜん》と姿を消した。

事件があったであろうと想定される通りは、あまり人気《ひとけ》がなかった。古い民家が点在していたが、その時間におもてに出ていた住民はおらず、また、防犯カメラを設置している住宅もなかった。

小堺櫻子の母親である由香里《ゆかり》は娘の帰宅が遅いことで気を揉み、まずは学校に連絡を寄越《よこ》した。時刻は十七時三分のことで、応対したのは担任を務めていた飯田美樹だった。

そしてこの電話でのやりとりが事後、問題となる。

というのも、小堺由香里は二十六歳の女性教師が〈おそらく櫻子ちゃんはどこかで道草を食っているのではないでしょうか。なので、警察に連絡するというのは尚早かと〉と発言したと訴えているのだが、これを飯田美樹は「わたし、そんなこと言っていません」と否定していた。

おそらくは飯田美樹の主張の方が正しいと思われるが、小堺由香里は頑として証言を覆さなかった。

いずれにせよ、これの何が問題なのかというと、小堺由香里はあろうことか、自分はすぐにでも警察に通報をするつもりであったが担任の先生に止められたためしなかった、だから結果として通報が遅れた、もしあのときにすぐ通報していたならば娘は発見されていたはずだ――このような言い掛かりをつけてきたからだ。

つまり、学校側の指示に従ったせいで娘が返ってこないと訴えているのである。

「理不尽もここに極まれりだ」田嶋が鼻にシワを寄せて吐き捨てた。「あんな難癖をつけられたのでは飯田先生が気を病むのも仕方ない」

「本当ですよねえ」と下村が相槌《あいづち》を打つ。「つらいのは飯田先生も同じでしょうに」

祐介はこの発言に関してもどうかと思った。

なぜなら事件から二日後、飯田美樹から学校宛に精神疾患の診断書と休職届が郵送で送られてきたとき、この二人は陰で「この状況で現場を投げ出せる神経がわからん」「まあ、これが今の子なんでしょうねえ」といった小言を言い合っていたからだ。

祐介はというと飯田美樹に対し、深く同情していた。まだ若い彼女があのような状況下に置かれてはメンタルを病んでも仕方ないだろう。

だがまさか、彼女の後任として、自分に白羽の矢が立つとは考えてもみなかった。

事件前、祐介は四年一組の担任を務めていた。であるのにも拘《かかわ》らず、「こういう状況になったからには信頼と実績があり、かつ冷静な先生が必要です。適任者は長谷川先生しかいません」という体のいい理由をもって異動させられたのである。一つ補足するならば、六年二組と四年一組には兄弟姉妹が四組いて、祐介が一部の保護者と面識があるというのもあった。

とにもかくにも、まず、ふつうでは考えられない人事だった。

「で、長谷川先生。小堺櫻子さんの母親はね、明日の放課後、我が校にやってくると言うんだ。それも旦那《だんな》さんを引き連れて」

田嶋が前のめりになって切り出してきた。下村はそっぽを向いている。

「ところが、わたしと教頭先生はその時間、市の教育委員会に出向かなければならない」

なるほど、それもまたこちらに押しつけたいということか。

自分も明日の放課後は平山小太郎の保護者と面談の予定があるが、それを話したところで、彼らはそっちをどうにかできないかと粘ってくるだけだろう。

祐介は鼻息を漏らしたあと、「わかりました。対応します」と、やや冷淡に告げて、席を立った。ドアに向かう途中、床に置かれていた観葉植物の植木鉢を足のつま先で蹴《け》ってしまった。もちろんわざとじゃない。祐介には見えなかったのだ。


市川《いちかわ》にある自宅マンションに帰ると、一つ年上の兄の風介《ふうすけ》が上機嫌で台所に立っていた。口笛を吹き、足で奇怪なリズムを刻んでいる。作っているのはビーフシチューのようだ。食卓にはめずらしくワインも置かれている。

「なんかいいことあった？」と、祐介はただいまの前に言った。

「手こずっていた論文がようやく片付いてな。今夜はその祝いだ」

兄がそんなものを書いていたことを祐介は今初めて知った。風介は基本的におしゃべりだが、肝心なことはあまり口にしない。幼い頃からそうだ。

風介と暮らすようになってそろそろ半年が経つ。きっかけは兄夫婦の離婚で、家を追い出された彼は大きなリュックを背負って弟宅にやってきた。「すぐに出てくから」のはずが、今日に至るというわけなのである。

ちなみに離婚の理由は聞いていない。が、十中八九、今回もまた奥さんの方が風介に耐えられなかったのだろう。兄の離婚歴は二回目になる。

祐介の知る限り、風介ほどの変人はいない。

「馬鹿にも理解できるように書くってのは結構骨が折れるもんだな」

乾杯し、互いにワインを舐《な》めたあと、風介が唐突に言った。論文のことだろう。

祐介は「そうなんだ」と相槌を打ち、スプーンを手に取った。「うん。美味《うま》いよ。肉の味がよく染みてる」

だが風介は弟の感想を無視して「大前提として人のDNAというのは――」と一方的に語り始めた。

ここから一時間、彼は自分で作った料理にいっさい手をつけず、対面の弟に向かってひたすら口を動かしつづけた。

風介の勤め先は都内にあるH大学大学院だった。彼自身もこの大学院の出身で、学生時代に人間社会研究科の臨床心理学の博士課程を修了し、修了後も研究員として研究室に残ったのである。そんな兄曰《いわ》く「おれは社会不適合者」で、「まっとうな会社に入ったら周りに迷惑をかけちまう」のだそうで、祐介もこれを否定する気はなかった。

「これによって、いかなる教育も子どもの人格形成にさほど影響を及ぼさないってことが改めて証明されたわけだ」

と、風介は身も蓋《ふた》もないことを言って話を締めくくったあと、ワイングラスにワインを注ぎ入れた。だが、中身はわずかしかなかった。

「もう一本買っておけばよかったな」と、風介が舌打ちをする。

「これくらいがちょうどいいんだよ。我々はアル中の素地が十分にあるんだから――だろ？」

祐介がそう言うと、風介はがははと豪快に笑い、「その通り」と人差し指を立てた。

自分たちの父親はアルコール依存症だった。酒に酔って家族に暴力を振るうことも暴言を吐くこともなかったが、ベッドから起き上がるためだけに枕元に酒瓶を置く父を見て、祐介はこうはなるまいと幼心に思った。

　風介によれば、アルコール依存症は遺伝率が高いらしい。つまり、祐介も風介もアルコール依存症になりやすいということだ。

　これは兄の仮説ではなく、残念ながらさまざまな研究結果から導き出された真実のようなので、だとすれば気をつけるほかない。

　よって祐介も風介も、一年のうちに飲酒する回数は数える程度だ。

「そういや例の女の子ってまだ見つからないのか」

　風介が思い出したように訊《き》いてきた。この軽い響きに、ふつうの人は眉《まゆ》をひそめることだろう。だが、この人に悪気はないのだ。

「見つかってたらすでに話してるし、ニュースになってるだろう」

「少しの進展もないのか」

「何も。最近では警察からの連絡も減ってきたよ」

「ふうん。おまえ、目の具合は？」

　このように唐突に話が変わるところもやはり変わっている。

「こっちも何も。良くもなってないし、悪くもなってない」

「そりゃ良くなることはないだろ。そういう病気なんだから」

　これだ。

　祐介はこうした兄の変人ぶりを見せつけられるたびに、こう思う。

　DNAなんて当てにならないな、と。

　自分たち兄弟は血縁関係にあるが、性格も風貌《ふうぼう》もまるでちがう。

　自分はまだまともだ。少なくとも風介に比べれば百倍マシだろう。

翌日の午後、五・六限目の授業時間を使って、体育館で初めて卒業式の演習が行われた。

本番は一ヶ月以上も先なのだが、小学校にとって卒業式は最大の式典のため、万全を期す必要がある。

「そこ、列を乱さないで」

指揮を務める六年一組担任の渡辺《わたなべ》が壇上に立ち、マイクを通して指示を飛ばす。

渡辺は祐介の六つ下、三十二歳の男性教師だ。くだんの事件によって同学年の担当になり、距離が近くなったことで、爽《さわ》やかな見た目とは裏腹に愚痴の多い男だと知った。昨日も教職員の待遇について延々と不満をこぼしていた。

「ほら、おしゃべりしないで歩く」

約百名の卒業生が横に並べられたパイプ椅子に沿って行進していく。六学年は三クラスあり、各クラス約三十五名の児童が在籍していた。

「卒業生一同、着席」の声で、児童がいっせいに腰を下ろす。

その中の一つだけ、パイプ椅子は空いていた。小堺櫻子の席だ。まだ亡くなったと決まったわけではないので、彼女の席も用意しておかねばならない。

卒業式当日、小堺櫻子はあそこに座ることができるだろうか。

それから着々と演習は進み、祐介は体育館の隅に立ち、その様子を傍観していたのだが、国歌斉唱となったところで、おや、と思った。

我がクラスの委員長である倉持莉世《くらもちりせ》が一人だけ立ち上がっていないのだ。周りが全員起立して歌っている中、彼女は澄ました顔で座っている。

当然、壇上の渡辺からも彼女の姿は見えているだろうに、彼は気にしていない様子である。周りの児童たちも慣れている感じがした。

「湯本《ゆもと》先生、うちのクラスの倉持さんなんですが、あれはどういう」

祐介は傍らにいる三組担任の湯本の耳元でささやいた。

「ああ、長谷川先生知らないんだ」と、四十四歳の女性教師がささやき返す。「まあ、そうよね。まだ受け持って一ヶ月だし、引き継ぎだっていっさいされてないんだものね」

前任者の飯田美樹は休職後、完全に音信不通だった。一応、各児童の個人情報や特徴はデータ化されているのだが、祐介はその他の業務に忙殺されていて、すべてを把握しきれてはいなかった。

「実はね、倉持さんの父親、日教組のお偉いさんなのよ」

やはりそうか。もしかしたらと内心思っていたのだ。

日教組の問題はこれまで勤めていた小学校でも何度か経験していた。運動会で国旗掲揚をするのはいかがなものかと、会議で物議を醸す発言をした同僚がいたこともある。その人物もまた君が代は絶対に歌わなかった。

「以前、飯田先生が、なんで君が代を歌わないのって、倉持さんに訊いたことがあるそうなのよ。きっと本人は理由をわかってなくて、親に強制されているんだろうなって思ったから質問したそうなんだけど、そうしたら彼女、『君が代を歌うことは軍国主義、全体主義の復活に繫《つな》がります』って答えたそうなの。ゾッとする話よね」

倉持莉世はクラスでも一際目立つ児童だった。成績優秀でスポーツ万能、なにより彼女は風貌がとびきり大人びていた。こうして眺めていても、周りの児童と同い年とは思えない。それこそとなりにいる平山小太郎なんかと比べると、歳の離れた姉弟のようだ。

平山小太郎——ため息が漏れた。

このあと彼の母親が面談に来校するのだ。そしてその前には小堺櫻子の両親の対応もしなくてはならない。

　これまでにも小堺櫻子の両親とは、校長と教頭を交え、何度か話し合いをしていた。夫の方はまだ冷静――この人物もまた癖が強いのだが――なものの、母親はすぐに興奮してしまい、まともな会話ができなかった。彼女は最後には必ず半狂乱と化して「娘を返せっ」と声を荒らげるのである。

　きっと誰かを責めていないと正気を保てないのだろう。我が子を失った親の気持ちはいかほどか、独り身には想像がつかない。

　だが、さすがに祐介も辟易《へきえき》していた。

　いくら騒いだところで、娘さんが帰ってくるわけではないんですよ――油断していたらうっかり口に出してしまいそうだ。


　卒業式の演習を終えたあとはクラスに戻り、帰りの会を行った。

　まずは各係から連絡があり、次に『今日の振り返り』に移行した。これは一人の児童が今日の印象的だった出来事を話すコーナーだ。担当は名簿順で日々変わる。

　今日はクラス委員長の倉持莉世の番だった。

「初めて卒業式の練習をしてみて、わたしは本当にこの小学校を卒業するんだなって、少しだけ実感が湧きました。わたしは私立中学に入学することになっているので、このかけがえのない仲間たちと過ごせる時間はあとわずかです。だから毎日を大切に過ごそうと思いました」

　ここで倉持莉世は斜め後方を振り返り、とある机を見た。小堺櫻子の席だ。

「それと、卒業式当日は誰一人欠けることなく、全員で参加できたらいいなと思いました。以上です」

拍手が沸き起こる。これだけで涙ぐむ女子児童もいた。

つづいて『先生の言葉』の時間がやってきた。

祐介は教壇から首を左右に振り、児童たちを見回した。そうしないと視野の狭い祐介は全員の顔を見ることができないのだ。

「倉持さん、素敵なスピーチをありがとう。先生もこのクラスの全員を送り出してあげたいと心から思いました。そうなるようにみんなで願いましょう」

頷く者もいたが、大半の児童たちは無反応だった。白々しく聞こえたのだろうか。

彼らからすれば祐介は距離のある先生なのだ。前任者の飯田美樹はクラスの児童たちから慕われていたという。感情表現が豊かだった彼女は、何か感動的な出来事があると、すぐにハンカチを目に当てていたらしい。だから児童たちは親しみを込めて、泣き虫先生とからかっていたそうだ。

その点、祐介は淡々としていて面白味に欠けるのだろう。陰で色眼鏡先生はＡＩみたいと囁《ささや》かれていることも知っている。

「では明日も元気に登校してきてください。さようなら」

「さようなら」と児童らの合唱。

運動好きな男子たちから順にぞろぞろと教室を出ていく。その様子を教壇から眺めていると、倉持莉世がやってきて「長谷川先生」と声を掛けてきた。

「これを小堺さんのお母さんに渡してもらってもいいですか」

そう言ってクリアファイルを差し出してくる。中にはＡ４用紙が束になって収まっていた。

「これは？」

「わたしのノートをコピーしたものです」

理由は、小堺櫻子が再び学校に来られるようになったとき、彼女が授業についていけずに困ってしまうだろうから、というものだった。

「わざわざありがとう。でも、これは小堺さんが戻ってきてからお願いしようかな。親御さんも複雑な気持ちになってしまうかもしれないしね」

「でもわたし、小堺さんのお母さんから頼まれたんです」

眉をひそめた。「本当に？」

「はい。昨日、小堺さんのお母さんがうちの家に来てて、そこで。小堺さんのお母さん、このあと学校に来るんですよね」

聞けば、小堺櫻子の母親の由香里は事件後、度々倉持宅を訪れているらしい。そこで倉持莉世に今の学校やクラスの様子を教えてほしいとせがんでくるのだそうだ。

祐介は初耳だった。おそらく他の教員もこのことを知らないだろう。

「そうだったんだ。じゃあこれは先生が預かります。ありがとう」

「よろしくお願いします」

彼女は踵《きびす》を返したあと、一瞬立ち止まり、再びこちらに向き直った。

「長谷川先生も大変ですね」

「え」

「急にうちのクラスを押しつけられちゃって。では失礼します」

そう言ったあと、彼女は長い髪をふわりと浮かせて、教室の隅で一人残っていた佐藤日向《さとうひなた》のもとに小走りで向かった。

「お待たせ。帰ろ」と、倉持莉世が佐藤日向の手を取る。

そして二人揃って、「さようなら」と祐介に頭を下げてきた。

祐介は挨拶《あいさつ》を返し、彼女たちの背中を見送った。

教室に一人になった祐介は、しばらくそのまま教壇に立っていた。

薄ブルーの虚空に目をやりながら、「押しつけられちゃって、か」と、唇だけで独りごちる。

やはり捉《とら》えどころのない子だなと思った。まがりなりにも一ヶ月間、彼女のことを見てきたが、未だそのキャラクターが摑《つか》み切れない。

クラスの児童たち、とくに女子はみな、倉持莉世を羨望《せんぼう》の眼差《まなざ》しで見ている様子だった。その証拠に、授業で彼女が発言するときはきまって全員が注視する。

成績優秀で、運動もできて、周りにも親切な、絵に描いたような優等生。

おそらく佐藤日向と親しくしているのも彼女なりの気遣いなのだろう。

佐藤日向は昨年十一月にこの小学校に転校してきたばかりで、中々教室に馴染《なじ》めず、そんな彼女が唯一親しくしていたのが小堺櫻子だったと聞いている。

だが、そんな矢先、彼女はたった一人の友人を失ってしまった。何より二人は事件が起きる数分前まで一緒にいたのだ。小堺櫻子が下校を共にしていたのは佐藤日向なのである。

事件後、憔悴《しょうすい》の日々を送る佐藤日向に、倉持莉世は積極的に声を掛けてくれたらしい。

祐介はこれを先月行った一対一の面談で、佐藤日向本人から聞かされていた。その際、彼女は「倉持さんのおかげで少しだけ元気が出てきました」とも話していた。

何はともあれ、佐藤日向には深い同情を禁じ得ない。

なぜなら彼女は去年の春に事故で父親を亡くしたばかりで、それをきっかけに母親と共に松戸市内に越してきたという背景があるのだ。

彼女は父を失い、転校した先で早々に友人を失ったのである。

幼い心にどれだけの傷を負ったのか、想像するだけで胸が苦しくなる。

祐介は振り返り、黒板の横の壁に掛かっている時計を見た。

「さあ」

と、つぶやいて教室を出た。

小堺夫妻が来校したのは十六時を十分過ぎてからだった。遅刻なのだが、どちらからも詫《わ》びの言葉はなかった。

狭い応接室で机を挟み、夫妻と向かい合う。窓の向こうの校庭では男子児童たちがサッカーに興じていた。彼らが上げる声が部屋の中まで聞こえている。

「何度も申し上げていますけど、わたしたちが貴校にお願いしているのは二つです。一つはビラ配り人員の確保、もう一つは飯田美樹の懲戒免職です」

母親の由香里が前のめりで訴えた。寝不足なのか、以前にも増して濃くなった目の下の隈《くま》が厚化粧でもごまかしきれていない。

「お母様のお気持ちはお察し致します」と、祐介は深く頷いて見せる。「ですが、どちらも現実的ではありません。まずビラ配りですが、我々教職員は平日は学校で公務が――」

「だから朝と夜にやってほしいって、これも何度も言ってるじゃないですか。わたしたち夫婦は毎朝六時と夕方七時から駅前に立ってるんですよ。夫なんかはそのあとに仕事に行って、終わったらまた駅でビラを配ってるんです。もちろん先生方にわたしたちとまったく同じことをしろなんて言ってません。でも、交代制で通勤前の三十分とかだけでも協力してくれたっていいじゃないですか。どうしてこれくらいのことも学校はしてくれないんですか」

逆にどうしてこういうことを平気で言えてしまうのか。祐介には不思議でならない。

「おたくの校長も教頭も、すぐに給特法がなんたらとか言いますけど、わたしたちはそういう法律的なことじゃなくて、一人の人間としてお願いしてるんです。だって先生方が勤務外で個人的にやっていることであれば、誰にも文句は言われないわけでしょう」

「お気持ちはわかります」祐介は改めて言った。「しかしながら、やはりむずかしいと言わざるを得ません。逃げ口上のように聞こえてしまうかもしれませんが、我々教職員も一人の人間として生活があります。勤務外だからといって――」

「何よそれ。あなたたち、責任を感じてないの」

「責任というのは何をもって――」

「それでも学校の先生？　教育者？　一人でも多くの協力があればそれだけ櫻子が見つかる可能性が高くなるのに」

こちらはまともにしゃべらせてももらえないのか。

「たしか長谷川先生、と仰《おつしや》いましたよね」夫の小堺啓治《けいじ》が口を開いた。「あなたもいきなり担任になられてさぞ苦労されていることでしょう。状況を考えれば、あなたには同情します」

祐介はちょこんと頭を下げた。

「ただ、わたしたち夫婦は落胆しているんですよ。これほどまでに学校側は非協力的なのか、とね。ビラ配りの件もさることながら、学校側は何一つ動いてくださらないじゃないですか。だいいち事件後、あなた方が一度でも我が家を訪ねてきたことがありましたか。こうした話し合いの場だって、毎回わたしたちが申し入れて、足を運んでいるわけでしょう。わたしたちは情報を欲しているんですよ。今現在の、櫻子のいない教室の様子とか、ほかの児童たちが櫻子についてどんな話をしているのかとか、どれだけ些細《ささい》なことでも知りたいんです。そうしたところから何か事件解決の糸口が見つかるかもしれないでしょう」

「ええ。なので、児童の個人情報に関わること以外であればすべてお話ししますと、前回お伝えしたかと思います」

「しかし妻はあなたから連絡を受けたことは一度もないと言っています。毎回こちらから問い合わせているだけだと」

それの何が気に入らないのかわからない。

「もちろん何か特筆すべき報告があればこちらから連絡致します。ただ、これまでそうした状況になかったということです。もし、こちらからの定期的な報告を希望されるのであれば、毎週金曜日の夕方、わたしからご自宅にお電話をさせていただき、その週のクラスの様子などを口頭でお伝えしますが、いかがでしょうか」

祐介が冷静にそう告げると、その態度が癇《かん》に障ったのか、小堺由香里がみるみる目を剝《む》いた。そして何かしら文句を発しようとしたところ、夫がそれを制した。

彼は目を細めてじっと祐介を見てくる。

「前回も思いましたけど、長谷川先生はずいぶんと冷静な人なんですね」

「そうでしょうか。自分ではよくわかりませんが」

「そうですよ。落ち着いていて、話が理路整然とされている。少なくとも前任の飯田先生のように感情的になって取り乱すことがない」

祐介は同席していなかったが、事件後に設けられた話し合いの場において、飯田美樹は毎回大泣きしていたらしい。だがそれも仕方のないことだ。濡《ぬ》れ衣《ぎぬ》を着せられ、あんたのせいで娘が誘拐されたなどと罵倒《ばとう》されていたのだから。

「きっとあなたは優秀な人なんでしょうね。もし民間企業にお勤めだったらさぞ出世されていることでしょう——もっとも、幼い子どもを預かる教師としての資質に関しては疑問符がつきそうですが」

「…………」

「相手の気持ちを慮《おもんぱか》るとか、弱者に寄り添うとか、そういう人間として大切なものをあなたは持ち合わせていないように感じられる」

教師になって十六年、面と向かってこんな言葉を浴びせられたのは初めてだ。

「ほら、ここまで言われてもあなたは顔色一つ変えない。ある意味、恐ろしい人だ」

小堺啓治が肩をすくめる。

「とりあえず、改めてこちらの要望を――」

ここから再び、小堺夫妻の無茶な要求が始まった。教師を動かせないのであればクラスの児童や保護者たちを動員してビラ配りをさせろというのだからむちゃくちゃだ。

祐介は聞くだけ聞いて、「申し訳ありませんが、やはり承諾は出来かねます」と改めて突っぱねた。

そして露骨に腕時計に目を落とし、「次の予定がありますので」と強引にこの場を打ち切った。当然この対応に小堺夫妻は憤っていたが、祐介はこれ以上相手にしなかった。本当に次の予定が迫っているのだ。

小堺夫妻と共に廊下を歩く。来客用玄関で二人が靴を履いたところで、祐介はクリアファイルをまだ渡していないことに気がついた。倉持莉世が自身のノートをコピーしたものだ。

クリアファイルを差し出し、「たまに倉持さんのお宅に行かれているんだとか」と訊くと「何かいけないんですか」と喧嘩腰《けんかごし》に言い返された。

「静香《しずか》さんと莉世ちゃんだけなんです。本当にわたしたちに寄り添ってくれているのは」

静香というのは倉持莉世の母親だろう。

「ほかの人は口先だけ。みんな心配しているふりをしてるだけ」

「由香里。もうその辺にしておきなさい」と夫が窘《たしな》める。

小堺夫妻を来客用の玄関で見送ると、ちょうど入れ替わる形で一人の女性がやってきた。一見して平山小太郎の母親の亜紀だとわかった。顔がそっくりなのだ。

彼女はすれ違った際の小堺夫妻の形相がよほど恐ろしかったのか、二人に声を掛けず、その背中を数秒ほど見送っていた。

祐介はそんな平山亜紀に声を掛け、初見の挨拶を手短に交わし、先ほどの応接室に彼女を案内した。

着席し、向かい合ったところで、「小堺櫻子ちゃんのこと、何かわかったのでしょうか」と彼女が控えめに訊いてきた。

「いえ、残念ながらまだ何も」

「そうですか。先ほど奥様が涙ぐまれていたご様子だったから、もしかしたらと思って」

もしや訃報《ふほう》を受けたものと勘繰ったのだろうか。

「ほんと、信じられない話ですよね」

「ええ。本当に」

「もし、自分の子だったら、耐えられないと思います。仕事なんかまったく手につかないだろうし、何にもやる気がなくなっちゃう」

祐介は相槌を打つだけにとどめておいた。

それから平山亜紀は居住まいを正し、用件を切り出した。

「親の贔屓目《ひいきめ》かもしれませんが、あの子、ふだんは大人しいし、優しい子だと思うんです。ただ、たまにキレてしまうことがあって、そうなるとすぐに手が出てしまうんです。小学校に入ってから、年に何度かそういうことがあって、学年が上がるにつれてその回数が増えてるから、ちょっと心配で」

「たしかに春から中学生になりますし、身体も大きくなればそのぶんリスクも増しますしね」

「そうなんです。そこなんです」と平山亜紀が身を乗り出して言った。「昨日の件だって、たまたま中川くんに怪我がなかったからいいものの、もし当たりどころが悪かったら大変なことになってたでしょう――あ、そういえば中川くんのお母さん、怒ってませんでしたか」

「ええ。お電話で一連の報告をしたところ、うちの息子が先に平山くんに悪口を言ったんだから自業自得だ、むしろこっちが悪い、とおっしゃっていました」

「本当ですか」

「ええ。もちろん」

「そうですか。ならいいんですけど」

「何かありましたか」

訊くと、平山亜紀は少し逡巡《しゅんじゅん》した素振りを見せたあと、「ちょっとイタズラ電話があって」と視線を落とした。

昨夜、自宅に無言電話が十数回も掛かってきたのだという。微《かす》かな息遣いは聞こえるものの、相手は何も言わないのだそうだ。

「それはちょっと不気味ですね。また次も掛かってくるようなら警察に相談した方が良いかと思います」

「はい。そうします」

それから話を元に戻し、小太郎の癇癪《かんしゃく》について再び話し合った。

彼女の話によると、一学期にも二回、二学期にも二回、小太郎は友人と揉め、暴力行動に出たのだという。

「わたしがこのクラスの担任になってからも二回目なので、合計六回か。たしかに少なくない数ですね。とはいえ、けっして多いわけでもないと思います。わたしが過去に受け持っていた児童で、毎日のように取っ組み合いの喧嘩をする子もいましたから」

「でもその子って、ふだんからそういうことをするやんちゃな子ですよね。でもうちの小太郎はふだんは大人しくて、むしろ気が小さいのに、突然キレるから怖いんです。なんていうか、そういう子の方が危ない感じがするというか」

「おっしゃりたいことはわかります。ただ、わたしが見ている限り、小太郎くんにそこまで大きな問題があるようには見えませんが。お電話でもお伝えした通り、彼はしてしまったことに対して素直に反省もできますし、中川くんにきちんと謝罪もしてましたから」

そう告げると、平山亜紀は下唇を噛《か》んで押し黙った。そして、「それも少し、不安なんです」と声を落として言った。

理由を問うと、小太郎の父親がそうだったからだと彼女は告白した。

彼女の別れた夫はＤＶ癖があり、おもてでは良き夫として振る舞うのだが、家庭内では豹変《ひょうへん》し、妻にたびたび暴力を振るったという。そして、その都度反省を示し、涙して詫びていたそうだ。

「なるほど、つまり小太郎くんが父親のそういう気質を受け継いでしまっているのではないかと」

「はい」

祐介はやや思案して次の言葉を選んだ。

「たしかにそういった親の気質が子に遺伝することもあるそうです」

兄の風介から散々聞かされているのだ。彼によれば、この手の気質は身長や体重よりもよっぽど遺伝率が高いらしい。もちろんそんなことを話すつもりはないが。

「とはいえ、元の旦那さんは内側で、小太郎くんは外側に向けてなので、そこに明確なちがいはあると思います。そもそも小太郎くんの方は友達との喧嘩の延長ですから、あまり深く考えなくてもいいのではないでしょうか。吹っかけられた喧嘩を買ったら、ついやり過ぎてしまったということなわけですから」

「そうでしょうか」

「ええ。わたしはそう思います。一ヶ月足らずの担任が知ったような口を利いて申し訳ありませんが」

「いえ、そんなこと」と彼女は慌てて左右に手を振る。「でも、そう言ってもらえて少しホッとしました」

ここで平山亜紀は八重歯をのぞかせてチャーミングに笑んだ。資料によればたしか彼女は祐介の一つ年上だったろうか。

これを機に、彼女は祐介に気を許したのか、言葉を崩し、あけすけに家庭内のことを語った。

小太郎は家では甘ったれで、今でも母親と一緒に風呂《ふろ》に入りたがるのだという。

また、平山家の経済事情は「ギリギリかつかつ」だそうで、そんな話の中で彼女の職業が結婚アドバイザーだということも教えてもらった。

「失礼ですけど、長谷川先生、ご結婚は?」

「自分は独身です」

「じゃあ今度、入会の申込書を持ってこなきゃ」と冗談めかして言う。「公務員の人気はすごいですから、すぐお相手が見つかりますよ」

祐介は肩を揺すり、「ダメですよ、わたしなんて」と微笑んだ。

「あら、どうして。まだお若いのに」

「実はわたし、目の病気なんです」

彼女の顔から笑みが消える。

言わなきゃよかったなと後悔した。

「病気って、どういう?」

「網膜色素変性症というもので、健常者よりも視野が狭いんです」祐介は指で輪を作り、双眼鏡のようにして両目に当てた。「こんな具合に、わたしが見えているのはほぼ前方のみ、つまり間接視野というものがほとんどないんです」

発症したのは大学二年生の夏——実際はもっと早い段階で発症していたのかもしれないが、何かおかしいと自覚したのはその頃だった。

当時、祐介は野球部に所属していたのだが、簡単なフライを落としてしまうことが増えた。一瞬、視界からボールが消えてしまうのだ。

ただ、すぐには病院には行かなかった。きっと疲れているだけだろう、少し休めば治るはずだ、そう信じて疑わなかったからだ。

だがある日の朝、実家の車を運転しているときに人を轢《ひ》いてしまいそうになったことで、いよいよ自分の目が信じられなくなった。そこは見通しのいい交差点で、相手はふつうに歩いていただけだったのだ。

そうして眼科で診察を受け、網膜色素変性症という診断を下された。

祐介は頭の中が真っ白になった。この病気は一過性のものではなく、一生治ることはないとはっきり告げられたからだ。また、年月を経てさらに視野が狭まれば、いつか失明してしまう可能性があるとも言われた。

「指定難病なんだ……それはたしかに大変」平山亜紀は同情するような表情を浮かべている。

「でも、失明しない可能性もあるってことでしょ」

「まあ、そうですね」

「だったらそっちの方を信じなきゃ。きっと大丈夫」

明日はきっと晴れるわよ、そんな軽い響きだった。だが、不思議と不快感はなかった。

ここで平山亜紀がハッとして腕時計に目を落とし、「いけない。そろそろ帰らなきゃ」といきなり席を立った。

「今日はありがとうございました。失礼します」と慌てて応接室を出ていく。

祐介は見送りについて行き、「このあと何かご予定があるんですか」と彼女の横に並んで訊いた。

「もう少しでスーパーの特売が始まっちゃうの」

「ああ、なるほど」

「大変なんですよ、主婦って」

玄関先で別れの挨拶を交わし、平山亜紀を見送った。彼女は「また相談に乗ってくださいねー」と親しげに手を振り、小走りで去って行った。

祐介は肩を揺すった。平山小太郎の母親はなんだかおもしろい人だ。

離れてゆく彼女の背中は西日で赤く染まっていた。それが遮光レンズ越しでも眩《まぶ》しく感じられ、祐介は踵を返して室内に戻った。

病気の進行を遅らせるためには極力強い光を避けなくてはならない。

なぜ網膜色素変性症などという病魔に自分が襲われたのか、その理由はよくわからない。両親にも、親族にも同様の病気を患っていた者はいないのだから。

だがしかし、発症してしまったからには野球も、車の運転も、そして結婚もあきらめざるをえなかった。もし失明してしまったら、パートナーに迷惑を掛けることになる。なにより網膜色素変性症の遺伝率の高さを考えれば、子孫を残すことなど考えられなかった。その数字はギャンブルできるようなものではないのだ。

祐介は当時、交際していた女性に病気のことは知らせず、適当な理由をつけて別れを告げた。その代わり、夢を抱くようになった。それまで将来について漠然としていたが、明確な目標ができた。

自分の子を育てられないのなら、せめて他人の子を――。

今思えば単純で、浅はかな動機だったと思う。もしかしたら当時の学園ドラマなんかに感化されていたのかもしれない。

だが、夢を叶《かな》えてみて、現実を思い知らされた。

教育現場には白黒つけられない問題が多々あって、結局はグレーなままやり過ごすしかなく、無力感に打ちのめされることの連続だった。

いつしかそれにも慣れ、ただ過ぎ去る日々の中に自我を埋没させるようになった。

正直、教育者が聞いて呆《あき》れる。

なのに、まだしがみついている自分がいる。


「娘が忘れ去られることが怖いんだろ」

と、半笑いで答えたのは居間の中央でせっせと腕立て伏せを行う風介だ。ブリーフ一丁なので、各部位の筋肉の動きがよくわかる。

祐介は帰宅後、放課後に小堺夫妻と交わしたやりとりのことを兄に話してみたのだ。

「人々の記憶から娘の存在が徐々に失われて、気がついたら事件そのものが風化しちまってるってのが怖くてたまらないのさ。だから夫婦揃って騒ぎ立ててんだよ」

この意見については素直になるほど、と思った。この変人の兄は人に共感する能力が欠落しているが、矛盾したことに洞察力にはやたら長《た》けている。もっとも本人はこれを否定していて、「ただ知識を有してるってだけだ」と言うのだが。

「ビラ配りなんかまさにそうさ」

風介が額に浮かんだ玉の汗をタオルで拭《ぬぐ》ってから補足した。そんな様子をソファーに座りながら眺めている祐介が、「どういうこと」と訊《たず》ねる。

「事件後すぐならまだしも、二ヶ月が経った今そんなことをしたって無意味だと思わないか。だいいちメディアでも散々取り上げられたわけだから、世間の大半は事件の詳細を知ってるし、持ってる情報があればとっくに警察に提供してるに決まってるだろ」

「まあ、たしかに」

「だからこれ以上、新たな情報は出てこない。きっと両親も心の奥底じゃそれをわかってるはずさ。じゃあなんで彼らがビラ配りを止めないのかわかるか」

「さあ」

「精神が崩壊しちまうからだ。じっとしていることに耐えられないからあくせく動き回るのさ。もっと言うと、自分たちがそうした活動をやめてしまったら、永遠に娘が返ってこないような気がしてんだろう」

祐介は腕を組み、何度か頷いて見せた。

「ま、それを差し引いても、ちょっと異常な気がするけどな。その小堺夫妻とやらは」

兄貴でもそう思う、と訊こうとしたが、祐介は別の言い方をした。

「兄貴よりも?」

「おれよりはいくらかマシだろ」

祐介は鼻で一笑した。

「ただ、おれは担任の女教師の事件当日の電話での発言云々《うんぬん》については、小堺由香里の主張の方が正しいんじゃないかって気がするけどな」

「ウソだろう。そんなことありえないよ」

警察に通報するのはまだ早い——これを飯田美樹が発言したか否か問題だ。

「そうか。ふつうに言いそうなもんだろう」

「いや、ないね。もしそう言ったなら言ったと認めてるさ」

「おれなら認めないね。シラを切り通す」

「罪悪感は抱かないわけ?」

「ちっとも。おれはな。ただ、ふつうの人間には無理だろうな」

「飯田先生はふつうの人間だよ」

「だから自責の念に駆られて、メンタルが崩壊して休職したんだろ」

そうなのだろうか。そんなふうに言われると、そんな気もしてきてしまう。

だが、だとしても飯田美樹には同情する。彼女はその電話の直後、学校をあとにして櫻子を捜索しているのだ。もっともこれも、〈あなたも捜して。担任でしょ〉と小堺由香里から強制されたからしいのだが。

「それはそうと、娘の櫻子ってのはどんな子だったんだ?」

「明朗、活発、だったそうだけど」

「おまえ自身はまったく知らないのか。自分の学校の児童なのに」

「全校児童で何人いると思ってるんだよ。自分が受け持ってるクラスや学年じゃなければわかるわけないさ」

「ふうん。そんなもんか」

「そんなもんさ——で、どうして櫻子のことが気になったのさ」

この人は理由もなく弟に質問をしない。何かしら興味が湧いたのだ。

「そうした奇天烈《きてれつ》な両親の血を受け、育てられた子はどんなヤツなんだろうと思っただけさ。さぞヒステリックなガキだったんじゃねえかってな」

「そんなことなかったみたいだよ。まあ、それなりに気は強かったらしいけどね」

「けど、櫻子も成長するにつれて母親のようになっちゃうんだろ。小堺櫻子のことを苦手に思っていた子もいたと聞く。

ゆえにクラスの女子児童の中には、小堺櫻子のことを苦手に思っていた子もいたと聞く。


「別におれの言い分じゃないさ。ただし、そうなる可能性は高いだろうな。子の性格の半分は親からの遺伝で決まるんだ」

祐介はため息をつき、背もたれに身を預けた。

「その手の話を聞かされると気が滅入《めい》るよ」

「なんだよ、その手って」

「カエルの子はカエルだし、瓜《うり》の蔓《つる》に茄子《なすび》はならないし、トンビが鷹《たか》を生むのは幻想なんだろ」

祐介が天井に向けてそうぼやくと、颪介は「トレーニング中に笑わせんなよ」と肩を揺すった。

「全部兄貴から聞かされた話だろう。こっちは頼んでもないのに」

「おれは常に例外はあるとも言ってるはずだぜ。トンビが鷹を生んだ例なんていくらでもあるからな。ま、それも実は親であるトンビに鷹の資質が内在してたってことなんだけどな」

「ほら、そうやって気が滅入ることを言うじゃないか」

そう抗議すると、颪介は腕立て伏せをやめ、床にあぐらを掻《か》いて座った。パンプアップされているので、ふだんにも増して両胸がこんもりと盛り上がっている。肩など滑り台のような角度がついていた。

兄が筋トレにハマり出したのは十年ほど前、三十歳の頃だった。それまでは風が吹けば飛ぶほどガリガリだったのに、今ではボディービルダーのような逞《たくま》しい肉体を誇っている。

「なあ。兄貴は何が楽しくてそんなに身体を鍛えてるんだ」

が、風介はこの質問には答えず、「おまえはまるでわかってないな」とかぶりを振った。

「いいか祐介、たしかにおれのしている研究はともすれば残酷で、希望がないように映るかもしれない。けどな、だからこそ、世の中に必要なんだ――って、昨日のおれの話をちゃんと聞いてなかったのか」

ほとんど聞いてなかった。せっかくのご馳走《ちそう》がまずくなるからだ。

「ったく。じゃあ改めて話してやるよ」

「いや、いい」

そう断ったのだが、風介はこれも無視して、「大前提として人のDNAというのは――」と昨夜同様の切り口で話を始めようとしたので、祐介は「本当に大丈夫だから」と両手を突き出して拒否をした。

「ダメだ。聞け」

「どうせ最後には、人間は環境じゃなく遺伝子によって人格や才能が形成されてるって話になるんだろ。もうお腹いっぱいだよ」

「だからそこがわかってないって言ってるんだ。おれが本当に伝えたいのは、遺伝がもたらす力が半分しか受け入れられていない現代社会の在り方についてだ。半分というのはたとえば、短距離走の選手の子は足が速い、歌手の子は歌が上手《うま》い、学者の子は勉強が得意だ。これらのことはもはや常識として認知されているが、じゃあ、これを逆にして考えたときにはどうだ。それらは生活環境や本人の努力次第で向上すると世間一般では考えられているだろう。だけども、それは聞こえのいい物語でしかないし、ここに現代社会の闇があるとおれは考える。どれだけ努力しても足の遅い子はいるし、訓練したって音痴を矯正できない子もいる。それと同じように、どんなにがんばろうが勉強のできない子だって一定数、確実に存在するんだ。学校の先生であるおまえなんか誰よりもわかってるだろう」

「あのさあ、兄貴——」

「もっと言えば、親が陽気なら子も明るい性格になる。これを逆にすると、親が陰鬱《いんうつ》なら子も暗くなるという論理が成り立つし、実際にそうした研究はなされていて答えも明確に出ている。その答えはイエスだ。しかし、世の学校教育はそうした子どもの存在に蓋をするし、研究成果から目をそむけるだろう。だから不登校や学級崩壊なんかが起きるし、いつまで経っても大人になりきれず、社会に馴染めない人が出てきちまうんだ。要するに、何事も本人の努力や頑張りによって乗り越えられるという教えこそが悪で——」

祐介はソファーを離れ、脱衣所へ向かった。すると風介が後ろをついてきた。

「風呂に入らせてくれよ」

「まだ話は終わってない」

そう言って本当に脱衣所の中までついてきた。

「つまり、我々が本当に目を向けなければならないのは環境や教育ではなく、まずは遺伝子そのもの——」

祐介は両手で兄の背中を押して、力ずくで追い出した。すぐさま脱衣所の鍵《かぎ》を閉める。

さっと衣服を脱ぎ、浴室に入った。

そうしてシャワーを浴びていると、

「つまるところ、人は生を受けた時点であらゆる能力の限界値が決まっているんだ。伸び代はけって無限では――」

と、再び風介の声が背中側から聞こえてきた。

驚いて振り返ると、磨《す》りガラスに兄の姿が滲《にじ》んで映っていた。どうやら脱衣所の施錠を解いたらしい。爪を差し込めばなんなく開いてしまうのだ。

「勘弁してくれよ」祐介は泡だらけの肩を落として言った。

だがこの変人が聞き入れるはずもなく、彼は磨りガラス越しに延々としゃべりつづけるのだった。

やがて祐介は湯船に浸《つ》かった。当然、兄の演説はつづいている。

「現代人の不幸は平等意識をはき違えちまっていることだ。だから、よけいに差別感情が膨れ上がる。生まれながらにしてできる者とそうでない者がいることを認め、その上でコミュニティ、ひいては社会というものを構築しなければこの先我々はより不幸に――」

祐介は鼻をつまみ、頭ごと湯の中に潜り込んだ。これでようやく声が遮断された。

どうしてあういう兄を持ってしまったのか。そもそも、我々は本当に血が繋がっているのだろうか。

熱い湯の中、ふと疑問が湧いた。

どこからどう見たって、自分たち兄弟は似ても似つかないのだ。

一度真剣にＤＮＡを調べてみようか――一瞬思ったが、それこそ兄の説をすべて肯定しているような気がして、祐介はその考えを打ち消した。

翌朝、祐介は雨音で目を覚ました。ベッドを出て、カーテンを開くと、眼下に濡れそぼった街並みが見えた。空は悲しいほどどんよりとしている。

祐介はため息を漏らし、だらだらと身支度を始めた。別室の風介はまだ眠っているようだ。彼はフレックス勤務なので、毎日起床する時間がばらばらなのだ。

それにしても昨夜は散々だった。風呂を出たあとも延々と説を浴びせられたのだ。兄の話を聞いていると、人が行うすべての努力は無駄に思えてくる。

焼いた食パンにバターを塗って、コーヒーで流し込んだ。その間、テレビで天気予報を見ていた。気象予報士によると、関東《かんとう》は終日雨らしい。

やがて出勤の時間が迫り、祐介はテレビを消して、ひっそりと家を出た。

白い息を吐き、透明のビニール傘を差しながら、バス停を目指す。勤務先までは電車を使った方が早いのだが、三十歳を過ぎてから駅で人とぶつかることが多くなったので通勤手段を変えたのだ。朝から舌打ちを喰《く》らいたくない。

そうして沿道を歩いていると、後方から自転車に乗ったサラリーマンがやってきて、追い越された。彼は器用に黒い傘を片手で差していた。

祐介にはまずできない芸当だった。

自動車はもちろん、自転車にも乗れない。傘は透明のものしか持てない。今さら悲嘆に暮れることもないが、ふつうというものに対して羨《うらや》ましく思う気持ちは未だにある。

バスを一回乗り継ぎ、目的の停車場で下車した。ここから十分程度歩けば旭ヶ丘小学校に着く。まだ七時なので辺りを歩いている児童の姿はない。

校庭には大小の水溜《た》まりができていた。我が校の校庭はやたら水はけが悪いのだ。今日明日の体育の授業は体育館になりそうだ。

職員室に入ると、電話を受けていた事務職員が、「あ、ちょうど長谷川先生がいらっしゃいました」と言って、祐介に受話器を持ち上げて見せた。

「佐藤日向さんのお母様からお電話です」

祐介は電話を代わり、「もしもし、長谷川です」と応答した。

〈おはようございます。娘の日向なんですが、夜中からお腹を下していて、なので本日学校をお休みさせて――〉

相変わらず若い声だなと思った。以前にも一度、電話で話したことがあるのだ。

もっとも祐介はまだ佐藤日向の母親と顔を合わせたことはない。

今年に入って早々、就任挨拶のために六年二組の保護者に教室に集まってもらったのだが、佐藤日向の母親は都合がつかず、欠席をしたのである。

ちなみにそのときは平山小太郎の母の亜紀も欠席した。彼女たちは共にシングルマザーなので仕方ないだろう。

「昨日は元気な様子だったので心配ですね」

〈ええ、おそらく昨夜の夕飯に食べた生魚が当たったのかなと思うんですけど〉

「ああ、なるほど。病院には行かれるんでしょうか」

〈いえ、発熱もしていませんし、今はだいぶ治まっているようなので、このまま自宅で様子を見ようかと思います〉

「そうですか。最近、日向さんはクラスメイトの倉持莉世さんと仲良くしているようで、少しずつ学校にも慣れてきたのかなと思っているんですが、ご家庭ではいかがでしょうか」

〈ええ。本当に莉世ちゃんのおかげで。家でも学校のことや莉世ちゃんとのことを楽しそうに話してくれます。転校してすぐにああいう事件が起きてしまったものですから、娘もしばらくは塞《ふさ》ぎ込んでいたんですが、最近になってようやく笑顔を見せてくれるようになったので、親としては心からホッとしているんです〉

「そうですか。それは何よりですね」

〈はい、本当に。長谷川先生、短い期間ではありますが、卒業まで日向をよろしくお願いします〉

「こちらこそ。ではお大事に」

電話を切ったあと、祐介はノートパソコンを立ち上げ、クラス児童の身上書のデータが入っているフォルダを開いた。そこから佐藤日向のファイルを探し出し、クリックする。

事故で父親を亡くした上、転校して早々にクラスメイトの、それも唯一親しくしていた友人を失ったのだから、佐藤日向も、そして母親もつらいところだろう。

「ん？」

祐介は眉をひそめた。

佐藤日向の保護者の欄に、佐藤聖子《せいこ》と名前が記されているのだが、彼女の生年月日の記載がおかしいのだ。

これを計算すると母親の年齢は現在二十四歳になる。娘の日向の年齢はもちろん十二歳だ。

これはいったい――。

祐介が口に手を当て、思案に耽《ふけ》っていると、「長谷川先生。そろそろ行きましょうか」と渡辺が声を掛けてきた。

毎朝、三人の教師が校門に立ち、登校してくる児童を出迎えるのだ。これは交代制で行われており、今日は六学年を担当している自分たちの当番なのである。

祐介は脱いだばかりのダウンコートを羽織り、渡辺と湯本と共に職員室をあとにした。

三人で校門に向かう途中、祐介は佐藤日向の母親の年齢のことを話題に挙げた。

すると渡辺が、「びっくりしますよね。彼女が転校してきたときに、我々六学年の教師の間でも話題になりましたもん」とニヤニヤして言った。

「おそらく日向ちゃんは亡くなった父親の子で、今の母親は再婚相手なのよ」これを言ったのは湯本だ。「なのに父親の方が先に亡くなってしまったものだから悲劇よね。だって母親からすれば血の繋がってない子を、これから一人で育てていかなきゃいけないわけでしょう。ちなみにこの血縁関係のこと、飯田先生もどこまで深掘りして聞いていいのかわからないってしばらく悩んでたんですよ」

そこはしっかりと把握しておかなくてはまずいだろう。なぜなら日向本人は今の母親を実母と認識している可能性もあるのだから——いや、それはありえないか。聖子の年齢を考えれば再婚時期は遠い昔ではないはずで、となれば日向は彼女が継母《ままはは》であることを知っていることだろう。

何はともあれ、佐藤日向はかなり複雑な家庭環境にあるようだ。

「あー寒ぃー。冬の雨は最悪だな」

校門に到着したところで渡辺が手に白息を吹きかけて言い、湯本が「ほんと。春が待ち遠しいわよねえ」と同調した。

「春といえば春川《はるかわ》先生、四月からまた育休に入るみたいっスね」

「ああ、そうらしいわね」

春川というのは二年一組の担任の三十二歳の女性教師で、数ヶ月前に懐妊の報告があったのだ。

「これで四人目でしょう。すごいわよねえ」

「ほんと、すごいですよ。うちなんて息子一人ですけど、めちゃくちゃ手が掛かって四苦八苦してるのに」

それから二人は、春川が出産のたびに育児休暇を取っていることを「羨ましい限り」と言い合った。

「だから春川先生って、実質は五年くらいしか現場に出てないのよ」

「あ、そういうことになるのか。でもその間、給料は出てるわけですよね」

「そりゃそうでしょう」

「うーん。なんかそれもなあ」

「ねえ」

そんな会話を交わす同僚たちを祐介は冷ややかな目で見た。きっとこういう人たちの存在も日本の少子化の一因なのだろう。

出産をした者が経済的にも得をしなくては子どもの数など増える道理がない。むしろ日本は子どもに対する手当が薄過ぎるのだ。

「何にしても、春川先生がいなくなったらちゃんと教員を補充してくれるんスよね。こっちにまで累が及ぶのは勘弁ですよ」

「わたしだってイヤよ、また合同授業がつづいたりなんかしたら」

小堺櫻子の事件後、担任だった飯田美樹が休職してしまったため、しばらくの間、この二人が六年二組の授業を分担して受け持っていたのだ。

これを解消するために今年から祐介が六年二組を任されることになり、それまで祐介が見ていた四年一組は臨時的任用職員が受け持つこととなった。この人物を探すのも相当苦労したと聞いている。

「でも、いるかしら。ここに来てくれる人」

「教員免許って意外と持ってる人少ないんですかね」

「持ってる人はたくさんいるわよ。なりたい人がいないの」

教員不足はここ千葉県に限らず、全国的に大きな問題だった。二十年前、祐介が教員を目指した頃は倍率が高く、狭き門だった。たとえ教員試験に受かったとしても空きがなく、採用されるのは一部の人たちだけだった。それが今やこの有様である。

「あーあ。飯田先生、どうにか復職してくんないかな」

渡辺がこのようにぼやくと、「どうかしらねえ。あの人もまたアレだからねえ」と、湯本が意味深に目を細めた。

「なんスか、アレって」

「別に」

「教えてくださいよ。気になるじゃないですか」

「まあまあ。一つ言えるとしたら、飯田先生は渡辺先生が思っているような清純で可愛らしい女の子じゃないかもよってこと」

「別に自分はなんとも思ってないですよ」

「あら、いつも鼻の下を伸ばしていたくせに」

そんな会話を交わしていると、やがて児童らが登校してきた。みな、何人かのグループで固まって歩いている。

小堺櫻子の事件以来、基本は班ごと、最低でも二人で登下校をするように児童たちに指導しているのだ。

「おはようございます」と挨拶をするたびに、「おはようございまーす」と児童らの元気な声が返ってくる。

冬だろうと雨だろうと子どもは笑顔だからいい。仏頂面をしているのはいつだって大人だ。

ほどなくして真っ赤な傘を差した、一際背の高い少女が下級生を引き連れてやってきた。倉持莉世だ。

「倉持さん、おはようございます」と祐介が声を掛ける。

「おはようございます」と莉世は頭を下げたあと、「日向ちゃん、今日はお休みだそうです」と教えてくれた。今朝、彼女は佐藤宅まで日向を迎えに行ったらしい。

「うん。今さっき佐藤さんのお母さんから連絡をもらいました」

「そうですか」と言ったあと、彼女は歩を進め、だがすぐに立ち止まり振り返った。「あの、長谷川先生、今ちょっといいですか」

そうして祐介は少し離れた場所へ連れ出された。

ここで雨音が大きくなった。水溜まりに打ち上げ花火を連発したような水紋が起きている。

ブロック塀の前で共に傘を差しながら向かい合ったところで、「長谷川先生は日向ちゃんのお母さんと会ったことありますか」と莉世が切り出してきた。

「いや、まだ直接は会えてないんだ。佐藤さんのお母さんがどうかしたのかい」

訊くと、彼女はやや逡巡した素振りを見せてから、「日向ちゃん、危ないかもしれないです」と小声で言った。

「危ないって、どういうこと」

「日向ちゃんの命が危ないってことです」

意味不明だった。

その真意を問うと、

「わたし、こう思うんです。あの誘拐事件で、犯人が狙ってたのは櫻子ちゃんじゃなくて、本当は日向ちゃんだったんじゃないかって」

祐介は困惑した。なぜこの少女はこんなことを言うのか。

「つまり、犯人は佐藤さんとまちがえて小堺さんを連れ去ってしまったってこと？」

「はい。もちろん証拠はないですけど、でも、たぶんそうだったんだろうってわたしは思っています。二人は背格好も似通ってますし」

いよいよ頭が混乱してきた。

「待って。倉持さんは犯人が誰か、心当たりがあるのかい」

「いいえ、それはわかりません」と彼女は首を横に振った。「だって、実行犯はきっと、お金で雇われている人だろうから」

「雇われているって、誰に」

訊くと莉世は切長の目で担任教師の顔を正視した。

「だから、それが日向ちゃんのお母――」

3

二人同時にバスタブに身を沈めると湯量がぐんと増し、グリーンに濁った湯が少しだけタイル側に溢《あふ》れた。

「あんた、少しおっきくなったんじゃない」

亜紀が対面の息子にそう言うと、彼は「ママが太ったんだよ」と憎らしい口を利いたので、「こいつめ」と顔にお湯を浴びせた。

平山家ではほぼ毎晩、母子で風呂《ふろ》に入っていた。経済的なメリットはあるものの、小太郎はもうすぐ中学生なので、そろそろこの慣習も卒業しなければと思っているのだが、甘ったれな息子は母親が浴室に向かうときまってあとをついてくる。

もっとも、亜紀自身も独りはちょっぴり寂しいのだが。たまに小太郎がソファーで眠ってしまい、一緒に風呂に入れなかったりするとがっかりする。

窮屈なバスタブに膝《ひざ》を曲げて浸《つ》かり、息子とおしゃべりするのが亜紀がもっとも幸せを感じる時間だ。

「そういえば長谷川先生っていい人そうじゃない。背も高いし」

「背が高いって何か関係ある？」

「ある。ママはあの先生、結構好きよ」

「ふうん。ぼくは飯田先生の方が好きだけど」

夕方、小太郎の通う旭ヶ丘小学校に赴き、担任の長谷川祐介と面談をしてきた。事前に息子から「ロボットみたいな先生」と聞いていたのだが、たしかに表情に乏しいところはあったものの、亜紀は実直そうな印象を受けた。年齢は一つ下だが、大人の男性の雰囲気をまとっていた。

前任の飯田美樹はきゃぴきゃぴしていて可愛らしかったのだが、まだ学生さんという感じがして、少し頼りなさがあったのだ。

「頼りないっていうより、飯田先生はちょっと変なだけ」

「変って、どういうところが？」

「前に話したじゃん。やたらテンションが高い日もあれば、めちゃくちゃ暗い日があったりって」

「ああ、喜怒哀楽が激しいって言ってたね」

「そうそう。ほんとにハイのときは、それこそキマっちゃってるみたいな。授業中に急に踊り出したりとかするし」

「何それ。ヤバい人じゃん」

「でもみんなにはめっちゃウケてたよ。そのぶん、逆のときは魂抜けてるみたいな感じで、クラスの雰囲気も暗くなるんだけどね」

「ふうん。迷惑な先生」

「けど、基本的には優しいんだよ。飯田先生、もう戻ってきてくれないのかな」

「さあ、どうかな。戻ってこれるといいけどね」

無理だろうなと思いながら言った。

飯田美樹が休職した理由は、小堺夫妻から批難され精神を病んだから、というのがもっぱらの噂だった。娘の櫻子が誘拐されたのは飯田美樹及び学校のせいだと主張しているというのである。

もっともこれが真実かどうかは知らない。亜紀はママ友が少ない――ほぼいないに等しい――ので、あまり情報が入ってこないのだ。

「飯田先生もだけど、何より櫻子ちゃんが戻ってきてくれないとね」

そう言うと、小太郎は「まあ、うん」と曖昧《あいまい》に頷《うなず》き、だがその数秒後、「でもぼく、小堺さんのこと、ちょっと苦手」と中指で湯を弾《はじ》いた。

「そうなの?」亜紀は初耳だった。「どうして?」

「だって小堺さん、怖いから」

小堺櫻子は気が強かったらしい。ゆえに男子にも女子にも彼女を苦手に思っている人が少なからずいたそうだ。

「それにいじめっ子だったたし」

「そうなの?」

小太郎が頷く。「佐藤日向っていう二学期に転校してきた女子がいて、その子のことを初日からターゲットにしてたし。小堺さんっていつも誰か一人の女子をターゲットにするんだよ」

これも初耳だった。ちなみに亜紀は佐藤日向の顔は思い出せないが、母親の聖子のことはしっかりと覚えていた。十一月に行われた授業参観で一際目立っていたからだ。

その理由は彼女の見た目である。あまりに若過ぎたのだ。実際の年齢は知らないが、いってても二十代半ばだろう。

そのことから亜紀が察したのは、日向は聖子の実の娘ではなく、彼女は継母《ままはは》であるということだ。

「佐藤さんのお母さんのこと、ママちょっとだけ知ってるよ。少しお話ししたことがあるから」

授業参観の授業が終わった休み時間、聖子から「ついこの間転校してきた佐藤です」と話しかけられたのだ。彼女がそうしてきた理由は、「わたしの母にあまりに面影が似ていたんで、ちょっとびっくりしちゃって」という、こちらが返答に困るものだった。

何はともあれ、聖子は話してみれば感じがよく、若いのに礼儀正しかった。そこで亜紀は、息子の小太郎のことや、自分がシングルマザーで仕事が結婚アドバイザーであることを語った。

これは亜紀のちょっとした心遣いだった。わたしは複雑な家庭にも慣れていますよ、ということをアピールしておいたのだ。

もっとも聖子と親しくしたのはそのときだけだ。以降、彼女とは一度も会っていない。

「っていうか小太郎、いじめられている人がいるって知ってたのに、あんた助けてあげなかったの？」

「だってぼくは男子だし」

「だから女子たちのことに首を突っ込めないって？　そんなのカッコ悪いじゃない」

「でも、そういうのをするのは倉持さんの仕事だから」

「倉持さんってクラス委員長の？」

「そう。こういう問題はいつも倉持さんが間に入って、いつのまにか解決してくれるんだよ」

「へえ。倉持さんって、たしか君が代を歌わないって子だよね」

「うん。なんでか知らないけど」

亜紀は倉持莉世の姿を思い浮かべた。運動会や合唱祭で見たことがあるが、背が高く、目を引く美人だった。

ちなみに彼女の母親のこともよく知っている。情報に疎い亜紀の耳にも、ちょっとヤバい母親、という噂が入ってくるからだ。

亜紀が聞いた話によると、親しくなるとすぐに宗教に誘ってくるらしい。その宗教はM党と密接に繫《つな》がっていて、日教組とも深い関わりがあるとのことだった。

もっとも亜紀は、政治も宗教も日教組もまるでちんぷんかんぷんなのだが。

「じゃあ、倉持さんはクラスのボスだね」

「ボスって」と小太郎が鼻で笑う。「倉持さんはみんなのリーダーって感じ」

たしかに自分の小学生時代を思っても、女の子がクラスを取り仕切っていたような気がする。きっと女の子の方が心と身体の成長が早く、いくぶんませているからだろう。

「ところで、今日は学校で中川くんと話をしたの」

「したよ」

「どんなふうに?」

「ふつうに」

「ふつうじゃわかんないじゃない。昨日はごめんねとか、そういうやりとりはなかったわけ?」

「ないよ。だって、昨日お互いに謝ったし」

男の子はそんなものなのか。仮に女の子だったらこうはいかない気がする。自分の学生時代を思い返してもそうだ。

亜紀がそんなことを考えていると、

「ママ。あのさ」

と、小太郎が言った。だがそれきり、息子は黙ってしまった。ゆらゆらと揺れる水面に目を落としている。

「なによ」

「ううん。やっぱなんでもない」

「なんでもないことないでしょう。ちゃんと話して」

そう迫ると、小太郎はやや口ごもりながら、「ぼくが次にパパと会うの、来週の日曜日だよね」と目を合わせないで言った。

三ヶ月に一度、小太郎は父親の達也と会っている。これが離婚時に取り交わした達也との約束なのだ。

「それがどうかした？」

すると小太郎はまたも口ごもった。

「どうしたのよ」亜紀は焦《じ》れた。「男の子でしょう。はっきり言いなさいよ」

「ぼく、中学生になっても、パパと会わなきゃダメ？」

小太郎は上目遣いで母親を見ている。

「なに、パパに会いたくないの？」

「別に……会いたくないわけじゃないけど」

会いたくないのだ。

亜紀は内心、戸惑っていた。なぜなら小太郎は父親に会うことを楽しみにしていると思っていたからだ。

「本当は会いたくないんでしょ。正直に言っていいよ。パパには言わないから」

するとと小太郎は「まあ、うん」と小さく頷いた。

「でもどうして？　この前もゲームソフトを買ってもらってよろこんでたじゃない」

「そうだけど……パパ、ずっとママのことばかり訊《き》いてくるんだもん」

亜紀は眉《まゆ》をひそめた。「それ、どういうこと？」

「ママは今付き合ってる人はいないのかとか、どういう友達がいるのかとか、誰と会って、誰と電話したりしてるのかとか、そういうこと。ぼく、訊かれたってわかんないし」

亜紀は目を散らした。まさかそんな話をしているとは思ってもみなかった。

「それっていつから？」

「いつからっていうか、毎回訊かれる。いつもおんなじ質問」

これまで小太郎からこんな話をされたことはなかった。きっと彼なりに、父にも母にも気を遣って、ずっと黙っていたのだ。

そう思ったらふつふつと怒りが込み上げてきた。数少ない面会の日に息子に嫌な思いをさせて、あの男はどういうつもりなのか。

いずれにせよ、亜紀のことばかり訊《たず》ねてくるということは、あの男は今も別れた妻に未練があるのだろう。もっともこれは意外なことではない。それとなく亜紀自身も感じていたことなのだ。

小太郎の父で、元夫の相川《あいかわ》達也。おもてでは良きパパ、良き夫として振る舞うのだが、家に入ると豹変《ひょうへん》するDV男。

あの男は度々、亜紀を殴った。負けん気の強い亜紀もやられっぱなしではなく、時に反撃をすることもあったが、そうなると彼はきまって包丁を持ち出したりして脅してきた。

今思えば、なぜあんな生活に耐え忍んでいたのか不思議でならない。この人はわたしがいないとダメ、そんなふうに考えていたのかもしれないし、共依存になっていたのかもしれない。自分さえ我慢すればいい、自分さえ犠牲になれば家庭の平和は保たれる——亜紀は己にそう言い聞かせて日々に耐えていた。

だが小太郎が三歳の誕生日を迎えた頃、看過できない出来事があった。

その日の夜、達也はやたら虫の居所が悪く、執拗《しつよう》に亜紀に絡んできた。最初は宥《なだ》めすかしていた亜紀もやがて我慢の限界が来て、一言いい返した。これによって夫婦喧嘩《げんか》が勃発《ぼっぱつ》した。いがみ合う両親を前に小太郎は泣き喚《わめ》いた。達也はそんな小太郎の頭を「うるさいっ」と拳《こぶし》で殴りつけた。それも頭に大きなコブができるほど強く――。

達也が我が子に暴力を振るったのはこの一度だけだったが、これをきっかけに亜紀は離婚を決意した。このまま一緒に暮らしていたら、自分よりも、息子が危ないと思った。

もっとも、離婚はすんなりとはいかなかった。互いの両親を巻き込み、揉《も》めに揉めた。達也は
「最後にもう一度チャンスをください」と土下座してきたが、亜紀が翻意することはなかった。

これまでとちがって、彼の涙を前にしても、ちっとも決意が揺るがなかったのだ。

「わかった。あとでママが適当な理由をつけてパパに断っておく。小太郎はもうパパと会わなくていい」

「これからも？」

「これからも。二度と会わなくていい」

はっきりと告げた。だが、小太郎はホッとするかと思いきや、バツの悪そうな顔をした。

「でも、パパが傷つくようなことは言わないであげてね。ぼく、別にパパのこと嫌いなわけじゃないから」

その優しさが胸に痛かった。あんな男でも、小太郎にとっては血の繋がった父親なのだ。

風呂から上がり、小太郎が寝入ったのを確認してから、亜紀はスマホから達也に電話を掛けた。

〈めずらしいな。亜紀がおれに電話をくれるなんて〉

久しぶりに達也の声を聞いた。ふだんのやりとりはメールだからだ。面会の日も、達也が家の前まで車で迎えに来て、小太郎だけが玄関から出て行く。自分は極力顔を合わせたくない。

「申し訳ないんだけど、来週の日曜日にお友達家族と出掛けることになっちゃったの」

考えた末、目先の面会はこの理由で敬遠することにした。いつかは本当のことを伝えなければならないが、それはもう少しあとの方がいいと判断した。

〈それは仕方ないな。じゃあ近いうちにまたスケジュールを合わせてくれよ〉達也はわりとあっさり受け入れた。〈ところで亜紀、最近はどう？　仕事はうまくやってるかい？〉

あちらからこうした話を切り出してくれたのは好都合だった。このためにわざわざ電話を掛けたのだ。

「仕事はおおむね順調。私生活では大変なこともあるけどね」

〈大変なことって？〉

「実は昨日の夜――」

亜紀は無言電話のことを話した。彼の反応を探りながら。

あの無言電話は達也の仕業じゃないかと思ったのだ。もちろん可能性は低いと思っているが、仮に犯人が知人だとしたら達也以外には思いつかない。

なぜなら過去に達也からしつこく復縁を迫られた時期があり、そのときの彼の行動はややストーカーじみていた。

そもそも我が家の自宅の電話番号を知っている人は限られていて、達也はそのうちの一人だ。

〈無言電話か。それは気味悪いな〉

「うん。本当に」

〈心当たりはないの？　そういうことをする奴に。最近トラブルがあったとかさ〉

一瞬、脳裡《のうり》に江頭藤子の顔が思い浮かんだが、「ううん。まったく」と否定した。

〈そうか。でもだとしたらきみに惚《ほ》れてる男かもね〉

「そんな人いないわよ」

〈そんなのわからないさ。きみが友達だと思っているだけで、相手はそうじゃないってことだってあるだろう――もしくは今の交際相手とか〉

そんな人もいない、と言おうとしたが、亜紀はあえて「やっぱこの話は終わり」とはぐらかした。達也もまた亜紀の身辺を探りに来ているのだ。

〈なに、きみは今付き合ってる男がいるの〉と、案の定食いついてきた。

「別に。そんなことをあなたに教える必要ないじゃない」

〈そんな冷たい言い方はないだろう。おれは元夫なんだから〉

「そう、元ね。だから今は他人。他人にプライベートなことを話す必要はないでしょう」

自分でも驚くほど、棘《とげ》のある言葉が出た。内心、達也に腹を立てているのだ。

〈相変わらずきみはきついなあ〉と達也は電話の向こうで笑っている。〈でも、パートナーがいるならいいことだよ。きみはまだ若いんだしさ。そういう人がいるなら、おれもうれしいし、安心できる。前々から言おうと思ってたんだ。きみは人の結婚の斡旋《あっせん》よりも自分のことを考えて然《しか》るべきなんじゃないのって〉

無理してるなと思った。それに大きなお世話だ。

「実はおれにも一緒になりたいって言ってくれている女性がいてさ、でも彼女は一回り以上若くてべっぴんさんなんだよね。だからそんな女性がどうしておれなんかを――」

絶対に嘘だと思った。亜紀を焼かせようとしているのだろう。聞いているこちらが恥ずかしくなってくる。ただ、この話が本当ならどれだけいいだろうか。

小太郎のことがあるから仕方なく繋がっていただけで、亜紀としては達也と完全に縁を切りたいのだ。

「よかったじゃない。素敵な人が見つかって。それじゃ、もう遅いから切るね」

〈あ、う、うん。小太郎との次の予定――〉

「それは調整して、都合のいい日が見つかったら連絡します」

亜紀は冷淡に告げて、電話を切った。

ふーっと、長い息を吐く。我ながらにべもない対応をした。一度は永遠の愛を誓った男に対して、これほど無情になれるのだから女は恐ろしい生き物だ。

何はともあれ、やはり達也の仕業とは思えなかった。亜紀が無言電話について語った際の彼の反応は演技をしているようには感じられなかった。

だとすれば、いったい誰なのか。どこの誰がどんな理由で、あんなことを――。

そんな思案に耽《ふけ》っていると、居間の固定電話が鳴り、亜紀は肩をびくつかせた。

壁掛けの時計を見る。時刻は十一時を過ぎている。立ち上がり、恐るおそる電話へ向かった。

液晶パネルを見ると、昨夜同様、非通知だった。絶対にまたあの無言電話だ。

亜紀は息を吸い込んでから受話器を持ち上げた。だが、今回はこちらからは何も言わなかった。

当然、相手も無言なので、沈黙がつづいた。その間、前回同様に薄気味悪い息遣いだけが聞こえている。

十秒、二十秒、三十秒が経った。

亜紀はここで痺《しび》れを切らした。

「あんた、こんなことして何が楽しいわけ?」

相手は反応しない。

「昨日言ったからね。次やったら警察に相談するって。警察が電話の発信源を調べたら、あんたがどこの誰だかすぐわかるんだから。覚悟しておきなさいよ」

亜紀は受話器を叩《たた》きつけ、電話機のコードを抜いた。

次に小走りで玄関に向かった。戸締まりはしているはずだが、再度確認しておこうと思ったのだ。

翌日の午前中は松戸営業所で、月に一度の定例会議が開かれた。

これはすべてのアドバイザーが億劫《おっくう》に思っていた。たいして現場に出たことのない女性のエリアマネージャーがしたり顔で営業方法を指導してくるのだから聞く耳なんて持てるはずがない。

「世の中でマッチングアプリが流行《はや》っているのは我々結婚相談所にとって不都合ではなく、むしろ好都合なのです——これ、なぜだか明確に説明できる方いますか」

ホワイトボードの前に立つエリアマネージャーがオフィスを見回して言い、みんなが視線を逸《そ》らした。正解はなんとなく想像がつくが、明確になどと求められたら話したくない。所長の小木すらそっぽを向いていた。

「じゃあ、あなた」

指されたのは新人の謙臣だった。彼は授業中に先生にいきなり指名され、動揺する生徒のような反応を示した。その様子に、亜紀はとなりの稲葉敦子と目を合わせ、くすくすと笑った。

昨日は稲葉が謙臣を連れて営業に回ったのだが、「もう可愛いのなんのって」と、彼のことをえらく気に入ってしまったらしい。

ちなみに今日はまた亜紀が謙臣と同行する。

「お名前はなんだったかしら」

「土生です」

「そうだった。で、どうしてだと思う？」

「ええと……」と謙臣がこめかみをぽりぽりと掻《か》く。「どうしてでしょう」

「こっちが聞いてるのよ。当てずっぽうでいいから答えてみて」

謙臣がうーんと唸る。「マッチングアプリに登録している人の個人情報が手に入るから、でしょうか」

この頓珍漢《とんちんかん》な回答にオフィスがどっと沸いた。

「あなた、おもしろいことを言うのね。そんなのどこでどうやって手に入れるのよ」

「それはその……闇で買う、とか」

再び笑いが起きた。ふだんは笑顔を見せないエリアマネージャーも口に手を当てて笑っている。

「それ犯罪じゃない。うちの会社、潰《つぶ》れちゃうわよ」とエリアマネージャーは肩を揺すり、改めて全体を見回した。「答えは結婚相談所のハードルが低くなるからです。世の中には結婚願望を抱きながらも行動を起こさない男女がごまんといます。彼らは街コンに行くこともなければ、当然、結婚相談所の門も叩きません。とはいえ、指先一つで手軽に始められるマッチングアプリだけは登録している人が多いのです。しかし、彼らがそこで成婚することはまずありません。なぜかというとマッチングしないから。つまりデートまでたどり着けないのです。はっきり言いますが、リアルで異性からモテない人はオンライン上でもさっぱりモテません」

マッチングアプリは、金のあるサラリーマンかイケメンに多数の女性が群がっていて、貧乏人やブサイクは完全に無視されているのが実態なのだという。かといって、リアルでもモテる男性たちがマッチングアプリに登録している理由は手軽に遊びたいという不埒《ふらち》なものなので、結局のところ真剣に結婚を考えている女性たちもゴールできないのだそうだ。

「この残酷な現実を突きつけられた彼らは次に何をするのか——残念ながら何もしません。彼らは腰が重く、自ら結婚相談所の門を叩いてはこないのです。けれども、こちらから勧誘すればどうでしょう。少なくとも聞く耳は持ってくれるはずですよね。理由は前述した通りです。つまり、自力ではどうにもならないと知った彼らこそ、我々が狙うべき——」

会議が終わったあと、アドバイザーがいっせいに身支度を始め、準備が整った者からオフィスを出ていった。亜紀もチェスターコートを手にして、謙臣と共におもてに行こうとすると、すぐそこで受話器を耳に当てていた所長の小木から、「平山さん、ちょっと」と、声を掛けられた。

「今日のアポは十四時に一件、場所は成田だよね。だとしたら十七時までにはここに戻って来れるよね」

「まあ、戻っては来れますけど」

「じゃあ今日は直帰しないで、戻って来て。十七時には必ず」

「何かあるんですか」

訊くと、小木は手にしている受話器を指さした。

「この電話、例の江頭藤子さんから」

「えっ」

「あなたに話があるから今日の夕方にまたいらっしゃるって」

江頭藤子とは一昨日《おととい》、この営業所で口論になり、喧嘩別れの形になっていた。もちろん客に対して暴言を吐いてしまったのだから、昨日亜紀は彼女に謝罪の電話を掛け、メールも入れておいたのだが、電話は留守番電話となり、メールも返信がなかった。

何はともあれ、気分が一気に沈み込んだ。詫《わ》びはしたものの、それは形式上のもので、彼女がこのまま退会してくれることを願っていたからだ。

あの女、今度は何を言ってくるつもりだろう——。これから面談だというのに、亜紀はやる気が失《う》せてしまった。

ワイパーが忙《せわ》しなく左右に振れ、フロントガラスに張りついた雨をしきりに弾き飛ばしている。天気予報によると、今日は終日雨のようだ。

松戸ＩＣから東京外環自動車道に入ったところで、

「どっちも怪しいですけど、ぼくは犯人は江頭さんではなく、旦那さんの方じゃないかなと思います」

と、運転席でハンドルを握る謙臣がむずかしい顔をして言った。

亜紀はそんな彼を横目で捉《とら》え、「旦那じゃなくて、元旦那ね」と訂正しておいた。

営業所を出発してすぐ、亜紀は謙臣相手に江頭藤子の愚痴をこぼし、その流れで無言電話の件を語ったのだ。その際、疑惑のある人物として江頭藤子と元夫の達也のことも話した。

入社したばかりの新人にこんな話を打ち明けるのもどうかと思ったが、誰かに心の内を聞いてもらいたかった。

二日連続、無言電話があっただけで、こんなにも精神が不安定になるのだから、自分という人間は意外とナイーブにできている。

「でも、どうして土生くんは元旦那の方が怪しいと思うの？」

「たしかに江頭さんにも動機はありますけど、でもあの人は平山さんの自宅の電話番号を知らないじゃないですか。ひと昔前ならまだしも、今はそういう個人情報を手に入れるのはむずかしいと思うんですよね」

「あら、マッチングアプリの会員情報は闇で買えるのに？」

亜紀がそうからかうと、謙臣は頭を掻き、「マネージャーもなんでぼくみたいのを指名するかなあ」とぼやいた。

「やっぱり元旦那と電話を終えた直後に無言電話が掛かってきたってのが出来過ぎですよ。きっと平山さんに無下にされたことに腹を立ててやったんじゃないですか」

「でも、偶然ってこともあるわけだし」

「いやいや、絶対に元旦那ですよ。なんたって女の人を殴るような奴ですから。無言電話なんてまさに内弁慶《うちべんけい》な奴の手口じゃないですか。まちがいないですよ」

先ほど彼から、「失礼ですけど、どうして離婚を?」と訊かれたので、亜紀は理由を包み隠さず打ち明けたのだ。謙臣は意外と正義感が強いのか、「奥さんばかりか、幼い子どもにまでですか。許せない」と鼻の穴を広げて憤っていた。

「ぼくはすぐにでも警察に相談するべきだと思いますよ。だって無言電話がいつまでつづくかわからないじゃないですか」

「うん。今度また掛かってきたら相談してみる」

「今度って。そんな悠長に構えてないで、すぐに相談した方がいいですって」

「だって、警察って結局何もしてくれないんだもん」

亜紀はこの手の相談を持ち込んだときの警察の対応はよく知っていた。なぜなら達也からしつこく復縁を迫られ、彼が自宅マンションの下で待ち構えるなどして、その行動がエスカレートしてきたとき、真っ先に警察に相談したからだ。結果、その程度では注意すらできないと突っぱねられ、「逆に復縁を考えてみたらどう?」と耳を疑うようなことまで言われたのだ。

それを思うと、無言電話があった程度のことで彼らが動いてくれるとは思えない。

「じゃあ、ぼくが平山さんの力になりますよ」

「え」亜紀は驚いて運転席を見た。

「だって、敵は無言電話では飽き足らず、夜道でいきなり襲ってくるかもしれないじゃないですか」

「ちょっと。怖いことを言わないでよ」

「でも絶対にないとは言い切れないでしょう。だからボディーガードです。あ、ぼく、こう見えて結構強いんですよ。なにせボクシング観戦が趣味ですから」

謙臣はそんな冗談を口にして、ハンドルから手を離し、両手で短いジャブをシュッシュッと繰り出した。

亜紀は「危ないって」と笑った。

謙臣は意外とお調子者のようだ。だけど、彼に話を聞いてもらい、たとえ軽口だとしても、力になると言ってもらえて、亜紀は少しだけ心が軽くなった。


結果、面談は徒労に終わった。相手は自ら、おたくの相談所のシステムを知りたいと所望してきた四十四歳の女性で、彼女は自身がバツ二、コブ付きの身であるにも拘《かかわ》らず、パートナーに求める条件として、四十五歳以下、年収一千万以上という条件を平然と語っていた。ハゲデブ完全NGとも言っていた。

「この条件に見合う男性を月に一人、必ず紹介すると約束できるならおたくの相談所に入会してもいいわよ」

まず無理な話だった。

もっとも、以前の亜紀ならばこの手の勘ちがいも積極的に取り入れていた。入会さえさせてしまえばこっちのもの、というイケイケドンドンでやっていた。

だが今後はこういう人間を相手にするのはやめることにした。地雷女は江頭藤子だけで十分だ。

「これまた強烈な女の人でしたねえ」

コインパーキングを出たところで、運転席の謙臣が苦笑を交えて言った。

亜紀は「ほんとねえ」と肩をすくめて、「ねえ、どっかでお茶して行かない？　奢《おご》るからさ」と誘った。

面談がすぐ終わってしまったので、これから営業所に戻ると、早く着きすぎてしまう。そうなると、オバサマたちのテレアポを手伝わされるはめになるのだ。

それに江頭藤子と会う前に一息つきたい。

「いいですね。でも、ぼくが奢りますよ」

「ダメよ、そんなの。せめて割り勘」

「いいえ、こっちは独身の実家暮らしですから」

謙臣が断固の構えなので、「そう。じゃあお言葉に甘えて」と亜紀は手を合わせた。

「そういえば土生くん、この辺は地元でしょ？　美味《おい》しいコーヒーが飲めるお店に連れてってよ」

「美味しいコーヒーか。だったら――」と謙臣が助手席の亜紀に向けて目を細める。「うち、来ます？」

「へ？」

「うちの親父が淹《い》れたコーヒーは絶品なんですよ。ぼくが思うに世界一です。なのでうち以上はありません。よし、決めた。行きましょ」

「ちょ、ちょっと待ってよ。そんないきなり――」

「大丈夫です。気を遣うような相手じゃありませんから。ただの坊主です」

「そんなこと言ったって……だいたい、土生くんの実家ってここから近いの？」

亜紀がそう訊くと、謙臣は「あそこです」と濡《ぬ》れたフロントガラスの先を指さした。

その先には緑の生い茂った小高い山がある。あの中腹に聖正寺という寺院があり、そこが謙臣の実家なのだという。

「親父の奴、未《いま》だにぼくが本当に就職したのか疑ってる節があるから、ちょうどいいです。先輩社員を連れて行けばさすがに信じるでしょ」

謙臣はそう言って、実家へ向けて車を走らせた。

正直、亜紀はきまりが悪かった。いくら息子の謙臣が構わないと言ったって、手土産も持たないでいきなり押し掛けていいものだろうか。

「いいんですって。近くに来たんですから」

「でもなあ。こんな雨の中」

「雨は関係ないでしょう。本当に気楽に。だいいち参拝客や墓参者だってわんさか来るんですから」

なら、まあいっか。それに、寺で心を清めておきたい。仏の力を借りて気持ちを整え、この前のような失態を犯さないように、江頭藤子との戦に備えるのだ。

道すがら、謙臣は父親と実家の寺について語ってくれた。

謙臣の父は本名は永臣と書いてナガオミと読み、戒名は永臣と書いてエイシンと読むという。

そんな永臣が住職を務める聖正寺はどの宗派にも属さない単立寺院として、天文《てんぶん》十二年に創建されたのだが、太平洋戦争の空襲によって本堂が全壊し、一度は焼失したものの、終戦後に充てがわれた復興基金と檀《だん》家《か》の協力で、昭和三十二年に復元を果たしたそうだ。

「単立寺院といっても、思想や信条的な面で独自性があるわけじゃなくて、教義や儀礼は真言《しんごん》宗に則《のっと》って執り行われているんです。あ、ちなみにうちの家系が代々寺族ってわけじゃなくて、親父は二十代半ばに俗世を離れ、仏門に入り、修行を積んだんです。で、先代に後継ぎが出来なかったらしくて、唯一の弟子であった親父が住職に収まったんですよ」

亜紀は時折、へえ、とか、ふうん、などと言って相槌《あいづち》を打っていたが、正直ちんぷんかんぷんだった。単立寺院という言葉も初めて聞いたし、そもそも真言宗の教えがなんなのか知らない。唯一知っているのは開祖が空海《くうかい》ということだけだ。

ほどなくして聖正寺に到着した。古い檜《ひのき》造りの山門の両脇には厳《いか》つい仁王《におう》が門番のように立ちはだかっている。

謙臣が山門をくぐる直前で車を一時停止させ、頭を垂れて一礼したので、亜紀もそれに倣った。

「じゃ、入りましょうか」

山門を抜けると視界が一気に開けた。正面奥に威風堂々とした本堂と客殿がある。その二つの建物から少し離れた場所に数寄屋《すきや》風の庫裡《くり》があり、その庫裡の右手側の緩やかな丘の上には檀家の墓地が階段状に広がっていた。

玉砂利地面の駐車スペースに営業車を停め、傘を差しながら謙臣の先導で庫裡の方へ歩を進めた。

亜紀は想像していた以上の敷地の広さと、造りの荘厳さに圧倒されていた。均一に配列された庭石に生えた緑の苔《こけ》すら計算されているかのようで、雨の匂いに混じって鼻をくすぐる金木犀《きんもくせい》の香りも亜紀を気後れさせるのに一役買っていた。

庫裡の戸口に黒御影の門柱が立っており、『土生』と浮き彫りにした表札が埋め込まれている。謙臣が手を伸ばすと、先に戸が横に滑って開いた。その先には黒の袈裟《けさ》を纏《まと》った僧侶が立っている。

この人物が謙臣の父の永臣だろう。背丈は亜紀とさほど変わらず、年配の男性にしてもだいぶ小柄だ。それにかなり痩《や》せこけている。

ただ、顔の造形自体は謙臣にとても似ていた。きっと謙臣も何十年後かにこういう顔になるのだ。

「雨の中の墓参者かと思ったら、おまえか。今日は仕事が早く終わったのか」と永臣が口を開く。

「ちがうよ。これからまた営業所に戻るの。たまたま近くに来たから、お世話になってる先輩に親父のコーヒーを飲んでもらおうと思ってさ——こちらの方はアモーレの先輩の平山亜紀さん」

「平山です」と亜紀が腰をかがめる。「すみません。急にお訪ねしてしまって」

「ほう。そうでしたか。そうでしたか」と、永臣は亜紀に向けて好々爺《こうこうや》のような笑みを浮かべる。

「いつも息子がお世話になっております。父の永臣と申します。愚息ですが、どうぞ面倒を見てやってください」

「いえいえ、土生くんは本当に優秀で。仕事もしっかりやっていて——」

「そんな気を遣っていただかなくて結構ですよ。さあ、寒いですからどうぞ中へ」

靴を脱いで、廊下を歩き、広い茶の間に通された。永臣がコーヒーを淹れに一旦《いったん》離れたので、亜紀は遠慮なく室内を見回した。一見さっぱりとしていて質素に映るが、それはまちがいだろう。高い格天井《ごうてんじょう》、大津壁《おおつ》にある明かりとりは扇を象《かたど》っており、いかにも上等そうな掛軸には読めない筆字が連なっている。隅に置かれた信楽焼《しがらき》の花瓶には黄色い花が挿してあって、色味のない空間の中で程よい存在感を放っていた。何より、このツヤのない黒檀《こくたん》座卓である。絶対に物凄《ものすご》く高い。

「そんなに物珍しいですか」と、となりに座る謙臣が肩を揺する。

「だってふつうの家庭にこんな部屋ないもの」

「別にふつうの客間ですけどね。っていうか、足を崩していいですよ」

亜紀は座布団の上で正座しているのだ。

「できないわよ。そんなこと」

「本当にそんなかしこまらないでくださいよ」

「いいの。わたしはこれで」

そんなやりとりを交わしていると襖《ふすま》が開き、永臣が盆を持って現れた。

永臣は黒檀座卓に益子《ましこ》焼のカップを三つ並べ、その上にフィルターをセットし、自家焙煎《ばいせん》したコーヒー粉を落とした。一つ一つ丁寧に湯を注ぎ入れていく。

「さあ、どうぞ」

いただくと、たしかに美味しかった。苦味の中に程よい酸味があって、ビターな香りがすっきりと鼻を抜けていくのだ。一緒に出された餡子《あんこ》の和菓子との相性も抜群だった。

亜紀が少ない語彙《ごい》を使って一生懸命に感想を伝えると、永臣はえびす顔で満足そうに頷いた。

「和尚様は若くして出家されたんだとか」

亜紀がそんな話を振ると、永臣は「二十四の歳ですね」と答えた。

「そんなに若いときに。何かきっかけがおありになったんですか」

亜紀が深掘りすると、となりの謙臣が顔をしかめた。その顔には、面倒なことを訊いちゃいましたね、と書いてあった。

「天啓を得た、と言いたいところですが、当時身の回りで度重なる不幸がありましてね、心身ともに疲れ果ててしまっていたのですよ。それで若くして世捨て人のようになっていたところ、御縁に導かれ先代と出逢《であ》ったのです。ただ、まさか自分がその後を継ぐことになるだなんてそのときは思いもしなかったですがね」

永臣がカップに手を伸ばし、ゆったりとした所作でコーヒーをすする。

「僧侶というのは御仏《みほとけ》と人々の仲介役であり、かつ魂を救い導く使者でもあるのです。最初はそんな大それたものに自分などがなれるわけがないと思いました。ですが、先代はそんなわたしにこんな言葉を与えてくださいました。弘法《こうぼう》大師のご遺戒《いかい》なのですが、『一心の性は仏と異なることなし、この心に住すればこれ仏道を修す』と。これは弘法大師のご遺戒なのですが、つまり人の心の中には想像以上の光り輝く徳性円満な偉大な能力が本来備わっているという意味です。これを菩提《ぼだい》心とも言い、つまり人の最善の能力であります。あらゆる心身の病を癒《いや》し、あらゆる迷妄の愚かさを破り、あらゆる衆生と万物に良き影響を及ぼし、自分という固定観念から解放してくださる。これこそ宇宙生命の中の最高の心の姿であり、わたしにもそうなれる資質が備わっているということです——もちろん平山さん、あなたの中にもそれは存在しているのです」

亜紀はつい、「はあ」と気の抜けた返事をしてしまった。神仏ごとにはまるで縁遠い自分である。神や仏に祈るのは宝くじを買ったときくらいだ。

その後も永臣の話はつづいたが、途中で謙臣が「親父さあ」と口を挟んだ。

「平山さんはそういう説法を聴きに来たんじゃないの。ダべりに来たんだから」

「こういう倅《せがれ》ですから、ほとほと困ったものです」と永臣が苦笑する。「こいつは坊主は嫌だ嫌だというばかりで、かといって定職にも就かず、長いことふらふらしておりましてね。絵に描いたような放蕩《ほうとう》息子なんですよ」

「今はちゃんと就職してるだろう」

「つづくかどうかは怪しいものだがな」

そんなやりとりに亜紀はくすくすと笑った。

「ただ、人様の縁組を助けるのは結構なのですが、こいつ自身の先行きが親としては心配でなりません。はたしてこれと一緒になってくれる女性がいるのかどうか。下の子はすでに嫁ぎに出てますから、あとはこの放蕩だけ——」

「だからさあ、おれは結婚はしないって何度言ったらわかるんだよ」

「あら、そうなの？　土生くんは生涯独身でいいわけ？」

訊くと謙臣は両手を後ろについて姿勢を崩した。

「だって、正直なところ家庭というものがよくわからないんですよね。だってほら、母はぼくが幼い頃に死んじゃってるし、親父はこの通り坊主だから一般の家庭とはだいぶかけ離れた生活をしてきたわけですよ。そんなぼくがふつうの所帯を持つことなんてできるのかなって。そもそも所帯を持つことが本当に幸せなのかという根本的な疑問もありますし。現代人が結婚しないのもぼくみたいな考えの人が増えてるからって、会議でもマネージャーが話してたじゃないですか」

たしかに今、独身で生涯を終えたいという若者が著しく増えている。彼らは家庭を持つことに憧《あこが》れや価値を見出《みいだ》せないのだ。自分の時間がなくなる、というのがもっとも多い意見で、次にくるのが経済的な事情。家を買ったり、子どもの養育費だったりの資金がないのである。

「でもさ、土生くんの場合はそういうお金の心配はないわけじゃない」

「けど親父はおれにビタ一文残してくれないって言うんですよ」

「当たり前だ。親の金を当てにするな」

「これですよ。親父はね、冥土《めいど》まで金を持ってくつもりなんです。これこそ絵に描いたような生臭坊主でしょう」

「冥土の土産とはそういうことだ。手ぶらでは母さんに申し訳が立たないだろう」

この掛け合いに亜紀は再び笑った。土生親子は愉快だ。

やがて時間が来て、永臣に礼を告げて聖正寺をあとにした。別れ際、永臣は「またいつでもいらっしゃい」と目尻を下げてくれたので、亜紀も「本当に遠慮なく来ちゃいますからね」とチャーミングに告げておいた。

営業所に向かう帰途の車内、謙臣と永臣の顔が似ているという話を亜紀がすると、「ぼくは母に似たかったんですけどね」と謙臣は不満気に言った。

「ぼくの母、ものすごくキレイな人だったんですよ。写真なんかで見るとほんと女優さんみたいに色が白くて、目がぱっちりとしてて。ただ、ぼくは残念ながら父親の方の血が濃かったみたいで。ほんと神様だか仏様だか知らないけど、血の分配を間違えた罪は重いですよ」

「何を贅沢《ぜいたく》な。十分いい顔に生まれてきてるじゃない」

「親父に似てるってのが嫌なんですよ。昔から人にそっくりだそっくりだって言われて、うんざりしてるんです」

「ふうん。ちなみに妹さんはどっちに似てるの？」

「妹は完全に母似です」

そんな会話を交わしつつ、車は軽快に進んで行った。

だが営業所が近くなるにつれて、次第に亜紀の口数は減ってきた。このあと江頭藤子との面談が控えているからだ。どんな話をされるのかと思うと、胃がずっしりと重たくなる。

亜紀が黙ったからか、謙臣もまた口を利かなくなった。

そんな中、「なんか眠たくなってきちゃったなあ」と、ふいに謙臣があくびと共につぶやいた。その声もまた父親に似ていた。


亜紀たちが営業所に帰り着いたのは十六時四十五分で、その頃には空で雷が鳴り、それに伴って雨も苛烈《かれつ》になった。

そんな土砂降りの中、江頭藤子は十七時ちょうどに自慢の長い黒髪を揺らして営業所にやってきた。謙臣にお茶を頼み、彼女を応接スペースに案内する。

亜紀は椅子に座る前に姿勢を正し、江頭藤子に向けて深々と腰を折った。

「改めまして、先日は失礼極まりない発言をしてしまい、本当に申し訳ありませんでした。本来ならこちらから出向くべきところをこうしてご足労いただき——」

「やめましょ、そういうの」

亜紀は顔を上げた。

「わたし、もう怒ってませんから」

亜紀は意外な態度に戸惑ってしまい、「ええと、そうですか」と、とぼけた反応をしてしまった。

「どうぞ座って」と、まるであちらがホストかのように促される。

着席し、改めて向かい合ったところで、「わたしもいけなかったんです」と江頭藤子は微笑んだ。

「考えてみれば平山さんのおっしゃる通りだわ。わたしがダメだから結婚できないのよね」

「いえ、そんなこと——」

「そんなことあるでしょう」江頭藤子の顔からスッと笑みが消える。「だってあなたがそう言ったんだから」

「…………」

「ね、あなた言ったわよね。『結局、あなたがそんなだから、いくつになっても結婚できないのよ』って」

「…………」

「言ったか、言ってないか。言ったわよね」

「……はい」

「でしょう。だからわたしは、ああそうか、わたしがこんなダメ女だから結婚できないんだ、わたしの人間性に問題があるんだ、って思うことにしたの」

ここで謙臣が茶を運んできた。異様な空気を察したのだろう、彼は顔を強張《こわば》らせている。「どうぞ」と差し出した湯呑《ゆの》みが茶托《ちゃたく》の上でカタカタと鳴っていた。緊張で指先が震えているのだ。

謙臣が去ったところで、「だからね」と江頭藤子は再び微笑んだ。

「だからわたし、あなたに矯正してもらおうと思って」

「……矯正？」

「ええ。つまり、わたしが、結婚のできる、素敵な女性になれるように、平山さんに指導をしていただきたいの」

江頭藤子は言葉を区切り、読むようにしゃべった。

「わたしが指導なんて、そんなの……」

「どうして？　できるでしょう。だってあなたはああいうことが言えるご立派な人なんだから。そんな人格者の平山さんに指導を仰げば、わたしだって素敵な女性になれるってことでしょう」

江頭藤子はそう言って、亜紀に向けて身を乗り出してきた。

亜紀は喉の渇きを覚え、湯呑みに右手を伸ばした。

するとその右手を、江頭藤子が捕食するように摑《つか》んできた。亜紀の右手が江頭藤子の両手で包み込まれる。

「これから頻繁にここに来ますから。あなたに会うために」

亜紀は反応できなかった。

「平山亜紀さん」

慈しむような眼差《まなざ》しを向けられた。

「わたしの結婚アドバイザーとして、どうぞ適切なアドバイスをよろしくお願いします。そしてわたしを必ず――」

カッと目が見開かれる。

「結婚させてくださいね」

その瞬間、亜紀はメデューサに石化されたかのように全身が固まってしまった。

そして確信した。

無言電話の犯人はこの女だ。


「ママ、なんかあった?」

湯煙の中、対面の小太郎が母親の顔を覗《のぞ》き込むようにして訊いてきた。今夜もまた母子で風呂に入っている。

「別になんもないけど」

「ほんと? 帰ってきてからずっと元気ないけど」

「そう? ふつうに元気よ」と亜紀は無理して微笑んだ。

だが、小太郎はこれを作り笑いと見破り、「ウソだ。なんかあったんだ」と膨れた。

「ぼくにはなんでも話せっていうくせに、ママは話さなくても許されるんだね」

「だって本当に何もないんだもん」

息子に話せるわけない。どう説明していいかもわからない。

江頭藤子――あの女がどうやって我が家の電話番号を入手したのかはわからない。だが、無言電話はまちがいなくあの女の仕業だろう。

彼女の狙い、それは亜紀に精神的苦痛を与えることにほかならない。

彼女は頻繁に営業所にやってくると言った。これもまた嫌がらせ以外の何ものでもなく、そうやってじわじわと亜紀を追い詰めていき、最終的に職場に出てこられないようにするつもりなのだ。

もちろん彼女自身、時間と労力を取られることになる。彼女の住まいは船橋《ふなばし》市の中心にあり、松戸営業所までは車で片道一時間近く掛かる。

が、そんなのお構いなしなのだ。亜紀を苦しめるためならどんなことでもやるつもりなのだろう。

「そういえば今日さ、チラシの中にゴキブリが二匹もいた」

小太郎が思い出したように言い、亜紀は眉をひそめた。

「何それ？　どういうこと？」

「だからつまり――」

聞けば、小太郎が小学校から帰宅し、エントランスにあるメールボックスを確認したところ、ゴキブリの死骸《しがい》が二体、チラシの中に紛れ込んでいたということだった。

話を聞いて亜紀は戦慄《せんりつ》した。まさかそれも――。

「超びっくりしてうわあって叫んじゃったよ」

偶然――？　いや、そんなことはない。だいたい冬のこの時期に、ゴキブリが出ること自体めずらしいのだ。二匹一緒にメールボックス内で死んでいるなんてまず考えられない。

「小太郎、それ、どうしたの？」

「捨てたよ。放置してたらママが見つけたときに絶対に悲鳴を上げるし。だから、気持ち悪かったけどチラシの上に載せておもてに向かってぶん投げた。死ねーって言って。ま、もう死んでるんだけどさ」

小太郎はそんな冗談を言い、自らあははと笑った。

浴室に反響する息子の笑い声を聞きながら、亜紀は額に手を当てた。思考を高速で巡らせる。

まさかこの自宅まで知られているのだろうか。いや、そんなの調べようがないはずだ。だが、それ以外に考えられない。現に電話番号は知られてしまっているのだ。

江頭藤子は先ほど夕方、松戸営業所へやってきた。ということは、その前にここへ立ち寄ったということになる――。

「ぼく、先に上がるね」

小太郎はそう言ってバスタブを出て、軽くシャワーで身体を流してから浴室を出て行った。亜紀は「ちゃんとドライヤーしてよ」と声を発したが、それはひどくか細いものだった。

一人になった湯船の中で、亜紀はしばらくぼうっとしていた。無心なのではなく、これ以上思考が巡ることを脳が拒否しているのだ。

そうして長いこと湯船に浸かっていると、「ねえ、いつまで入ってるの」と小太郎が声を掛けてきた。

亜紀は「気持ちよくて寝ちゃってた」と嘘をついた。

両手で湯を掬《すく》って、バシャバシャと顔を洗った。

江頭藤子――自分は絶対に敵に回してはならない者を敵にしてしまった。


翌朝、亜紀は日の出より先に目が覚めた。腕の中にはすやすやと寝息を立てる息子がいる。昨夜、一人では眠れそうになかったので、息子の布団の中にひっそりと潜り込んだのだ。

まだ起きるには早いが、かといってこのまま横になっていても眠れないだろうと判断し、亜紀は小太郎に触れぬように、そっとベッドを這《は》い出た。

やや後頭部に疼痛《とうつう》があり、何より倦怠《けんたい》感がひどかった。睡眠が不十分だからだ。

インスタントコーヒーを淹れ、食卓の椅子を引いて座った。薄暗く、底冷えしたリビングで安っぽいコーヒーをすする。

どうしてだろう、無性に煙草が吸いたかった。禁煙して十五年も経つのに、身体の中で妙な欲求が湧いていた。

壁掛けの時計を見る。時刻は六時半だった。

亜紀は椅子から腰を上げ、窓辺に歩み寄った。カーテンを開く。

東の空が白んでいた。日の出を迎えようとしているのだ。

やがて朝日が部屋の中に射しこんできた。徐々にその光が膨張してくる。

亜紀はその光を全身に取り込むように、長いこと窓辺で佇《たたず》んでいた。

「今日も一日がんばろ」

自分を励ますつもりで、声に出して言った。

それからキッチンに立った。自分は朝食を摂《と》る習慣はないが、小太郎にはしっかりと食べさせなくてはならない。

朝食を作ったあとは、小太郎を起こし、それから外出支度を始めた。手早く化粧を済ませ、パジャマからスーツに着替えた。

「あれ？　ママ今日早くない？」と、食卓でトーストにかじりついている小太郎。

「言ったでしょう。今日はママの方が早く出るって」

今日は午前十時から勝浦《かつうら》で訪問の予定が入っているのだ。早くて遠くてうんざりするが、電話でアポを取ったオバサマ曰《いわ》く、相手は親子共に入会に前向きだったそうなので、ここはしっかり成約を決めておきたいところだ。

「行ってらっしゃい」

小太郎が玄関先まで見送りに来てくれた。

「遅刻しないで行ってよ。それと、家を出るときに電気とエアコンのスイッチを切って」

亜紀はパンプスに足を入れ、姿見で身だしなみの最終チェックをしながら息子に言いつけた。

「わかってるって」

「そう言って忘れるのがキミ。それと必ず玄関の鍵《かぎ》は閉めて。これは絶対」

「はいはい」

と、言いながら小太郎は居間へ戻っていく。最後まで見送ってはくれないらしい。

亜紀は「絶対だからね」と再度念を押してから、ドアのロックを解除し、チェーンを外した。

そしてノブを下げてドアを押し、おもてに足を一歩繰り出したところで、亜紀は尻餅《しりもち》をついた。

一歩目、外廊下に着地した足がぬるっと前方に滑ったのだ。一瞬何が起きたのかわからず、パニックになった。

が、尻がじわっと湿っていったことで状況を理解した。

直後、亜紀の甲高い悲鳴が外廊下に響き渡った。

周辺の床が濡れていたのだが、液体はどろっとしていて、赤黒かったのだ。

4

雨降る木曜日、帰りの会を終え、クラス児童がぞろぞろと教室を出て行く中、一人席に着いたまま残っているのは倉持莉世——祐介が放課後に改めて話を聞かせてもらえないかと頼んでおいたからだ。

この少女は今朝登校してきた際、担任教師に耳を疑うようなことを告げた。

二ヶ月前に起きた誘拐事件、あれは小堺櫻子を狙ったものではなく、本来の標的は直前まで共に下校していた佐藤日向であった。二人の背格好が似通っていたために犯人が佐藤日向と誤認して小堺櫻子を連れ去ってしまった。

「たぶん犯人は雇われただけの人だから、区別がつかなかったんだと思うんです」

教師と児童、二人きりになった教室で、机を挟んだ先にいる莉世は、祐介の顔を正視して今朝と同様のことを口にした。

そして、その犯人とやらを雇ったのが、「日向ちゃんのお母さんです」というのだが――。

「先生にはよくわからないな。どうして佐藤さんのお母さんが娘を誘拐する必要があるのかな」

「邪魔だからです」

「邪魔？」

「はい。だって日向ちゃんは実の娘じゃないから」

子は十二歳、母は二十四歳。たとえ実年齢を知らなくとも佐藤母子を見た者は誰でも、子どもでも不自然に思うのだろう。

「実の娘じゃないからって、誘拐しなきゃならないのかい」

祐介が冷静に努めて訊《き》くと、彼女はやや押し黙ったあと、「長谷川先生は日向ちゃんのお父さんが亡くなった理由を知ってますか」と逆に質問をされた。

「事故だとは聞いてるけど」

「どういう事故かは？」

「いいや、詳しくは知らない」

「崖《がけ》から落ちたんです。去年の春、親子三人で山登りに出掛けたときに。日向ちゃんのお父さんは登山中に足を滑らせて、三十メートル下の谷底に転落した――ということになっているようです」

たしかにその時期、そんな報道がなされていたような記憶がある。あの事故の被害者が佐藤日向の父親だったのか。

「ただ、これは日向ちゃんに聞いたんですけど、そのとき彼女はお父さんのそばにいなかったそうなんです。具体的には、両親の十メートルほど先を歩いていたそうです。彼女はふいに後ろから物音が聞こえたので振り返ったら、お父さんの姿が消えていて、お母さんが崖の下を覗《のぞ》き込んでいたと話していました」

祐介は眼鏡の奥の目を細めた。

「もちろん突き落とされたという確証はありません。だから現に事故として処理されています」

「でも、倉持さんは事故ではないと？」

「はい。わたしは絶対にちがうと思います」

祐介は鼻息を漏らし、莉世から視線を外して窓の向こうを見た。空は相変わらずグレー一色だった。今日は朝から雨がひっきりなしに降りつづいている。

そんな祐介の横顔に向けて、莉世は再び口を開いた。

「日向ちゃんのお父さんは多額の生命保険に加入していたそうです」

祐介は眉《まゆ》をひそめて彼女に向き直った。およそ小学生らしからぬワードが出てきて困惑した。

「その生命保険も、加入したのは事故の少し前――そもそも、日向ちゃんのお父さんとお母さんが結婚したのは今から一年前のことです」

「それも佐藤さんから？」

「いいえ、わたしの母です」

「倉持さんのお母さん？」

聞けば莉世の母静香は、佐藤聖子の見た目が極端に若いこと、また、彼女の夫が転校の半年前に事故死していることから、保険金目当ての殺人だったのではないかと勘ぐっていたという。

そこにきて、佐藤日向と共に下校していた小堺櫻子が誘拐されたことで、先ほど莉世が話したような疑いを本格的に抱き始めたのだそうだ。

「最初はまた始まったと思って、わたしも聞き流していたんです」

「また始まったというのは？」

「母の妄想というか、拡大解釈というか。基本的にそういう人なんです、あの人」

彼女の口調はひどく冷めている。

「ただ、先ほど話したように生命保険のこととか、結婚からすぐの事故だったのがたしかに事実だと知って、わたしももしかしたらって思うようになったんです――これは余談ですけど、日向ちゃんが今住んでいる新居も、お父さんが亡くなってから買ったものではなくて、生前に契約していた家らしいです。それも団信によって住宅ローンがすべてなくなっているはずだと母は話していました。つまり、日向ちゃんのお母さんはタダで家を手に入れたことになるんです」

教師になって十六年、児童から余談なんて言葉を聞いたのは初めてだ。

この子と話していると、彼女の年齢を忘れてしまいそうになる。その風貌《ふうぼう》以上に子どもらしさを感じられない。

「でもどうやって倉持さんのお母さんはそういうことを調べたのかな」

「宗教のネットワークです。日向ちゃんのお父さんが加入していた保険会社の社員に、うちの両親が幹部を務める宗教の信者がいて――」

その宗教の名称は祐介も耳にしたことがあった。

そして、なるほど繋《つな》がったと思った。その宗教法人はM党の後援団体で、M党は日教組と密接に関わっている。倉持莉世の父親は日教組のお偉いさんなのだ。

祐介がその宗教について訊《たず》ねると、

「大きく分けると宗教左派にカテゴライズされると思うんですけど、まあおかしなところです。集会に出ると、信者のみなさんは小学生のわたしにすら敬語を使い、滑稽《こっけい》なほどぺこぺこするんです。左の人たちって、どうしてああなんだろう」

と、莉世は片側の口の端を吊《つ》り上げて言った。

「でも、きみ自身もその宗教を信仰しているんだろう？」

「いいえ、まったく」と即答された。「わたしは神も仏も信じてないですから」

「じゃあ、日教組の方は？」

これも彼女は鼻で一笑した。

その様子を見て祐介は眉をひそめた。

先日、六年三組の担任の湯本に聞いた話だと、倉持莉世は前任の飯田美樹から国歌を歌わない理由を問われたところ、「君が代を歌うことは軍国主義、全体主義の復活に繋がります」と答えたという。

「飯田先生にはそう答えた方が無難だからです」

祐介が小首を傾げた。

「飯田先生ってちょっと頭が固いというか、あまりキャパシティのある人じゃない気もして。きっとご本人はまっとうな家庭で、まっとうな教育を受けて、まっとうな人生を歩んでこられたんだと思うから、たぶんわたしみたいな特殊な子どものことを理解できないと思うんです」

彼女はそこまで言って、指で前髪を耳に掛けた。その仕草もまた大人びていた。

「だから本当のことを話したとしても処理しきれないだろうし、ほかの先生とかにもバラしちゃうかもしれないし、下手したらうちの親に直接相談しかねないと思って」

「その本当のことというのは？」

「ですから、わたしが従順を装って親の教えを守っている理由です。わたし、義務教育を終えるまでは我慢して大人しくしておこうって決めてるんです。だって、今反抗したところで、より強烈な洗脳教育が待っているだけですから。あ、わたし中学校を卒業したらすぐに家を出るつもりなんですよ。高校に行く気はありません」

彼女は叶《かな》うならば今すぐ大人になり、明日にでも家を出たいとも言った。

「ただそれができないこともわかっているので、だから、義務教育を終えるまではあの人たちにとってのイイ子ちゃんでいる必要があるんです。わたし自身は国歌を歌おうが歌うまいが、正直どちらでも構いません。国歌に対して何の思い入れもありませんから」

ここで祐介は「ごめんね」と手刀を切った。

「話を戻させてもらうけど、そもそも、なぜ倉持さんは家を出たいのかな？　やっぱりご両親から信仰を強制させられるからかい？」

「宗教のことは百歩譲っていいとしても、単純に苦痛なんです。あの人たちのそばにいるのが」

「それは、どうして？」

「だって、愛がないから。わたしはあの人たちの宣伝道具でしかないんですよ。自分たちの家庭は教祖さまの教えを正しく守っているからこそ、娘がこんなにも優秀なんですよ、だからあなたも早く入信を――超ざっくりいうとこんな感じです。要するにわたしは布教のためだけに存在しているんです」

「そんなこと――」

「あります。だって、血が繋がってないんですから」

祐介は眼鏡の奥の目を見開いた。

「驚かれましたか。わたしはあの人たちの実の子じゃないんです。わたしが五歳のときに、あの人たちの養子としてわたしは迎えられたんです」

さらに祐介を驚かせたのが、莉世の本当の両親は健在で、今現在も夫婦として生活しているということだった。その本当の両親と莉世は数ヶ月に一度、集会で顔を合わせるという。なぜなら彼らもまた信者だから――。

「幹部の命令なら、よろこんで自分の娘を差し出してしまうんです。彼らはそれが娘の幸せであり、運命なのだと疑わないんでしょうね。あげる方ももらう方も、ほんと、みんなしてすごい人たちだと思います」

莉世は顔色を変えず、淡々とした口調で皮肉を言った。

「今してくれた話、うちの学校で知っている先生はいるのかな」

祐介が訊くと、莉世はかぶりを振った。

「うちの両親、養子だということを隠したがってますから。わたしも他言してはならないときつく箝口令《かんこう》を敷かれてます」

だとするならば、なぜ彼女は自分にこの話を打ち明けたのだろう。

すると莉世は祐介の心を読んだのか、口元に薄い笑みを浮かべた。

「これくらいの告白をしないと、日向ちゃんのお母さんが黒幕説を信じてもらえないでしょう。それに――長谷川先生は信用できる人だと思ったから」

「それは、ありがとう。でも、どうして?」

理由を訊ねると、彼女はやや上に視線を向け、目を糸のように細めた。

そして、そのまましばらく考え込んだあと、「ちょっと抽象的な言い方をしても?」と言った。

「どうぞ」

「長谷川先生はきっと、ままならない人生があるってことを知っているんじゃないかなって」

「ままならない人生？」

「ええ。親ガチャ、って聞いたことありますよね。人は生まれもった容姿や能力、家庭環境によって人生が大きく左右されちゃうよね、生まれてくる子どもは親を選べないよねってことをスマホゲームのガチャに喩《たと》えて言う言葉です。世間の大多数は負け犬の遠吠《とおぼ》えだって批判しているようですけど、あれってかなり真理を突いてると思うんですよ。で、それに則《のっと》って考えると、わたしの親ガチャは大失敗。死ぬほど運が悪いんです。実の親も育ての親もハズレちゃったわけですから」

「………」

「だから、こんなわたしに対しても親ガチャは言い訳だと諭してくる人たちがいるならば、その人たちはとってもおめでたい方々なんだと思うんです」

「でも、ぼくはそうではないと？」

「ええ。長谷川先生はきっと、夢とか希望とか、それこそ平等とか、そういう小学校で教えられるまっとうな教育や価値観に対しても、どこか否定的なところがあるんじゃないかって」

そんなことはない、とは言えなかった。

「だから本当のわたしを知っても受け入れてくださる——か、どうかはわかりませんけど、少なくともこうは思ってくれそうで。世の中にはこういう残念な子も存在しちゃうよなって」

一応頷《うなず》いて見せたものの、正直なところわからなかった。目の前の少女は、祐介がこれまで培ってきた常識や理解の範疇《はんちゅう》を大きく超えているのだ。

「長谷川先生、わたしがこういう話をしたこと、うちの両親にはもちろん、周りの先生方にも秘密にしてくださいね。絶対」

一瞬、思考を巡らせた。「わかりました。約束します」

莉世は大きく頷いたあと、やにわに立ち上がった。

「じゃあ、今から一緒に日向ちゃんの家を訪ねましょ。お見舞いってことで」

「お見舞い？」

「ええ。だって、日向ちゃんの安否確認をしておかないと。それに、長谷川先生はまだ日向ちゃんのお母さんに直接会ったことないんですよね？　だったらまずは敵の視察をしておかないといけないでしょ」

そう言って莉世は担任教師に向けてにっこりと笑んだ。

祐介は悩んだ末、この女子児童の誘いに乗ることにした。

もちろん彼女の語った話を鵜呑《うの》みにしたわけじゃない。こんな突拍子もない話を真《ま》に受ける大人がどこにいるというのか。

ただ、そんなことは絶対にありえないと頭ごなしに否定できないのもまた、事実だった。なぜなら実際に、一人の少女が神隠しのように消えてしまっているからだ。


冬の冷たい雨が降り注ぐグレーの空の下、真っ赤な傘と透明な傘が並んで移動している。倉持莉世は赤色が好きなのだという。彼女にとっては一番落ち着く色なのだそうだ。

祐介は臨時で学校を離れる理由として、勤怠ボードに『家庭訪問』と書いた。それを見掛けた教頭の下村が「小堺さんのご自宅ですか」と同情の眼差《まなざ》しを向けてきたが、ちがうとわかるとそれ以上の詮索《せんさく》はしてこなかった。

祐介は先ほど、職員室から佐藤宅に電話を入れ、今から倉持莉世と共に自宅を訪ねてもいいかと聖子に伺いを立てた。

訪問の理由としては、莉世が本日の授業のノートのコピーを日向に届けたいから、ということにしておいた。なぜ担任教師が同行する必要があるのかという点は、今現在児童が一人きりで帰宅することは認められていないため、という理由付けをした。

もっとも、体よく断られるものと思っていたのだが、意外にも聖子は快く了承してくれた。むしろ歓迎されている感もあった。

「ところで長谷川先生はどうしてうちの母が小堺さんのご両親に親身になって寄り添っているのか、わかりますか」

歩きながら倉持莉世が言い、祐介はかぶりを振った。

「入信させるためですよ。弱った人に付け込んで救いの道を説くのがうちの宗教の常套《じようとう》手段ですから」

なぜ倉持静香が小堺夫妻を入信させたいのかと問うと、

「ほら、小堺さんの誘拐事件は全国的に有名じゃないですか。小堺さんの両親も一時期メディアに出まくってたし、母はこれを上手《うま》いこと利用したいんだと思うんです。きっと次の集会辺りに二人を登壇させてしゃべらせるつもりなんでしょう。それと同時に、小堺さんの誘拐事件の真相を自ら暴いて、宗教の知名度とイメージアップを図り――」

であるからこそ、静香は自身の考えを警察に話していないのだという。ちなみに莉世自身が警察に黙っている理由は、「こんなガキンチョの妄想、真剣に取り扱ってくれると思いますか」とのことだ。

ここで祐介はずっと気になっていたことを質問した。

「もしかして倉持さんが佐藤さんと一緒に登下校をしているのって……」

「ええ。警護です。だって、一人にしたらまた狙われちゃうかもしれないじゃないですか。彼女はおもてにいるときがもっとも危険なんですよ。なぜなら家の中で何かあったらまずは同居人の母親に疑いの目が向けられるでしょう。だから日向ちゃんが再び狙われるとしたら、まちがいなく外なんです。そういう意味では一緒にいるわたしもリスクはあるんですけどね。絶対に小堺さんの二の舞にならないなんて保証はないわけだし」

倉持莉世がそうまでして佐藤日向を守りたい理由は、彼女が「友達だから」ではなく、「同志だから」だそうだ。

「境遇はちがうけど、血の繋がっていない親のもとにいるってところは同じですから。それと、親から愛情を受けていないってところも。ただ、厄介なことに日向ちゃん自身は継親《ままおや》に対してまったく疑いを抱いていないんです。あの子、やたら無邪気な人だから、純粋にあの女を慕ってるんですよ」

たしかに先月行った二者面談のときも、佐藤日向は「ママとは親友みたいな関係です」と、うれしそうに語っていた。

「あの女にとって子どもを手懐《てなず》けるなんて造作もないことなんでしょう。わたしも毎朝、日向ちゃんを家まで迎えに行くときに顔を合わせてるんですけど、あれは相当演技派ですよ。わたしにも、ものすごく感じ良く接してきますから」

祐介は恐ろしくも釈然としない話を俯《うつむ》き加減で聞いていた。健常者ならば前方を確認しているだけでいいのだが、視野の狭い祐介がそれをすると、深い水溜《た》まりに足を突っ込んでしまったり、段差などでつまずいてしまうからだ。

「そういうわけもあって、わたしがあの女を疑っていることは日向ちゃんには話していません。もしそんな話をしたら、そのまま母親に伝わって警戒されてしまう恐れがありますからね」

それからも、穏やかならぬ会話はつづき、やがて二人は佐藤日向の家の前に立った。

一見して新築とわかる、二階建ての立派な一軒家だった。ただ、かなり浮いて見えた。周囲の家がだいぶ年季が入っているからだ。土地から購入し、建てた注文住宅なのだろうか。

いずれにせよ、母子二人で暮らすには広すぎる。中がどういう間取りになっているか知らないが、建物面積は三十五坪くらいありそうなのだ。

「長谷川先生、心の準備はいいですか」

となりに立つ莉世が赤い傘から顔を覗かせ、横目で祐介を捉《とら》えて言った。

祐介は若干の緊張を覚えていた。莉世の話は半信半疑だが、この家の主《あるじ》がいかに凶悪な人物であるのかを、道中で散々聞かされているのだ。

祐介が頷いたのを確認して、莉世はインターフォンを押した。

数秒後、〈はーい〉と女の軽やかな声が聞こえた。〈ちょっと待ってくださーい〉インターフォンが切れ、すぐにドアが開く。

そこから出てきたのはショートカットの髪を薄茶に染めた、華奢《きやしや》な身体付きの若い女だった。

この女が佐藤聖子――。

祐介はその年齢からある程度、姿を想像してはいたものの、実際に対面すると結構な衝撃を受けた。実年齢よりもさらに若く見えたのだ。たしかにこれでは誰も聖子と日向を母子とは思わないだろう。年の離れた姉と紹介された方がはるかに納得できる。

「初めまして、長谷川です」と祐介が頭を下げて挨拶《あいさつ》をした。

「初めまして、日向の母です」聖子が両手を膝《ひざ》に当てて、深々と腰を折った。「こんな足元の悪い中、わざわざありがとうございます。大したおもてなしもできませんが、どうぞお上がりください」

このような丁重な言い回しも、彼女の若い見た目からすると、どこか滑稽に響いた。

「いいえ、ただお届け物に上がっただけですから」

「そんな、せっかくいらしてくれたんですから、お茶の一杯でも飲んで行ってください」

「しかし、日向ちゃんは体調を崩しているわけですから。本当にお構いなく」

「本人は今は部屋で眠っていますが、だいぶ回復してきましたので――」

そんな二人のやりとりをよそに、莉世が「お邪魔しまーす」と元気よく言って、一人家の中に入って行った。

祐介と聖子が顔を見合わせて苦笑する。

スリッパを履き、洗面所で手を洗ってから、居間に足を踏み入れた。

居間は全体的にこざっぱりとした印象を受けた。インテリアのコーディネートはホワイトで統一感があるが、どこかモデルルーム染みている。

L字のソファーを勧められ、莉世と並んで腰掛けた。

事前に用意していたのか、すぐに祐介にはホットコーヒーが、莉世にはホットココアが出された。

「改めまして、日向がいつもお世話になっております。早く長谷川先生にご挨拶をと思っていたのですが、今年に入ってからなにぶん立て込んでおりまして」

L字のもう一辺、斜向《はすむ》かいにいる聖子がさぞ申し訳なさそうに言った。

「いえ、こちらも時間を作って早くにご挨拶に伺えればよかったのですが、ここまで遅くなってしまい、すみませんでした」

祐介も同じように詫《わ》びると、横の莉世が「じゃあ、わたしのおかげで長谷川先生と日向ちゃんのお母さんは会えたんだ」と無邪気に言って笑わせた。

莉世は先ほどから子どもらしさを演出しているようだった。きっとふだんから聖子の前ではこういうキャラクターを演じているのだろう。

「はい、これ。日向ちゃんに渡してあげてください」

莉世が赤いランドセルから、先ほど職員室でコピーしたノートの写しを聖子に手渡した。

「莉世ちゃん、ありがとう」と、聖子が並びのいい白い歯を見せてコピー用紙を受け取り、再び祐介に向き直った。「莉世ちゃんには本当によくしてもらっているんです。日向が毎日学校に楽しく行けているのもすべて莉世ちゃんのおかげなんです。毎朝、うちまで日向を迎えに来てくれて、帰りもわざわざここまで——」

祐介は聖子の話に時折相槌《あいづち》を打ちながら、彼女の一挙手一投足を慎重に観察していた。

たしかに一つひとつの仕草が大げさで、話す言葉もどこか芝居臭く感じられた。もっともそれは、莉世からの刷り込みがあったからにほかならない。

ここで莉世がトイレに立った。おそらく聖子と二人の時間を作ってくれたのだろう。

莉世が居間から出て行ったのを確認して、聖子が改めて口を開いた。

「最初にお友達になってくれた櫻子ちゃんがああいうことになってしまって、日向も本当にショックを受けていて……見つかるといいですね、櫻子ちゃん」

「ええ」

「わたし、あの事件のことを考えると未《いま》だに震えてしまうんです。こんな言い方をしていいものかわかりませんけど、もしかしたら誘拐されていたのは櫻子ちゃんではなく、日向の方だったかもしれないでしょう。そう思ったら怖くて怖くて」

日向と櫻子は事件が起きる直前まで一緒に下校していたのだ。

「不謹慎ですかね。こんなことを言ったら」

「いいえ、そんなことは」と言ったあと、祐介は指を組んだ。「一つ、込み入ったことをお訊ねしてもよろしいでしょうか」

「ええ、どうぞ」

「日向ちゃんとお母様の親子関係なのですが――」

ここで祐介は言葉を飲み込んだ。空気が一変したのを肌で感じ取ったのだ。

「わたしの子です」聖子が静かに言った。「日向は誰がなんと言おうと、わたしの娘です」

彼女は下唇を嚙《か》み締めて虚空の一点を見つめている。

「それはつまり、その――」

「ですからわたしの娘です。それ以上でも以下でもありません」

「…………」

「長谷川先生はあの噂をご存知でしょうか」

「噂？　なんのことでしょう」

祐介はさも自分は何も知らないという体を装って見せた。

聖子はそんな祐介に少し懐疑的な目を向けたあと、鼻息を漏らした。

「結婚したばかりの夫が亡くなったことで、世間の口さがない人たちからあらぬ噂を立てられたんです。夫の事故は、事故ではなかったんじゃないか、と。愛する夫を失って悲しみに暮れている中、まさか妻である自分が事故を装っただなんて、そんな……ひどい話です」

なるほど、聖子に疑惑を持つ人間は倉持親子だけではなかったのか。

「最初はものすごく傷つきました。真剣に夫のあとを追おうかと考えたくらいです。でも、踏みとどまりました。なぜならわたしには愛する娘がいるから。この子を一生守って生きていくんだ、だからこんなことに負けてなんかいられないって」

聖子は自分に言い聞かせるようにしてしゃべっている。

もっとも、本心なのかどうかは判別がつかない。心の底から、愛した男の残した愛娘《まなむすめ》を自分の子として育てていく覚悟を持っているのかもしれないし、でまかせかもしれない。

このわずかな時間で聖子の本性を見抜くなど不可能だ。

「だからこうしてこの街に引っ越しをして、娘と二人で心機一転、がんばろうと思っていた矢先にああいう櫻子ちゃんの事件があって――」

祐介は中指で眼鏡を押し上げた。今の話に少々引っ掛かりを覚えたのだ。

莉世に聞いた話では、佐藤聖子がこの新居を購入したのは、事故が起きる前ということだった。つまり、佐藤一家はもともと越してくる予定だったのである。

だが、今の聖子の言い分だと、まるで事故後に転居を決意したかのように聞こえる。

その後、今度は祐介の方から日向の教室での様子などを聖子に語っていると、莉世が戻ってきた。

莉世はドアのところで立ち止まり、「日向ちゃんは今もお部屋で寝てるんですか」と天井を一《いち》瞥《べつ》して訊いた。

「うん。きっとまだ眠ってると思う」

「そっか。じゃあおしゃべりはできないか」

「ごめんね。明日には回復して、登校できると思うから」

そんな会話のあと、祐介は「では、わたしたちはこの辺で」と切り出した。

「あら、まだいらっしゃったばかりなのに」

「いえ、長居しては申し訳ありませんから。コーヒー、とても美味《おい》しかったです。ご馳《ち》走《そう》様でした」

そう礼を告げて立ち上がり、莉世を促して玄関へ向かった。

上がり框《がまち》に腰掛け、祐介がスリッパから靴に履き替えていると、「あ、日向ちゃん」と莉世が声を上げた。

振り向くと、パジャマ姿の日向が階段をゆっくりと下りてきていた。

「日向、あなた大丈夫なの」と聖子。

「うん。まだ少しだけお腹が痛いけど、もう平気」と日向は腹に手を当てて言い、莉世を見た。「ちょっと話してる声が聞こえたけど、ノートを届けてくれたんでしょ？　ありがとう」

「ううん。困ったときはお互い様だもん」

日向は頷き、今度は祐介の方を向いた。「長谷川先生、今日は学校を休んでしまってごめんなさい」

「仕方ないさ。それより回復してきているなら何より。明日また元気に登校してきてくださいね」

そう告げると、日向は目尻《めじり》を下げて子どもらしくはにかんだ。

祐介が一ヶ月間彼女を見てきた限り、日向はごくふつうの児童だった。少し引っ込み思案なところも見受けられるが、それはきっと転校してきてから間もないことと、父親と小堺櫻子の事件が立てつづけに起きたからだろう。そういう意味ではこの少女の人生もまた波乱に満ちている。

「でも急にどうしたんだろうね。日向ちゃんのお腹」莉世が眉を八の字にして言った。「何か悪い物でも食べたの？」

「それがわからないの。思い当たる食べ物がなくて」

「ふうん」と頷いた莉世は意味深な目で聖子を一瞥した。「食事も気をつけないとね。消費期限とか、アレルギーとか。何が入ってるかわからないから」

「本当、莉世ちゃんの言う通り。念のため、近いうちアレルギー検査を受けてみましょうね」と、聖子が日向の頭に手を置く。「では長谷川先生も莉世ちゃんもありがとうございました。雨に濡《ぬ》れて風邪を引かないようにお気をつけて」

祐介も二人に辞去の挨拶を述べて、莉世と共に佐藤宅を出た。

莉世はドアが閉まったことを確認するなり、「あの感じですよ。厄介でしょう」と元の大人びた顔つきになって言った。

再び傘を広げ、共に歩き始める。今から向かう先は倉持宅だ。ルール上、彼女のことも自宅まで送っていかなければならない。

「やっぱりきみは、さっきの佐藤さんのお母さんの振る舞いもすべて演技だって言うのかい？」

「もちろん。あの女はああやって良きママになりきってるんですよ。わかりませんでしたか？あの優しい笑顔の裏に別の顔があるのが」

祐介は肯定も否定もしなかった。それよりも本来ならば教師として注意すべきなのだろう。これ以上おかしな妄想を掻《か》き立てるな、と。

だが、それをしたところでこの女子児童は絶対に聞く耳を持ってくれないだろう。

「ところで先ほどの食べ物の話、あれは何か意図があって質問したのかな」

祐介が足元を見ながら、気になっていたことを訊いた。

「ええ。もしかしたら日向ちゃん、あの女に毒を盛られたんじゃないかなあって」

「毒？」

「ほら、よくあるじゃないですか。妻が夫を弱らせるために少しずつ食事に危険薬品を混ぜる、みたいな」

「まさか」

「ありえますよ。あの女ならやりかねないと思います」

さすがにありえないだろうと思った。

「こういうことを訊くのもあれだけど、倉持さんは、その――」祐介は慎重に次の言葉を選んだ。

「どれくらい佐藤さんのお母さんが小堺さんの事件に関わっていると考えてるのかな」

「百パーですよ」と即答される。「あれはまちがいなくあの女が企てたことですから」

やっぱりこの子は思い込みが強過ぎる気がする。もちろん知り得た情報が根拠になっているのだろうが、どれも断定できるような決定的なものではないのだ。

祐介が遠回しにそのことを指摘すると、「まあ、最後は子どもの勘ですかね」と莉世は乾いた口調で言った。

「女の勘じゃなくて？」

「ええ、子どもの勘です。大人にはわからなくても、子どもにはわかることってあるんですよ。わたし、こんな感じですけど、正真正銘の十二歳ですから」

莉世はそう言って赤い傘からとびきり大人びた微笑を覗かせた。

「だからなんとなくわかっちゃうんです。長谷川先生は信用できる人だってこととか、あの女がマジでヤバいやつだってことが」

祐介は鼻息を漏らした。

「ところで飯田先生って、その後、どうなってるんですか」

「まだ静養中のようだよ。あまり詳しいことは先生にもわからないけど」

本当はまったくわからない。彼女とは誰も連絡が取れないのだ。

「ふうん。クスリでも抜いてるのかな」

「クスリ？」

「飯田先生って躁鬱《そううつ》っていうか、やたら情緒不安定な人だったじゃないですか。それこそ躁の状態のときは、何か危ないクスリでも打ってるんじゃないかってくらいはしゃいでたんで」

「倉持さん」

「ごめんなさい」と彼女は笑い、細めた横目を向けてくる。「でも、人ってわからないじゃないですか。とくに真面目な人ほど、ね」

ほどなくして倉持宅に到着した。

倉持宅は先ほどの佐藤宅とは対照的な、瓦《かわら》屋根の古い日本家屋だった。ただし、格式が高いのが一目でわかった。敷地も広大で、確実に二百坪以上ある。門扉から覗ける庭には小さな菜園まであった。

「あーあ、牢獄《ろうごく》に着いちゃった」莉世が自嘲《じちょう》気味にぼやく。

「倉持さん、きみの家庭の悩みの件だけど、先生ができることって何かあるかな」

「いいえ。何も」と笑顔でかぶりを振られた。「誰かに頼んでどうにかなるならとっくにしてます。これはもう仕方ないんです。わたしのガチャ運が悪かっただけですから」

「………」

「わたしのことは放っておいてもらって構いませんから、その代わり、わたしと協力して日向ちゃんを救ってあげてください。それではまた明日学校で。さようなら」

莉世は担任教師に頭を下げたあと、門扉を開けて、石畳の上を歩いて家屋の方へ向かって行った。

祐介は少しずつ離れゆく赤い傘と、赤いランドセルをブルーのレンズ越しに見つめ、かじかんだ手に真っ白な息を吐きかけた。


「その倉持莉世って子、どうにかしておれの研究の被験者にさせられねえかな」

日付も変わろうかという時間に、兄の風介は居間の中央でせっせと腹筋をしながら、苦しそうな顔で馬鹿なことを言った。三十分前からやっているので、軽く五百回は超えているだろう。

ちなみに風介はジムなどには通っておらず、いつもこうして原始的な手法でトレーニングをしている。本人曰く、「器具に頼らないってところにロマンがある」とのことだ。

「教え子を兄貴のモルモットになんてさせられるわけないだろう」祐介は呆《あき》れ、白湯《さゆ》で漢方薬を飲んだ。同じ病気を患う知人から良いと聞いたので、二年前から毎晩服用している。

「モルモットなんて聞こえの悪い言い方をするな。なにも新薬を投薬するわけじゃないんだ。ただ単にその少女の日々の行動を観察させてもらいたいんだよ。特殊な家庭環境と両親から受け継いだDNA、双方がどのように本人の人格形成に影響を及ぼしているのか、ここの因果について分析してみたい」

この変人兄貴の興味を駆り立てるほど、やはり倉持莉世は特殊な子どものようだ。

「本当におまえの話した通りの子なら、その子はきっと天才児だったんだろうな。だからこそ、養子縁組の対象になったんだろう」

「それはどういう意味？」

「WPPSI《ウイプシ》とかWISC《ウイスク》ってのがあってだな、これは幼児を対象にした知能検査なんだが、おそらくそこで倉持莉世はとてつもない結果を出したんだろう。そしてこういう子どもは確実に狙われる。宗教内の養子縁組なんてまさしくそれだ。信者夫婦の生んだ出来のいいガキを幹部が奪う——まあよく聞く話だわな」

「そんなの初耳だよ」

「それはおまえが世間知らずだからだ。養子縁組はなにも親のいない子どもだけが対象じゃない。夫婦共にIQが高ければその子どもは高値が付くし、買い手はいくらでもいる。この手の人身売買は日本に限らず、世界中どこでだって行われてるさ」

祐介は荒い鼻息を漏らした。そんなことが頻繁に行われているのだとしたら狂っている。本人の、子どもの気持ちはどうなるのか。

「そういう一般的な倫理観は通用しないってことだ。とくに宗教に関しては治外法権だからな」

祐介は気が重たくなり、空になったコーヒーカップを手にして立ち上がった。流しに持って行き、スポンジに洗剤をつけて洗う。

「きちんと泡を落とせよ。この前、コップに泡が付着したままだったぞ」

居候の分際で偉そうに。

「目を言い訳にするな。それをしたらおまえの人生はつまらんものになる」

「別に何も言ってないだろう」

「ところでおもしろくなってきたじゃないか。例の誘拐事件」

これだ。この人はいつだって話が唐突に飛ぶ。かつ不謹慎極まりない。

「本当にその佐藤聖子って女が保険金目当てに夫を殺害し、さらには誘拐事件の首魁《しゅかい》なんだとしたら、こいつはこいつで研究対象にさせてもらいたいところだ。強烈な反社会性パーソナリティ障害の持ち主であることはまずまちがいないだろうからな。この手の怪物に接触できるチャンスなんて滅多にない」

「怪物って……決めつけたように言うなよ。もちろん年齢のことはあるけど、少なくともおれにはふつうの母親に見えたしさ。コミュニケーションもしっかり取れるし、接した感じも悪くなかったし」

「だから危険なのさ。知能が高く、演技力に優れたヤツほど恐ろしいものもないだろう。ちなみに反社会性パーソナリティ障害の遺伝率は極めて高いぞ。一般的に遺伝率が高いと言われているアルコール依存症やその他の精神病よりも遥《はる》かにな」

「もういいよ。その手の話は」

「もとはおまえが相談してきたんだろう——ということで話を戻そうか。倉持莉世の言う通り、佐藤聖子が本物の怪物なんだとしたら、たしかに娘の日向が危険だ」

「それももういいって」

「子殺しの多くが継親の手によるものだってことくらい、おまえだって知っているだろう。これは生物学上、仕方ないんだ。男女問わず、人は血が繋がっていない子どもに愛情は注げない。結果、煩わしくなり、排除しようとする」

「さすがにそれは極論だろう」

「まったく。現実の数字がそれを物語っているじゃないか」ここで風介がようやく腹筋を止めた。「子孫繁栄が生物のもっともたる目的であることを考えれば、他人の子どもを育てることは多大なる進化的損失と言える。これに則って考えれば、継親の子殺しは自然の摂理として――」

「異議あり」我慢ならず挙手して言った。「おれの知人で子持ちの女性と再婚した人がいるけど、その人は奥さんの子を自分の本当の子のように可愛がって――」

「ああ、みなまで言うな」と風介がハエを払うように手を振る。「たしかに本能を理性で抑え込み、人間社会が作ったモラルに従って、目の前の他人のガキは愛すべき存在であると己に暗示を掛けられるタイプの人間はいることにはいる」

この言い方もなんだかなと思う。

「だが、実の親よりも、継親の方が子を手に掛ける可能性が高いのは厳然たる事実なんだ。そしてその上、佐藤聖子は怪物ときた。となるとやはり日向が危ない」

風介と莉世は相性が良さそうだな。ふと思ったが、もちろん口には出さない。

「そんなことより、あなたはいつになったらここから出て行ってくれるんですかね」

祐介はガラッと話題を変えた。

「新しいパートナーが見つかったらだな」

「なんだよそれ。そんなの初めて聞いたぞ」

「初めて言ったからな」

「兄貴はまた懲りずに再婚するつもりなのか」

この人は二度の離婚歴があるのだ。

「もちろん。独りはさみしいだろう」

「嘘をつけよ。そんな人間じゃないだろう」

「いや、本心さ。こう見えておれの本性はウサギだ。おれは独りが好きだが、本当に独りは嫌なんだ」

まったく意味がわからない。

「つまり、おれは誰かと一緒にいて孤独を感じたいんだ」

そんな面倒な男と一緒になってくれる人がいるわけがない。たとえ再婚できたとしても、すぐにまた離婚するに決まっている。

「そうしたらまた懲りずにパートナーを探すさ」

「さすがにどうかと思うぞ」

「ああ、どうかしてる。人は判断力の欠如で結婚し、忍耐力の欠如で離婚し、記憶力の欠如で再婚する――おれはこの馬鹿馬鹿しくも愛《いと》おしいループを延々と繰り返していくのさ」

こういう男を兄に持ってしまった自分を心から不憫《ふびん》に思った。

「そんなに結婚したいなら結婚アドバイザーを紹介しようか」

「ほう？　おまえにそんな知り合いがいるのか」

「受け持ちの児童の母親が結婚相談所に勤めてるんだよ。金さえ払えばたくさん未婚女性を紹介してくれるらしいぞ」

「いくらだ？　費用は」

「本気にするなよ。おやすみ」

祐介はそう告げて部屋に向かった。

電気を消し、ベッドに横になった。静寂の空間で目を閉じ、睡魔がすり寄ってくるのをじっと待った。

だが一向に眠れなかった。身体は疲労を感じているのに、脳が覚醒《かくせい》してしまっている。

祐介の脳内スクリーンには二人の人物が去来していた。

倉持莉世と佐藤聖子だ。

小堺櫻子の誘拐事件――はたして真相はどこにあるのだろうか。


ひどい目覚めだった。祐介が意識を失ったのは四時過ぎで、だがそこから悪夢に襲われたのだ。

内容はあまりに支離滅裂だった。

とある山中から小堺櫻子の死体が見つかった。遺体から祐介のＤＮＡが検出された。祐介は警察に逮捕され、どういうわけか公衆の面前に突き出された。罵声《ばせい》を浴びせる群衆の中に知っている顔があった。倉持莉世と佐藤聖子だ。前者はほくそ笑み、後者は高笑いしていた。

まったく、どうかしている。

祐介は嫌な汗で湿ったパジャマを洗濯機の中に放り込んだ。ふと洗面所の鏡を見る。目の下に、小堺由香里と同様の隈《くま》ができていた。

彼女もまた、毎晩悪夢にうなされているのだろうか。

簡単な朝食を摂《と》り、倦怠《けんたい》感に包まれた身体にスーツを着せて出勤した。

この日の空は昨日と打って変わり、青々とした快晴だった。児童たちもきゃっきゃとはしゃいで登校してきた。

職員室での朝礼後、教師たちは各自受け持ちのクラスへ向かった。

祐介が六年二組の教室に足を踏み入れると、「きりーつ」とクラス委員長の倉持莉世が声を上げ、児童たちがいっせいに立ち上がった。

「気をつけー、礼」のあとに、「おはよーございまーす」と児童たちの合唱。

「はい。おはようございます」と、祐介は教壇の上から頭を下げた。

そして顔を上げたあと、おや、と思った。平山小太郎の席に本人が不在なのだ。保護者から休みの連絡は受けていないので、遅刻だろうか。

それから朝の会が始まり、児童の出欠を取った。今日は佐藤日向も登校してきており、彼女は担任教師から名前を呼ばれると、いつもの控えめな声で「はい」と返事をしていた。

朝の会を終え、祐介は一旦《いったん》職員室に戻った。一限目が始まる前に、平山家に電話を入れて、小太郎の状況を確認しておかなくてはならない。

まずは自宅へ電話をした。だが、通じなかった。相手の応答がなかったのではなく、どういうわけか回線が繋がらなかったのだ。

次に母親の平山亜紀の携帯電話に連絡した。すると十数秒後、〈もしもし〉と彼女は掠《かす》れた声で応答した。

祐介が小太郎の状況を訊ねると、彼は今、母親と共に自宅にいるという。

「体調不良でしょうか」

〈……いえ、そういうわけじゃ〉

「であれば、このあと小太郎くんは登校してきますか」

〈……ああ、どうしましょうか〉

何やら平山亜紀の様子がおかしい。心ここに在らずといった感じなのだ。

「あの、何かありましたか」

そう訊くと、彼女は少し間を置き、〈なんでこんなことまでされなきゃならないの〉とわけのわからないことをつぶやいた。

やがて、すすり泣く声が聞こえてきた。

「平山さん、何があったのか、教えてくださいませんか」

それから彼女は涙声で、自分の身に何が起きたのかを訥々《とつとつ》と語ってくれた。

その内容は祐介を驚愕《きょうがく》させた。

平山家の玄関の外が、まるでそこが刺殺事件現場であるかのように、血の海になっていたというのだ。

「警察には？」

〈さっき連絡をして、今到着を待ってるところです〉

「怪我人がいた形跡は？」

〈いえ。これが本物の血なのかどうかもわかりません。ただバケツをひっくり返したようになっていて……〉

仮に血液ではないとすれば嫌がらせということになるだろう。

「誰がやったのかとか、そういうことはわかっているんですか」

先日、面談をした際、彼女は無言電話の被害に遭っていると話していた。今回の犯行がその延長にあるのだとすれば、平山亜紀は何者かに強烈な悪意を向けられているということになる。

〈たぶん、あの女〉と亜紀は力なく言った。

「あの女というのは？」

だが、彼女は話したくないのか、説明するのも嫌なのか、それ以上、答えようとしなかった。

ここで祐介は時計を見た。そろそろ一限目の開始時間が迫っている。

「すみません。授業が始まりますので、一旦ここで。終わり次第改めてご連絡しますので、そのときにまた状況を教えてください」

電話を切り、祐介は職員室を出た。校舎内にチャイムが鳴り響く中、早歩きで廊下を渡り、踏み外さぬように階段を一段飛ばしで上った。

朝からとんでもない話を聞かされ、頭の中が混乱していた。

二ヶ月前、女子児童が行方不明になり、今日、男子児童の自宅が凄惨《せいさん》な被害を受けた。

もちろん事件の重大さは比べるまでもないが、どちらも非日常的な出来事であることにはちがいない。そんなことが我がクラス内で立てつづけに起きたのだ。

まさかこの二つの事件が繋がっているなんてことは――いや、そんなはずがあるわけない。祐介は自問自答した。

階段を上りきり、廊下を渡って、六年二組の教室に入った。

やってきた教師の姿を見るなり、席を離れていた児童がいっせいに自分の席へ戻っていく。

祐介の息が上がっているからか、みんな不思議そうな目を向けていた。

祐介はそんな児童らを教壇から見回し、「遅れてごめんなさい。さあ、授業を始めましょう」と言い渡した。

5

「よし。これでバッチリです」

と、内玄関のドアスコープに防犯カメラの設置を終えた謙臣が振り返り、平山親子に向けて親指を立てた。

「もう映ってるの？」と見上げて訊《き》いたのは息子の小太郎だ。

「うん。これで誰がいつこの家に訪ねてきても、必ず姿を捉《とら》えられるよ。小太郎くん、試しにおもてに出てみなよ」

小太郎がその指示に従い、亜紀のサンダルをつっかけて玄関のドアを開け、外廊下に出た。

数秒後、「もう戻ってきていいよ」と、謙臣がドア越しに言う。

それから三人で居間に向かった。謙臣が部屋の隅にある型落ちのデスクトップパソコンの前に陣取り、画面を立ち上げ、操作した。

「ほら」と謙臣が画面を指さす。

「あ、ぼくだ」

パソコン画面にはドアスコープを片目で覗《のぞ》き込む小太郎の顔がアップで映し出されていた。

「すげー。はっきり映ってる」

「でしょ。ちなみにあのマイクロカメラは高感度の動体検知機能が搭載してあるから、周囲の動くものや変化を検知して自動的に録画を開始するのね。で、そのデータがこのハードディスクに自動転送されてくるの。これによって、映像を確認するときにいちいち録画を巻き戻したりして探さなくても、誰が何時何分にやって来たかがすぐにわかるってわけ」

「へえ」と亜紀と小太郎の声が重なる。

「それと今は昼間で明るいけど、たとえこれが夜でも赤外線暗視機能があるから、どんだけ真っ暗闇であろうと、映像を鮮明に記録することができるんだよ——って、なんだかぼく、家電量販店の店員さんみたいな口ぶりだな」

そう言って謙臣は頭を搔《か》き、平山親子を笑わせた。

亜紀は久しぶりに自分の口角が上がっていることを自覚した。

三日前の深夜、もしくは早朝、我が家に何者かが訪ねてきた。そして、赤黒い液体をドアにぶちまけて去っていった。

結局、その液体の成分を警察が調べたところ、生物の血液などではなく、食紅を用いた血糊《ちのり》であったのだが、これが悪戯《いたずら》や嫌がらせの度を超えた、悪質極まりない蛮行であることは論を俟《ま》たない。

であるのにも拘《かかわ》らず、警察は警護についてくれないというのだから、亜紀は怒るよりも落胆してしまった。亜紀としてはこんな酷《ひど》い被害に遭ったのだから、お巡りさんがマンション前に張り付き、二十四時間態勢で見張ってくれるものと思ったのだ。

一応そのように訴えてみたものの、担当した定年間近の制服警官は、「そんな奥さん、無茶を言わんでくださいよ。もちろん周辺パトロールは強化しますから」と、半笑いで受け流した。

亜紀は改めて警察という組織が頼りにならないことを思い知った。もっとも、これが要人や有名人なら対応はまったくちがうのだろう。こちらが取るに足らない一般人だからこんな扱いなのだ。

何はともあれ、事件当日から三日間、亜紀は会社を休んだ。電話で所長の小木に身に起きた被害を告げたところ、〈さすがに江頭さんってことはないと思うなあ。単なるご近所トラブルなんじゃないの〉と心ない言葉を吐かれた。

そして事件から四日目の今日、亜紀はまだ出勤する気力が湧かず、四日連続で会社を欠勤することにした。すると昼前に、後輩社員である土生謙臣から電話が掛かってきた。亜紀の欠勤の理由を知り、心配して連絡をくれたのだ。

そこで亜紀が経緯を語り、警察が頼りにならないと愚痴をこぼすと、彼は〈ならば、ぼくの出番ですね〉と軽やかに言った。

聞けば謙臣はこうした状況に最適な道具を持っているのだという。

そうして彼が持参してくれたのは、先ほど内玄関のドアスコープに設置された超小型マイクロ防犯カメラだった。彼がこのようなシロモノを持っていたのは、過去に彼の実家の聖正寺が度重なる賽銭《さいせん》泥棒の被害に遭っていたからだという。その対策として、謙臣はくだんの防犯カメラを購入し、賽銭箱に設置したのだそうだ。

ちなみにこれによって賽銭泥棒の身元が割れ、見事に犯人を捕らえることができたらしい。

「あははは。けんけん下手過ぎー」

と、小太郎が愉快そうにからかうと、謙臣は「ああ、くそ」と舌打ちをして、前のめりに構えた。

二人は今、テレビの前に陣取って、Nintendo Switch のレースゲームをしている。

作業後すぐに帰ってもらうのも悪いので、謙臣に昼食を食べて行ってもらうことにしたのだ。といっても炒飯《チャーハン》くらいしか出せないのだが。事件以来、亜紀は買い物にも出かけていない。

「はいゴール」と小太郎が両手を上げてガッツポーズを取った。「圧勝」

「ふん。小太郎くんの使ってるキャラがいいんじゃないの」

「そんなわけないじゃん。じゃあ次はキャラチェンしてやろうよ」

亜紀は中華鍋《なべ》を振りながら、そんな微笑ましいやりとりを台所から眺めていた。

小太郎は謙臣と初対面ですぐに打ち解けた。謙臣は意外にも子どもの扱いに慣れていて、小学生の男の子が好きそうな話題をあれこれと振って、積極的にコミュニケーションをはかってくれたのだ。

「そういえば土生くん、なんていう理由で会社を早退してきたの」

亜紀がスプーンを持つ手を止め、食卓の向かいにいる謙臣に訊いた。この後輩社員は本日の午前中、会社を早退し、一旦《いったん》帰宅したあと、わざわざ車でここまでやって来てくれたのだ。

「親父が倒れたって」と、謙臣がこともなげに言い、炒飯を口に運んだ。

「ウソでしょう。そんな大げさな理由をつけなくても、頭痛がするとか、そういうのでよかったじゃない」

「ええ。ぼくも言ったあとに、やっちまったな、ってちょっと後悔しました。きっと明日、みなさんから『お父さんは大丈夫？』って訊かれちゃいますね」

「そりゃそうよ」呆《あき》れて言った。「そもそも早退までしてくれなくてもよかったのに。仕事が終わってからとか、土生くんのシフトが休みの日にお願いするとかでもさ」

「とんでもない。こういうのは一刻も早く手を打たないと。いつまた犯人がやってくるかわからないんですから」

「まあ、それはそうだけど」

「でしょう。だいいち、無防備な状態じゃ平山さんも小太郎くんも夜も眠れないじゃないですか──ねえ、小太郎くん」

「ううん。ぼくはふつうに寝れてるよ」と、小太郎が炒飯を掻き込みながら言った。

「え、そうなの」

「うん。余裕」

これが唯一の、救いといえば救いだった。小太郎はさほど怯《おび》えていないのだ。もっともこれは、彼が男の子だからとか、神経が図太いからとか、そういう理由ではなく、単に現実感に乏しいのだろう。何者かに悪意を向けられているという意識が希薄なのだ。

「うーん。やっぱりぼくは、元夫の方じゃないかなあと思うんですよね」

昼食後、食卓の向かいにいる謙臣が腕組みをして言った。小太郎は近所のスーパーにお遣いに出ている。

「それはやっぱり、江頭さんがこの家の場所とか電話番号を知りようがないから？」

「そうです。それと、江頭さんって一応女性じゃないですか。血糊はあれとしてもゴキブリなんて扱えるのかなって。ほら、女性ってみんなダメじゃないですか」

「そんなことないわよ。わたしだって超苦手だけど、見つけたら、えいってやっつけるし」亜紀は叩《たた》く仕草をして言った。「でもさ、元夫なんだとしたら、あの人の目的は何？」

「だから平山さんとの復縁ですよ。それしかないでしょう」

「どうして嫌がらせをすることが復縁に繋《つな》がるわけ？」

「簡単ですって。平山さんを怯えさせて、女子どもだけでは身の危険があるって思わせるわけです。そこに元夫として二人の生活に入り込む算段なんですよ」

　亜紀は頬杖《ほおづえ》をつき、ため息を漏らした。「さすがにそんなことまでする人じゃないと思うんだけどな」

「そんなのわからないじゃないですか。女性に暴力を振るうようなヤツですよ」

「それはそうなんだけど、でもあの人の場合、ふだんはふつうの人なのよ。むしろ穏やかなくらいなの。ただ、カッとなると歯止めが利かなくなるっていうだけで」

　亜紀がそう話すと、謙臣は「庇《かば》うようなことを言うんですね」と唇を尖《とが》らせた。

「別に庇ってるわけじゃないの。わたしには考えられないってだけ」

「じゃあ、やっぱり江頭さんですか」

「うん。わたしは十中八九そう思ってる。どうやってうちの住所とか電話番号を調べたのかはわからないけど、あの女なら動機も十分にあるし」

「まあ、それはたしかに」と謙臣がむずかしい顔をして頷《うなず》く。「ところで無言電話はもうないんですよね」

「うん。もしかしたら掛けてきてるのかもしれないけど、今は配線自体繋いでないから」

「不便はないんですか」

「まったく。大事な用事は大体スマホに掛かってくるし、家に掛かってくる電話はほぼセールスって感じだから。もう要らないかなって考えてたくらい」

「そういう人が増えると、うちの会社のビジネスは上がったりですね。アポなんか取れっこない」

「まあね」と笑う。「だから無言電話のストレスはないんだけど――」

ここで謙臣が手の平を突き出した。

「今思ったんですけど、電話、繋いだほうがいいかもしれませんよ」

「どうして」

「次に掛かって来たときに改めて警察に届けられるじゃないですか。平山さんがNTTに問い合わせても情報開示はしてくれないでしょうけど、おそらく警察なら非通知の電話番号を教えてもらえるでしょう」

「わたしもそう思ったんだけど、無理みたい。世間では可能だと思われているようですけど物理的に不可能なんですって言われちゃって。もちろん、この家に来てもらって逆探知とかそういうことをしてくれればちがうんだと思うんだけど。でも、そんなの絶対にしてくれっこないし」

亜紀はそう言って自ら肩を落とした。警察には本当に失望させられた。今回の一連の嫌がらせは、自分たちにとっては大事《おおごと》なのだが、彼らにとっては瑣末《さまつ》なことなのだ。血糊の一件だって、たいした捜査をしてくれないことだろう。

「じゃあ、やっぱりぼくの出番だ。ぼくが絶対に犯人の正体を突き止めて見せますよ。そして必ず法の裁きを受けさせます」

謙臣はドラマの名探偵のような安っぽい台詞《せりふ》を真剣な眼差《まなざ》しで口にした。

そんな彼に向けて、「ねえ、どうして」と亜紀は訊《たず》ねた。

「土生くんはどうして、そんなに親身になってくれるの」

「それはだって……目の前に困っている人がいるんですから」

「本当にそれだけ？」

そう迫ると、謙臣は目を散らした。

そして、「平山さん、だからです」と唇だけで言った。

わたしだからっていうのは、どういう意味——と深掘りしようとしてやめた。

亜紀は戸惑っていた。自分の思い上がりや勘ちがいじゃなければ、この若者はわたしに好意を寄せているということだろう。

一回り、歳上のわたしに。

「平山さん」謙臣が居住まいを正し、きりっとした目で亜紀を見つめた。「こんなときに言うことではないと思うんですけど、ぼくは、あなたのことを——」

ここで玄関のドアが開く音が聞こえた。小太郎が買い物から帰ってきたのだ。

強制的に話は中断され、それから謙臣は再び小太郎のゲームに付き合わされることになり、以後二人きりになる時間はなくなった。

やがて西日が窓から射しこんで来た頃、謙臣は平山宅を出て、自宅へ帰って行った。亜紀が彼に帰宅するように遠回しに促したからだ。

散々世話になっておいて失礼な話だが、もしも自分に気があるのだとしたら、こちらもこれ以上気を持たせるようなことをしてはならない。

ただ、謙臣を玄関先で見送った直後、亜紀は一言では形容し難い、複雑な感情に襲われた。不安と、切なさと、わずかばかりの安堵《あんど》、それらの感情が胸の中でない混ぜになっていた。

それから亜紀は小太郎の買ってきてくれた食材で夕飯を作り、二人で食べた。小太郎は「夜もけんけんと一緒に食べたかった」とこぼしていた。

夕食後は二人で風呂《ふろ》に入り、一緒にベッドに入った。事件以来、毎晩そうしている。小太郎よりも、亜紀が一人では眠れないのだ。

だが、亜紀は愛息子《まなむすこ》に触れていても一向に寝付けなかった。また何かされるかもしれないという恐怖もあったが、その多くは謙臣のことを考えていたからだ。

彼はどこまで本気なのだろう。こんなおばさんを、それも子持ちの女を、本当の本当に好きなのだろうか。

モテる、とはまたちがうかもしれないが、亜紀はこれまで男性に言い寄られることの多い人生だった。その大半は同世代、もしくは歳上の男性であった。時に歳下からアプローチを掛けられることもあったが、当時は亜紀ももう少し若かったし、そもそも彼らは本気ではなかった。

ただ、謙臣の行動を考えると、少し遊べたらいいなくらいの軽い気持ちではなさそうに思える。でなければ、これほど親身になって、行動を起こしてはくれないだろう。

だが、出会ってまだ二週間足らず――自分が絶世の美女ならまだしも、そうでないことはよくわかっている。

なのにどうして、若く、容姿端麗な青年がわたしなどに惚《ほ》れたのか。

謙臣と一緒になる未来――あるだろうか。

亜紀は布団の中でかぶりを振った。

いったい、何を考えているのか。

大前提『結婚はシーソー』、この理論からすれば、自分と謙臣ではまるでバランスが取れない。

彼に対して、自分はあまりに重過ぎる。

思考がそこに至ったところで、亜紀はひっそりとベッドを出た。

居間へ行き、パソコンを立ち上げる。防犯カメラのデータフォルダを開くと、三つの動画ファイルが転送されているのがわかった。

一つ目は買い物に出掛けた際の小太郎、二つ目は買い物から帰ってきた際の小太郎、三つ目は夕方に帰った謙臣の姿が映し出されていた。

きちんと稼働していることにホッとした。あの豆粒カメラは本当に優秀だ。

これなら犯行の瞬間を確実に捉えられることだろう。

ここで亜紀は、あ、そうか、と一人得心した。

このカメラがあるのだから、早いところ犯人に次の犯行に出てもらった方がいいのか。このまま何もなければ、それはそれでありがたいのだが、そのぶんだけ長くストレスと戦わなくてはならない。だったら犯人をさっさと捕らえて、一日でも早く安心して暮らしたい。

今さらながらこの考えに至ったら、亜紀は少しだけ気持ちが軽くなった。かかってこい、とまで強気になれなくとも、罠《わな》を仕掛けている気分ではある。

「よし。もう寝なきゃ」と声に出して言い、居間の電気を消して部屋に向かい、再び温《ぬく》いベッドに潜り込んだ。

明日から仕事に復帰だ。四日も連続で会社を休んでしまったので、きっちり遅れを取り戻さなくてはならない。すでに下半期のノルマは達成しているが、もう二つ、三つ成約を取って売上を伸ばしておかないと、また稲葉敦子に負けてしまう。

亜紀はライバルの数字を常に気にしていた。毎月、彼女に勝つことを密《ひそ》かに目標にしているのだ。結果として、それが達成できれば報酬に繋がる。

翌朝、防犯カメラのファイルを確認したところ、良いのか悪いのか、動画データは一つも届いていなかった。つまり、夜中に誰もやって来なかったのだ。

玄関先で登校する小太郎を見送ったあと、亜紀は小学校に電話を入れ、担任の長谷川祐介と少し話をした。息子は平然としているが、一応気に掛けておいてほしいとお願いしたかったのだ。彼は〈はい。たしかに承りました〉と承諾し、そして亜紀に対しても、〈精神的につらいでしょうが、気をしっかり持ってくださいね。何かあれば遠慮なくご連絡をください〉と心遣いを示してくれた。

そうした思いやりを受けた一方、所長の小木からは、出勤後すぐにデスクに呼び出され、「思い込みも甚だしい。どうかしてると思うよ。言っとくけど、まちがってても犯人が江頭さんだなんて吹聴《ふいちょう》しないように。万が一本人の耳に入ったら確実に本社にクレームだ。それと休んでたぶん、ちゃんと挽回《ばんかい》してよ」と冷たい言葉を浴びせられた。この上司は保身の権化だ。

朝礼のあと、「ほんと、かわいそう。かわいそう過ぎる」と目を潤ませて同情してくれたのは同僚の稲葉敦子だ。

「もしわたしがそんな被害に遭ったら、ショック過ぎて、ご飯も喉《のど》を通らなくなっちゃう。仕事なんて絶対手につかない」

「うん。でも仕事しないと食べていけないから」

「強いね。平山さんは」と手を取ってくる。「わたしにできることがあればなんでもするからね。こんなわたしでよければ頼ってきてよね」

「ありがとう。稲葉さんからそう言ってもらえると本当にうれしい」

若干涙腺《るいせん》が緩んだ。仕事上のライバルだからこそ、より一層ありがたみを感じた。

「ところでさっき、所長と話し込んでたけど、何を言われてたの」

「まちがっても犯人が江頭さんだなんて言いふらすなって」

「なるほど。でもわたしも絶対に江頭さんだと思う。わたしは直接、話したことはないけど、見るからに危ないもん。あの人」

「うん。わたしもほぼ確信してる。けど所長から言わせると、それはわたしの思い込みなんだって。どうかしてるとまで言われちゃった」

「何それ、ひどい言い草」と稲葉が鼻の穴を広げて憤った。「所長だって仮に自分の家が被害に遭って、奥さんが傷ついてたら、絶対にもっと優しい言葉を掛けてると思う。あの人、なんだかんだ言っても結局は奥さんのこと大好きだから」

亜紀は眉《まゆ》をひそめた。なんだかんだ、と、結局という言葉に引っ掛かりを覚えたのだ。小木が妻をどう思っているかなど聞いたことがない。そもそも彼のプライベートをいっさい知らない。

そんな亜紀の耳元で「ちなみにさ——」と、稲葉がささやいてくる。「もう所長から言い寄られたりはしてないの」

二週間ほど前だったか、稲葉と仕事終わりにお茶をしているときに、過去に小木から食事の誘いを受け、断ったことを話したのだ。

「うん。あれからは一回も。だからこんなに冷たいんだろうけど」

「ふうん。でも気をつけなきゃダメよ。あの男、油断も隙もないから」

「さすがにもうないと思うよ」

「いいや、わからないわよ。あ、だから一応、もしまたちょっかいを出されたら教えてね」

それから亜紀は会社案内や入会申込書などを鞄《かばん》に詰め込み、車に乗り込んで営業所を出発した。

今日は一人だったので複雑な気分だった。謙臣と同行できれば話し相手になってもらえるが、彼が本当に自分に想いを寄せているのだとしたら、二人きりは少々気まずい。

ちなみに出勤後、亜紀はすぐに謙臣のもとへ行き、昨日のお礼とカメラに誰も映っていなかったことを報告した。すると彼は、「近いうち必ず撮れますよ。犯人逮捕は時間の問題です」と得意気に言って、ウインクを飛ばしてきた。

亜紀は右車線に移動し、アクセルを踏み込んだ。左車線を走る軽トラをすーっと追い抜いて行く。目的地に到着するまで、亜紀は謙臣のことが頭から離れなかった。


二件の訪問をし、あの手この手で入会を迫ったが、どちらも空振りに終わった。当人が乗り気ではなかったのだ。ただ一軒目の男性の方は、この場での成約とはならなかったものの、後日入会してくれるかもなと思った。同席していた八十歳近い母親が孫の顔が見られるなら金に糸目はつけない、してやれることはなんでもしてやりたいと語っていたからだ。どうやらかなりの資産を持っているようだった。

もっとも、この女の息子が五十代後半であることを考えれば、たとえ入会したとしても望み通りにはならないだろう。もしその願いが叶《かな》ったならば、嫁いでくる女はその家の遺産が目当てということになる。

十六時過ぎ、営業所への帰途、信号に捕まったところでスマホを開くと、メールが届いているのに気づいた。

差出人を名を見て亜紀の脈拍は駆け足になった。

江頭藤子からだったのだ。

《しばらく会社をお休みなされていたようですね。体調でも崩されていたのでしょうか。先ほど営業所にお電話を差し上げたところ、所長から十七時には平山さんが戻ってくると聞きました。

なので、その時間に営業所に伺いますね。相談したいことがたっぷりあるので、どうぞアドバイスをよろしくお願いします》

背筋が寒くなった。こちらの反応を楽しもうというのだろうか。

こうしてプレッシャーを掛け、じわじわと精神を追い詰めていき、退職に追い込む。そうにちがいない。

亜紀は額に手を当てた。

——結局、あなたがそんなだから、いくつになっても結婚できないのよ。

なぜあんなことを口走ってしまったのか。今さら後悔しても遅いのだが、後悔せずにいられなかった。

無言電話、ゴキブリ、血糊——裏でこんな陰湿なことを行っているくせに、何食わぬ顔で亜紀に会いにやって来られるのだから、あの女はふつうではない。異常者だ。

「お願いだから、もう勘弁してよ」

思わずつぶやいていた。

プーッ。後ろからクラクションを鳴らされた。信号機の色が青に変わっていたのだ。

慌てて車を発進させた。

「負けないから。絶対」

亜紀は自分に言い聞かせるようにして言い、アクセルを強く踏み込んだ。オンボロの営業車がウオンと吠《ほ》える。

「今に見てなさいよ。警察に突き出してやるから」

あんな変質者に屈してたまるもんか。

謙臣の話した通り、江頭藤子は性懲りもなく、再び我が家にやってくることだろう。そのときがあの女の最後だ。

亜紀はハンドルを握りながら想像してみた。華奢《きゃしゃ》な手首に手錠をはめられている江頭藤子の姿を。

懲役刑は望めないかもしれないが、是が非でもそうなってもらいたい。いや、できれば一生、牢獄《ろうごく》に閉じ込めておいてほしい。


「担当が代わる？」

江頭藤子はそう言って、亜紀に対し、わざとらしく小首を傾げて見せた。こうして向かい合っているだけでも、恐怖と憎しみとで、亜紀の全身はひどく強張《こわば》っている。

「ええ。大変急で申し訳ないのですが、来月からわたしの役職が変わりまして、それに伴い、業務内容もガラッと変わってしまうんです。つまり、今後は会員様と直接やりとりをさせていただく立場ではなくなり――」

営業所に戻り次第、小木のもとへ行き、彼女にこのように申し伝えてもいいかと直談判《じかだんぱん》した。もちろん役職が変わる云々《うんぬん》は建前で、これからも亜紀の業務内容はまったく変わらない。そもそもここにはアドバイザーとテレフォンアポインターしかいないのだ。

「で、こちらの男性がこれからわたしの担当になると」

江頭藤子が亜紀のとなりに胡乱《うろん》げな眼差しを向けた。

「はい。わたくし土生が江頭様の婚活をしっかりとサポートさせていただきます。どうぞよろしくお願いいします」

謙臣が爽《さわ》やかに言った。が、少し挑戦的な響きを伴っていた。

亜紀の後任として白羽の矢が立ったのは謙臣だった。小木の方から「じゃあ土生にやらせてみるか」と言ってくれたのは好都合だった。

というのも、この作戦を考案したのは謙臣だった。帰社の車内で、彼から電話をもらい、そこでこの作戦を提案されたのだ。

「あなた、まだお若いでしょう。アドバイザーのご経験はあるのかしら」

「いえ、入社して間もないので、正直なところまったくです。それとあらかじめお伝えしておくと、わたし自身は未婚です。しかし、先輩方に助言をもらいながら、江頭様のためにできることを精一杯やってまいりますので——」

もちろんこの作戦に乗るか否か、亜紀は悩んだ。

理由は二つ。一つは、今度は謙臣が被害に遭う危険性があること。もう一つは、またも謙臣に頼ることで彼にさらなる借りを作ってしまうこと。

だが、悩んだ末、亜紀はこの後輩社員に頼ることにした。「平山さんのためならよろこんで身代わりを引き受けます」と言った彼の笑顔が胸に痛かった。

「お気持ちはありがたいのだけど、ごめんなさいね。正直に申し上げて、あなたでは心許《こころもと》ないわ」江頭藤子が眉を八の字にして言った。「やっぱりわたしは平山さんがいいの。なぜならこの人に全幅の信頼を置いているから」

何が全幅の信頼だ。ふざけるのも大概にしろと一喝してやりたい。

そんな亜紀をよそに謙臣が前髪を掻き上げて再び口を開く。

「おっしゃることはごもっともです。たしかにわたしは未熟者ですし、こと経験という点において平山には遠く及びません。しかし、会員様を成婚に導きたいという情熱は誰にも負けていないと自負しております。どうかここは一つ、わたくし土生謙臣に懸けていただけませんか」

「だから、無理」彼女はにべもなく言い放った。「わたしは平山さん以外の人にサポートをしてほしくない」

「うーん。それは困りましたね——しかし、会社の人事で決まってしまったことだから、わたしにも平山にもどうにもできないしなあ」

謙臣が機械的に、そして挑発的にぼやいた。

「そんなのどうにかしてちょうだいよ」

「それが残念なことにどうにもならないんですよ」

「平気でしょう。わたし一人くらい」

「いいえ、むずかしいです」

「あなたに言ってるんじゃないの。平山さんに言ってるの」

「何をおっしゃられても、平山はもう担当から外れてしまうんで」

「だからあなたに言ってないっ」

「江頭様、できればもう少しお声の方を落としていただけると」

「なんなのこの人」江頭藤子が目を剝《む》く。「絶対あなたなんかに担当になってほしくない」

「そうおっしゃらずに。わたしは江頭様を担当させていただきたいんですよ」

謙臣は彼女の睨《にら》みを涼しげな微笑みで受け流し、軽やかに言った。

そんな対照的な表情の二人を交互に見て、亜紀はごくりと唾《つば》を飲み込んだ。自分の方がこの緊迫感に耐えられそうになかった。

「なるほど。そういうことね。わかりました」江頭藤子が椅子から立ち上がり、亜紀を冷たい目で見下ろした。「一つ言っときますけど、わたしはああいうことに絶対に屈しませんから」

意味がわからず、亜紀は小首を傾げた。

「平山さん。あなた、楽しいわけ?」

「……何がですか」

「いけしゃあしゃあとまあ」と鼻で笑う。「それなら、根比べといこうじゃないの。とことん受けて立つわ」

彼女はそんな謎の言葉を残して、長い黒髪を揺らして去って行った。


マイカーをマンション下の駐車場に入れ、エンジンを切った。

だが、亜紀はすぐには車から降りられなかった。心がどっと疲れていた。

江頭藤子から面と向かって挑戦状を叩きつけられたこともそうだが、謙臣がこれほどまで自分のために身体を張ってくれることに、改めて後ろめたい気持ちを覚えたのだ。

江頭藤子が去ったあと、謙臣は亜紀の両肩に手を置いてこう言った。

「大丈夫。ぼくが必ずあなたを守りますから」

おそらく近い将来、謙臣は改めて自分に交際を申し込んでくることだろう。

そのとき、自分はなんて返答をすればいいのか。まさか、よろこんで、とも言えない。曖昧《あいまい》なことだって言えない。結局のところ、はっきり断る以外に選択肢はないのだが、それをすることが心苦しくて仕方ない。

どうしてこんなおばさんを好きになっちゃうのよ――。

亜紀は深いため息をついてドアを開けた。冷たい夜風にさらされ、首筋がヒヤッとなった。春はまだまだ遠そうだ。

エントランスに入り、メールボックスを恐るおそる確認した。チラシが何枚か入っていたが、おかしな物は見当たらなかった。できればここにも防犯カメラをつけたいくらいだ。

このマンションは築三十年が経っており、エントランスにもエレベーターにも防犯カメラが備わっていなかった。だから家賃が格段に安いのだけど。

エレベーターに乗り、外廊下を渡って、自宅の前に立った。鞄から鍵《かぎ》を取り出し、差し込んだところで違和感を覚えた。施錠がなされていなかったのだ。

一気に身体中に血が駆け巡った。

亜紀は勢いよくドアを開け、靴のまま居間に駆け込んだ。

「あ、おかえり」

と、小太郎が首を捻《ひね》って言った。息子は呑気《のんき》にテレビゲームをしている。

「なんで鍵が開いてるの」肩で息をして言った。

「あ、ごめん。掛け忘れてた」

「……小太郎、ママ言ったよね。帰ってきたらすぐに鍵を閉めてチェーンもしてって」

母親の怒気を感じ取ったのか、小太郎がゲームコントローラーを手放し、こちらに向けて身体を開いた。

「あんた、今どういう状況かわかってるよね」

「……うん。わかってる」

「じゃあなんで鍵を閉め忘れるの」

「……ごめん」

「ごめんじゃない。ごめんなのじゃすまない。何かあったらどうするの」

母親の剣幕に小太郎は慄《おのの》いている。

「小太郎」亜紀は床に両膝《りょうひざ》をついて、息子の顔を両手で挟んだ。「ねえ、どうするのって訊いてるの」

「……ごめんなさい」

「だから謝ったってどうにもならない。何かが起きてからじゃ遅いの。いい？　二度と不用心なことしないで。絶対に」

そう言って顔を激しく揺さぶった。

「ちゃんと返事して。わかった？」

ここで小太郎の唇が震えているのに気づいて、亜紀は顔を包み込んでいた手を離し、目を散らした。

「ごめん。ママ、ちょっと疲れてて」

自分が嫌になった。こんな精神不安定な姿を見せたら逆効果でしかないのに。

亜紀はパンプスを脱いで手に抱え、玄関へ向かった。ドアの鍵を閉め、チェーンを掛ける。次に洗面所で手洗いとうがいをして、居間のパソコンを立ち上げた。日中に不審者がやってきていないか、確認するのだ。

パソコンに転送されていたデータは四つだった。朝に登校する小太郎と出勤する亜紀、下校して帰ってきた小太郎と、今し方の亜紀の姿。鍵が掛かっていないことに気づき、顔色が変わる自分の表情がしっかりと撮れていた。

それから夕飯を作り、二人で食べた。先ほどの失態を取り返そうと、亜紀は無理して明るく振る舞い、息子に様々な話題を振ったが、彼の返事は乏しかった。取り乱した母親から感情をぶつけられて、ショックを受けているのは明らかだった。

だからなのか、小太郎は今夜一人で風呂に入った。宣言もなく、こっそりと浴室へ向かったのだ。

浴室から漏れ聞こえるシャワーの音を聞きながら、亜紀はスマホを操作していた。賃貸物件を探しているのだ。この街が気に入っているのと、小太郎を転校させたくないので、遠くに離れることはできないが、もう少し防犯体制の整ったマンションに住みたい。エントランスにオートロックがあり、エレベーターや外廊下にも防犯カメラが設置されているところ――ため息をついた。どこも想像以上に家賃が高かったのだ。

毎月、いくらかの報酬をもらえているとはいえ、アモーレは基本給が恐ろしく低いので、亜紀の月収は平均して三十万円弱、ボーナスがないので年収は三百五十万円程度だ。ここに自治体から出るシングルマザー手当と達也からの四万五千円の養育費が加わり、なんとかかんとか食べている現状だった。

もちろん世間を見渡せば自分たちよりも貧しい生活を強いられている人たちはごまんといて、そんな人たちからみれば、それだけもらってるなら十分にやっていけるじゃない、と思われることだろう。

だが、本当にかつかつなのだ。家賃に食費に車のローンにガソリン代――とりわけ昨年からの光熱費の高騰は家計に大ダメージをもたらした。届いた請求明細を見て、何かのまちがいじゃないかと疑ったくらいだ。

だから贅沢《ぜいたく》なんてまったくしていない。たまに外食をしたり、洋服を買ったりもするが、食事は必ずクーポンを使うし、服はアウトレットやメルカリばかりだ。

達也と離婚すると決めたとき、亜紀は心に誓ったことがある。それは絶対に小太郎にみすぼらしい格好をさせないことと、貧乏で惨めな思いをさせないこと。これだけは何がなんでも守ろうと決めてシングルになったのだ。

亜紀が再び吐息を漏らしたとき、手の中のスマホが震えた。達也からの電話だった。急になんの用なのか。彼には連絡をくれるときは電話ではなく、ＬＩＮＥにしてくれと伝えており、これまでそれが守られていたのに。

〈亜紀、その後どうかな〉

第一声がこれだった。

意味不明だったので、亜紀は「何が？」と訊ねた。

〈だから小太郎と会う日のスケジュールの件〉

「ああ」本当にすっかり忘れていた。それどころではなかったからだ。「ごめん、まだ調整中」

〈小太郎はそんなに忙しいわけ？　習い事だってしてないのにさ〉

「なんだかんだ土日は予定があるの。最近あの子、友達も増えてきたし」

〈そういう予定ならおれの方を優先してくれたっていいだろう。こっちは三ヶ月に一回しか会えないんだぜ〉

カチンときた。そんな貴重な一日に息子に嫌な思いをさせているのは誰なのか。

「あのさ、正直に言うけど、小太郎が会いたくないんだって。あなたがわたしに関することばかり質問責めしてくるから、それがストレスなんだって」

〈……そんなことしてないと思うけど〉

「してるから小太郎が嫌がってるんじゃない。この際だからはっきり言っとくけど、わたし、あなたとヨリを戻すなんて一ミリも考えてないからね」

〈…………〉

「だからわたしが誰と会って、誰と連絡を取ってるとか、そういうことを小太郎に詮索《せんさく》しないで」

〈やっぱり、誰かと付き合ってるのか〉

「だからそういうのをやめてって言ってるの。わたしに彼氏がいようといまいと、あなたに関係ないじゃない」

〈教えろよ。それくらい〉

「じゃあ言います。います。最近彼氏ができました」

一瞬、脳裡《のうり》に謙臣の顔が思い浮かんだ。

〈そいつとはもうやったのか〉

「は？　バカじゃないの。くだらない」

〈そいつ、どんな男だよ〉

「だからなんでそんなことを他人のあなたに言わなきゃいけないの」

〈他人じゃないだろう。おれはおまえの――〉

「まともな人。あなたの百倍ね」遮って言った。「優しくて、頼りがいがあって、もちろん暴力なんて絶対に振るわない、常識のある男性」

何も挑発するようなことを言わなくても、と心の片隅で思うものの、亜紀は止まれなかった。一連の事件以来、心に蓄積していた様々なストレスが一気に爆発してしまったのだ。

〈今からそっちに行く〉

「は？　やめてよ。意味わかんない」

〈会って話しようぜ。今後のこと〉

「今後？　今後の何を話すの？」

〈ほかに男がいるならおれが養育費を渡す必要もないだろう。どうせそのうち再婚するんだろ〉

「呆れた。がっかり。あなたの小太郎に対する思いってそんなもんなんだ」

〈小太郎からは嫌われてて、おまえにも男がいるなら、金を出してるおれがマヌケみたいじゃねえか〉

どういう思考回路をしていたらそうなるのか、わけがわからない。だいたい金を出していると言っても、たかだか四万五千円だろう。

「もういい。あなたと話したくない」

〈おれは話したいんだよ。おまえの顔を見てしっかりと〉

「で、最後には殴るんでしょ」

〈殴らねえって〉

「ううん。あなたはそう言って殴る人。あなたに何回もボコボコにされてきたわたしが言うんだから――」

〈うるせえんだよっ。ごちゃごちゃ言ってるとぶっ殺すぞ〉

「ほら、出た。それがあなたの本性。言っとくけど、本当に家に来たら警察を呼ぶから――ううん。今のうちから呼んでおく。元夫のストーカーに襲われそうだから助けてくれって」

電話越しに激しい物音が聞こえた。おそらく達也が近くのものを殴ったか、蹴《け》ったか、そんなところだろう。

「もう二度と小太郎に会わせないから。今後一切連絡してこないで」

言うなり亜紀は一方的に電話を切った。

するとすぐにまた達也から電話が掛かってきた。相変わらず執着心の強い男だ。もちろん応答などしない。

「ママ」

その声で亜紀はバッと後方を振り返った。居間のドアのところに髪の濡《ぬ》れた小太郎が立っていた。

「ぼく、お願いしたじゃん。パパにひどい言い方しないでって」

しまった。どこから聞かれていたのか。

「パパ、優しいときは優しいし。あんなふうに言ったら、かわいそうだよ」

「……………」

「今日は一人で寝たい。おやすみ」

小太郎はそう言うなり、母親に背を向けて部屋に向かった。

亜紀は両手で顔を覆った。

ほとほと自分が嫌になった。こんなダメな女だから次々と不幸が舞い込んでくるのかもしれない。そんなふうに思えてくる。

いけないと思いつつ、誰かに話を聞いてもらいたくて、たまらなくて、亜紀はスマホの履歴から謙臣を探していた。

6

水曜日の給食時間に平山小太郎と中川大毅《たいき》がまたも喧嘩《けんか》をした。周囲の児童らに事情を聞けば、発端は先週と同様、中川が小太郎に執拗《しつよう》に絡んだことだった。中川は小太郎が牛乳が苦手なことを知っていて、「おまえは牛乳を飲まないからチビなんだ」「半分くらい飲めよ」としつこく迫ったのだそうだ。

小太郎は最初こそ相手にせず、じっと耐えていたらしいが、やがて我慢の限界が来たのか、いきなり給食のお盆をひっくり返して中川に殴りかかった。これによって器の中のスープが飛び散り、近くにいた女子児童の服が濡《ぬ》れるという二次被害まで発生し、一時クラス中が騒然となった。

祐介は昼休みの時間を使って、二人を個別に呼び出し、まずは中川を厳しい態度で指導した。

この男子児童はやたらと人をいびる癖がある。彼の母親からも、息子が悪さをしたら遠慮なくブン殴ってくれと言われており、さすがにそれはしないまでも、「おまえいい加減にしろよ」と大人の男の威圧を与えておいた。

その一方、小太郎には優しく、慎重に接した。彼はもとはけしかけられた側であることと、今日一日、どことなく元気がない感じがしたからだ。午前の授業中も物思いに耽《ふけ》っているようで、ずっと心ここに在らずに見えたのだ。

「やっぱり先週に、自宅があいう被害に遭ったことが影響しているのかな」

祐介が顔を横に向けて訊《き》くと、小太郎は小さくかぶりを振った。

二人は今、三階の教室のベランダに出て、欄干に手をついて並んで立っている。見下ろせる校庭では、日を浴びた児童らが所狭しと駆け回っていた。

「本当に?」と念押しをすると、彼は「はい。それは関係ないです」と、か細い声で答えた。

もっとも祐介自身、きっとほかの理由だろうと推測していた。というのも、昨日の火曜日の朝、小太郎の母親の亜紀から電話をもらい、息子は例の事件以来初めての登校なので気に掛けておいてほしいといった要望があり、そのように注視していたところ、昨日の彼はふだんとなんら変わらぬ一日を送っていたからだ。

「でも何か悩みごとだったり、落ち込むような出来事があったんだろう」

すると小太郎はやや逡巡《しゅんじゅん》した素振りを見せたあと、「昨日の夜にママと……お母さんとお父さんが、電話で喧嘩《けんか》してるのを聞いちゃって」と、俯《うつむ》きながら言った。

「なるほど。平山くんとしてはそれが複雑なのか」

小太郎がこくりと頷《うなず》く。

「ぼく、お母さんのことは大好きで、お父さんはちょっとだけ苦手で、でもお父さんのことも別に嫌いってわけじゃなくて……」

祐介は相槌《あいづち》を打って先を促した。

「お母さんはお父さんに対しては言葉がきついっていうか、冷たいから、ちょっとだけお父さんがかわいそうで……でも、ぼくには何もできないし、そもそもお父さんに会いたくないって言ったのもぼくだし、ええと……すみません。うまく話せないです」

「そんなことないよ。ちゃんと伝わるよ、平山くんの気持ち。できれば先生は、平山くんの話をもっと聞かせてもらいたいな」

再び小太郎が頷き、語を継ぐ。

「お父さんは、ぼくが小さい頃のお父さんにそっくりだって言うんです。見た目も性格も、昔の自分を見てるみたいだって。だからぼく、お父さんがそう言ってるよってお母さんに話したことがあって、そうしたらお母さんは全然似てないからってものすごく怒ってて、なんかそういうのもどうしていいのかわからなくて」

先週、亜紀と面談をしたときに、彼女の元夫がＤＶ癖があったと語っていたことを思い出した。ただ、この場でそれを言うのは躊躇《ため》われた。小太郎がそうした過去を知らない可能性があるからだ。

だが、彼の方から「ぼくのお父さん、昔お母さんに暴力を振るってたんです」と告白してきた。

「それはお母さんからそう聞いたの？」

小太郎がかぶりを振る。「お母さんは何も言いません。離婚した理由は夫婦の価値観の不一致とかって。けどぼく、なんとなく覚えてて。そういう場面」

亜紀からは彼が三歳のときに離婚したと聞いている。それくらいなら記憶が残っていても不思議じゃない。

「だからたぶん、そういうことがあったから離婚しちゃったんだろうなって」

「けど平山くんは、そう考えていることも、当時の記憶があることもお母さんに話せずにいるってことか」

　小太郎が頷いた。

「そっか。それはたしかにつらいところだね」

「でも、今ぼくが悩んでるのは……」

　そう言ったきり、小太郎は黙り込んでしまった。

「やっぱこれはいいです」

「なんだよ。教えてくれよ」

「大丈夫です」

　そんな攻防を何ターンかして、最後は「先生と平山くんだけの秘密にするから」という口説き文句で、小太郎を根負けさせた。

「ぼく、やっぱりお父さんに似ちゃってるんだろうなって」

「どういうところが？」

「……すぐキレちゃうところ」

　小太郎は下唇を突き出していた。涙を堪《こら》えているのだ。

「なんであああなっちゃうのか、自分でもわからないんです。毎回、反省して、二度とこういうことはしないって思うんですけど、でも今日みたいなことがあると、頭の中がカーッとなっちゃって……気がついたらああいう……」

　彼の肩が震え出した。

「も、もしかしたらお父さんも同じだったのかなって……だったらぼくとお父さんはやっぱり似てるんだろうなって。こういうところ、なおしたいけど、なおせなくて……でも、お母さんに相談したら、きっとお母さんはぼくとお父さんが一緒だと思って悲しむだろうし、だから、だから……」

ここで彼の目から涙が溢《あふ》れた。鼻水も垂れていた。

祐介はそんな少年の頭にそっと手を置き、「平山くんは立派だと思うな。そんなふうに自分と向き合えるんだから」と柔らかく言った。

「きみは自分から人に危害を加えたりしないだろう。今回のことだって、中川くんにけしかけられて反撃しただけじゃないか。誰だって嫌なことを言われたり、されたりすれば怒るさ。ただきみの場合、そのときにちょっとだけ過剰に反応してしまうってだけだ」

小太郎は腕を涙を拭《ぬぐ》っている。

「でもそういうのも近いうち必ずおさまる。先生が保証する。なぜならもうすぐ平山くんは中学生になるだろう。そうしたら身体と一緒に、心も大きく成長するからだ」

これが教師の言葉として正解なのか、祐介にはわからなかった。何を適当なことを、と心の片隅で思っている自分もいた。

ただ、この少年に少しでも寄り添ってあげたかった。

放課後、祐介は三人の保護者に連絡を入れた。中川大毅の母親と平山小太郎の母親、そして佐藤日向の母親だ。

小太郎が給食のお盆をひっくり返した際、器の中のスープを浴びてしまった女子児童が佐藤日向だったのだ。幸い本人に火傷《やけど》などの怪我はなかったものの、彼女は午後の授業を体操服で過ごすこととなった。

中川の母親は相変わらずで、〈帰ってきたらきっちりシメておきます〉と話していた。小太郎の母亜紀は仕事中だったようで電話に出なかったが、後に折り返しがあり、これから学校で会うこととなった。日向の母聖子は、最初こそ男の子同士の喧嘩に巻き込まれたと聞いて娘の状態を心配していたものの、無傷とわかると安堵《あんど》し、〈運が悪かったと思うしかないですね〉と大事《おおごと》にしないでくれた。

「あの子、そんなことを」

その後、来校した亜紀が口元に手を当てて言った。その瞳《ひとみ》がみるみる潤んでいく。

祐介は悩んだ末、担任教師から聞いたということは絶対に秘密にするという約束のもと、昼休みに聞き出した小太郎の思いをそのまま亜紀に話すことにした。もしこの約束を破られたら、小太郎との信頼関係は崩れる。

「こういうことをお母さんに言うのは酷ですが、きっと彼なりに、両親に気を遣ってきたんでしょう。とても心優しい、思いやりのある子だと思いますよ、小太郎くんは」

そう告げると、亜紀は「ちょっと、ごめんなさい」と言って、鞄《かばん》からハンカチを取り出した。

「思春期に入って自分と向き合うようになり、自分の気質が母親が嫌いな父親のそれと同じだと感じてしまった。ただ、そう感じている心の内を母親に話せず、自分の中で悶々《もんもん》とし、思い悩んでしまっている——そんなところでしょうか」

亜紀はハンカチを目に当てながら耳を傾けている。

「ただ、元旦那《だんな》さんの家庭内暴力と、小太郎くんの癇癪《かんしゃく》とでは少し種類が異なるのではないでしょうか。わたしはそのように思います」

彼女が洟《はな》をすすり始めた。

「それと、前回お母さんに話した通り——お昼に本人にもそのように伝えましたが、わたしはこうした癇癪持ちの気質もそのうち治まると思います。本人があのように思い悩むのは心の底から反省しているからにほかなりませんし、近いうち必ず、感情をコントロールできるようになると思います」

次第に亜紀の涙が激しさを増してきた。肩を震わせ、嗚咽《おえつ》を漏らし始めているのだ。

「最後に一つ――これはあまり大きな声じゃ言えませんが、男の子はやられたらやり返すくらいの気概がある方がいいという見方もあるでしょう」

祐介は号泣する亜紀に向けて冷静に口を動かしながら、彼女の心労について思いを巡らせていた。きっと息子のことだけではないのだろう。今この女性は精神的に追い詰められているのだ。

それからしばらくの間、祐介は無言を保ち、亜紀が落ち着くのを待った。もはや彼女は過呼吸気味になっている。

やがて、「もう大丈夫です。すみませんでした」と亜紀は深呼吸をして言った。

「最低ですよね、子どもに気を遣わせる母親って」

「そんなことはないと思いますよ」

「小太郎がかわいそう。こんな母親のもとに生まれて」

「平山さん。自分を責めるのはよしましょう。小太郎くんは十分にお母さんの愛情を感じているはずですから――あ、彼はお母さんが大好きだと言ってましたよ」

そんな台詞《せりふ》を口にしたあと、ふと倉持莉世のことを思った。彼女は親の愛情というものを知らない。本当に不幸で、同情すべきはあの少女だと思う。

その後も祐介は亜紀を励ましつづけた。その甲斐《かい》もあって、次第に彼女は元気を取り戻してくれた。

そして、「佐藤日向ちゃんのご自宅の住所、教えてもらえませんか」と申し出てきた。

このあと、一言詫《わ》びを伝えに行きたいのだという。元からそのつもりだったのだろう、彼女はケーキ屋のものと思《おぼ》しき箱を持参していた。

祐介は、小太郎本人から佐藤日向にきっちり謝罪をしていることと、自分から母親の聖子にも事情を説明しているから、そこまでする必要はないと話したのだが、亜紀は「お願いします」と引かなかった。

「こういうことは親からもきちんと謝っておかないと。中川くんとはお互い様かもしれないけど、日向ちゃんはそうじゃありませんから。わたしが日向ちゃんのお母さんなら、どうして親は何も言ってこないんだって頭に来ると思いますし」

そこまで言うので、祐介は一旦《いったん》席を外し、佐藤聖子に電話を入れた。平山小太郎の母親が謝罪を所望していることを伝えると、聖子は〈わざわざそこまでしていただかなくていいのに〉と恐縮し、ただ〈でも、平山さんならわたしもお会いしたいです〉とも言った。

聞けば去年の十一月、日向が転校してから初めての授業参観が開かれたとき、周囲の保護者に馴染《なじ》めず、独りぼっちで浮いていた聖子に対し、亜紀だけが声を掛けてくれ、親しげに接してくれたのだという。以来、亜紀に対して好印象を抱いていたのだそうだ。

こうして佐藤宅に向かうことになった亜紀を祐介は来客用玄関まで見送った。

「本当に、長谷川先生には色々とお世話になります。厄介なことばかり持ち掛けてしまってごめんなさい」

亜紀が深々と腰を折った。

「いいえ、とんでもないです。早くいろいろと落ち着くといいですね」

「はい。長谷川先生、改めて卒業まで小太郎をよろしくお願いします」

「ええ、こちらこそ」

「では失礼します」

と、背を向けた亜紀に対し、「あ、平山さん」と祐介は咄嗟《とっさ》に声を掛けた。

亜紀が振り返る。

祐介は少し逡巡したあと、こう申し出た。

「急なんですが、わたしも佐藤さんの家に同行してもよろしいでしょうか」


亜紀は小学校に車で来ていたため、同乗させてもらうことにした。佐藤宅の駐車スペースは広かったので、この軽自動車ならばなんなく停められることだろう。

「どうして急に一緒に行こうと思われたんですか」

ハンドルをぐるりと回し、旭ヶ丘小学校の裏門を出たところで亜紀が訊いてきた。まだ十七時だというのに、空はすでに夜支度を始めていて、辺りは薄暗い。

「そのときの正確な状況をお伝えする人間が必要かなと思いまして」

「ああ、なるほど。すみません、お忙しいのに」

本当はもう一度聖子に会いたかったのだ。だが、どうして彼女に会う必要があるんだ、と自問している自分もいる。

けっして佐藤聖子を凶悪な人物だと考えているわけでない。

ただ、気にならないかと言ったら嘘になる。だから改めて対面してみたい。

「日向ちゃんのお母さん、新参者だし、あの若さでしょう。だから授業参観のときに明らかに浮いてたんですよ。わたしも誰かのお姉ちゃんが親の代理で下の子の様子を見に来てるのかなって思ってたくらいですから。で、授業中にやたら目が合ったんです。そのときは会釈を交わした程度だったんですけど、授業が終わったあとに佐藤さんの方から話しかけてくれて」

聖子と初めて会ったときの印象をそれとなく訊《たず》ねると、亜紀はこのように説明し、これについて祐介は若干の違和感を覚えた。聖子と亜紀、両者の記憶が微妙に異なっている。

「彼女がお姉ちゃんじゃなくてお母さんだと知ったときは、それなりに驚きましたよ」

「それなりに、ですか」

「ええ、すぐに背景を察したので。ほら、わたしは職業柄、そういう家庭をいっぱい知ってるんです。四十を超えたシングルファザーと三十以下の女性が成婚することって結構あるんですけど、そうなると奥さんは夫よりもむしろ子どもの方と年齢が近くなったりとか」

「なるほど」と相槌を打った。「こんなことを訊くのもあれですが、そのような家庭は上手《うま》くいくものなんですか」

「うーん。ケースバイケースだとは思うんですけど……実際どうなんでしょうね。というのもわたしの仕事は結婚に導くことで、その後のこととなるとあまりわからないんですよね。たとえ離婚したとしてもわざわざ報告に来る人もいませんし」

眼鏡のブリッジを中指で押し上げた。対向車のライトが眩《まぶ》しかったのだ。

「けど、コブ付きの再婚って、結局のところ実親次第なのかなって気もするんですよね。配偶者にも、子どもにも気を遣って、両者が良い親子関係を築けるように配慮できるかどうかみたいな。そういう意味じゃ、佐藤さんのご家庭は旦那さんががんばってるのかなって思いますけど。継母《ままはは》が子どもの授業参観にちゃんと足を運ぶんですから」

これを受けて、祐介は思わず運転席を見た。

「何か？」と亜紀が横目で一瞥《いちべつ》してくる。

「あ、いえ」

亜紀は知らないのだろう。日向の父親が亡くなっていることを。

もちろん勝手に教えることなどできないが、仮にそれを知ったら亜紀はどんな反応を示すだろうか。

結婚後すぐに配偶者が他界し、自分と血の繋《つな》がりのない子だけが残った。なんとも言えない悲劇である。

だが聖子は、日向は自分の娘であり、彼女を一生守っていくと宣言した。はたしてあの言葉は真か、否か──。

それから話題は、平山家が被害に遭っている嫌がらせのことに及び、その対策として、自宅の玄関ドアに防犯カメラを設置していると彼女は話した。

「犯行現場を映像に収めて、早くあの女を警察に突き出したいんですけど、カメラを設置して以来何もなくて」

「やはり前にお話ししていた女性の仕業なんでしょうか」

「確証はないんですけど、おそらくは」

前に犯人の心当たりを訊ねたときに、仕事上でトラブルになっている女性がいると亜紀は話していた。その女性は結婚相談所の会員で、自身の婚活が上手くいかないことから、担当アドバイザーの亜紀を逆恨みしているのだそうだ。

「結婚アドバイザーというのも大変なお仕事ですね」

「本当に。でも、学校の先生よりはマシだと思いますけどね。わたしなら絶対に務まらないですもん。児童だけじゃなくて、わたしみたいな面倒な保護者も相手にしなきゃいけないし、きっとモンスターペアレンツだっているでしょ」

小堺夫妻の姿が思い浮かんだが、祐介は苦笑に留《とど》めておいた。

ほどなくして佐藤宅に到着した。車だったのであっという間だった。

「うっそ。ご立派なお家」

と亜紀は感嘆しながら、車を家の前の駐車スペースにバックで入れ、エンジンを切った。

だが、彼女はすぐに車から降りず、車内ミラーで顔のチェックをした。「ああ、もうやだ。泣いたからメイクがぼろぼろ」と嘆いている。

「もういいや。さ、行きましょ」と祐介を促し、共に車を降りた。

亜紀がインターフォンを押すと、すぐに玄関のドアが開き、そこから出てきたのは佐藤日向と倉持莉世だった。

「こんばんは」と、気恥ずかしそうに頭を下げた日向に対し、莉世は「どうして長谷川先生もいるんですかー」と軽やかな声を上げた。

それはこっちの台詞だった。莉世がここにいるということは何かしらの狙いがあってのことにちがいない。ただ日向と遊ぶことが目的とは到底考えられない。

祐介と莉世が互いに探るような視線を交差させていると、女子児童二人の後ろからサンダルをつっかけた聖子がスッと姿を現した。「あら、長谷川先生まで」と目を丸くする。

「すみません。せっかくなのでわたしも同行させていただこうかと思いまして」

「そうですか。わざわざありがとうございます」

そんなやりとりをよそに亜紀が一歩前へ出た。

「佐藤さん、ご無沙汰《ぶさた》してます。今日は息子が日向ちゃんにひどいことをしてしまって本当に申し訳ありませんでした」

「ひどいことなんてそんな大げさな」聖子が胸の前で両手を振る。

「いいえ、日向ちゃんは関係ないのに、とばっちりを受けたんですから――日向ちゃん、お洋服を汚しちゃって本当にごめんね」

「あ、いえ、大丈夫です」と、日向がはにかむ。

「平山さん、本当にお気になさらずに。服は洗濯すればいいだけですし、事情は長谷川先生からしっかりと聞いてますから」

「そう言ってもらえると救われます。これ、つまらないものですけど」と亜紀がケーキの箱を差し出した。

「ご丁寧にすみません。ありがたくいただきます。わたしも日向も甘いものが大好きなんで」と、聖子が頭を下げてそれを受け取った。

その後、先週同様に聖子から「お二人とも上がって行ってください」と中へ招かれたのだが、亜紀がこれを丁重に断った。おそらく家で小太郎が待っているからで、今はなるべく息子を一人にさせたくないのだろう。

「残念。せっかく平山さんとお話ができると思ったのに」

「ごめんなさいね。また改めてお邪魔させていただきますから」

「ぜひぜひ。わたしは大抵家に居るので、いつでもいらしてください——あ、それと、もしよかったらこれを機に連絡先を交換していただけませんか」

そんな二人のやりとりを傍で見ながら、祐介は奇妙な感覚を抱いた。亜紀と聖子、もちろん年齢はまったくちがうが、両者の顔がどことなく似ているような気がしたのだ。

その後、聖子と日向と莉世に見送られ、祐介と亜紀は佐藤宅をあとにした。去り際、莉世はずっと祐介に意味深な視線を送っていた。

「佐藤さん、大抵家に居るっておっしゃってたけど、専業主婦なのかしら」

亜紀がハンドルを操作しながら言った。辺りはもうすっかり夜だ。

「そのようですよ」

これは聖子本人に聞いたわけではなく、莉世からの情報だった。莉世自身は日向から聞き出したと話していた。

「へえ、すごい。あんな立派な家も建ててるし、きっと旦那さんがいっぱい稼いでるんだ」

祐介は返答に困った。

「まあでもそっか。あれだけ若くて可愛い女性と再婚できるんだもの。稼いでなかったら無理よね。もしかしたら旦那さんは実業家とかなのかも」

「平山さん。実は――」

祐介は聖子の夫が鬼籍に入っていることを教えた。

すると亜紀は眉間《みけん》に皺《しわ》を寄せ、しばらくの間、押し黙った。沈黙が車内を支配する。

「でも――」と亜紀から口を開いた。「どうして日向ちゃんは実母のところに行けなかったのかしら。経済的なこととか、何かしらの事情で親権を夫が取ったのだとしても、亡くなったんだとしたら、実母のもとへ行くのがふつうだと思うんだけど。まだ小学生なんだし」

これは祐介も考えていたことだった。が、さすがにそこまで踏み込んだことは聖子にも日向にも訊けない。

「かなり前に離婚していて日向ちゃんが実母と面識がないか、もしくは実母が引き取りを拒否しているか、そのどちらかってことなのかな」

もう一つある。すでに実母が亡くなっている場合だ。

「でも、いずれにしたって聖子さんが不憫《ふびん》。こんなこと言ったらいけないんだろうけど」

祐介は相槌に留めておいた。

「ああ、だめだめ。わたしったら本当に大きなお世話。わたしってすぐこんなふうに人様の家庭の詮索《せんさく》をしちゃうんです。これって職業病なんですかね――って訊かれても長谷川先生も困っちゃうか」

亜紀はそう言って自ら笑った。

ほどなくして旭ヶ丘小学校に戻ってきた。祐介は適当なところで降ろしてもらって構わないと伝えたのだが、亜紀が「前に夜道は歩きづらいっておっしゃってたでしょ」と気を遣ってくれたのだ。

祐介がシートベルトを解くと、「長谷川先生、今日は付き合わせちゃってごめんなさい」と亜紀が詫びてきた。

「いいえ、お気になさらず。それより平山さん、くれぐれも今日の話は小太郎くんには――」

「わかってます。わたしは何も聞かされていないし、今日長谷川先生にも会ってません」

「それでお願いします。ではお気をつけて」

祐介はそう告げて車を降りた。一礼して亜紀の車を見送る。

車が見えなくなったところで、はあー、と白息を吐いた。すると眼鏡のブルーレンズが少しだけ曇った。

「大人になれば落ち着くとかそんな綺麗事《きれいごと》でお茶を濁すより、一度息子さんに病院で検査を受けさせてみてはどうですかって母親に進言してやれよ」

食卓の向かいにいる風介が缶ビール片手に言った。何やら今夜はめずらしく「飲まないとやってられねえ」気分らしい。聞けば夕方に前妻から再婚すると連絡があったのだという。もっとも、前妻に未練があるのかと問うと、「これっぽちもない」と言うので、やはりこの人はよくわからない。

「なんの検査を受けさせるんだよ」

祐介が箸《はし》を止めて訊いた。食べているのは帰宅途中に買ったコンビニ弁当だ。温めてもらったのにハンバーグの中が冷たい。

「脳スキャンさ。仮に異常が見つかったら、それがキレやすい気質の要因かもしれないぜ」

祐介は眉をひそめた。「そんなことあるわけ」

「大いにある」風介が人差し指を立てた。「イギリスにとある凶暴な男がいてな、こいつの脳を調べたところ、眼窩《がんか》前頭皮質の基底に変な腫瘍《しゅよう》があるのを発見したんだ。で、これを取り除いてやったら男は実に穏やかな性格になった」

「ほんとかよ」

「ああ。本当だ」と風介が缶ビールを呷《あお》る。「ま、一年後にはまた凶暴な一面が出てきたらしいけどな」

「じゃあ関係ないじゃないか」

「ただ、そのときに改めて男の脳を検査したらまた同じところに腫瘍ができてやがるのがわかってな。で、もう一度取り除いてやると、男は再び落ち着きを取り戻した——こういう事例って結構あるんだぜ」

「ふうん」と口では言いつつ祐介は小首を傾げた。「ちなみにそれも遺伝的なことなのか」

「さあな——だが、人が癌になる大きな要因が遺伝であることを思えば否定はできないだろうな。ってことで、その小太郎ってガキと別れた父親と親子セットで検査をさせてみろよ」

「おれの教え子をガキなんて言うなよ。そもそも彼は凶暴ってわけじゃないんだ」

ここ最近、祐介はどういうわけか、自宅に帰ると、その日学校で起きた出来事を兄に話してしまう習慣ができていた。気が滅入《めい》る言葉しか返ってこないのでやめたいのだが、その気持ちとは裏腹に「今日学校でさ——」と、この変人に語りかけてしまうのだった。

「それはさておき、その平山家が被害に遭ってる嫌がらせってやつの方がおれは気になるな」

風介が四本目のビールのプルトップを開けて言った。もうすっかり赤ら顔だ。

「どうして」

「おまえのクラスばかりでおかしな事件が起きるからだよ。無言電話やゴキブリ投函《とうかん》はまだしも、玄関に血糊《ちのり》をぶちまけるなんてのはさすがに聞かない。犯人に相当な怨念《おんねん》があるにせよ、ふつうは実行しないさ。つまり、犯人はふつうの人間じゃないんだ。そして、もちろん誘拐をする奴だってふつうじゃない。となればこの両事件の関連性を疑うのは当然の――」

「ないよ。さすがにない」と祐介は否定した。「だいいち嫌がらせの方は犯人の目星がついてるんだし」

「それは平山亜紀がそう思い込んでいるだけで、証拠はないんだろう。わからんぞ、どいつが犯人なのか」

「それは、そうだけど」

「女子児童の誘拐事件に、男子児童宅への悪質な嫌がらせ、どちらも佐藤聖子がこの街にやってきてからだな」

「よせよ」

「聞いてるだけでキナ臭いのさ。その女」

聖子の顔が脳裡《のうり》に浮かび上がった。まだあどけない、と表現しても差し支えないあの可憐《かれん》な笑顔の裏に、本当に怪物が潜んでいるのだろうか。

「ところで、おれのお気に入りの莉世ちゃんはどうして佐藤宅にいたんだろうな」

「勝手に気に入るなよ」ため息交じりに言った。「わかんないけど、家の中までも日向を守るつもりなのかも。なるべく聖子と日向の二人だけの時間を減らそうとしてさ」

「いや、ちがうな」と風介が顎《あご》をさする。「以前、莉世がおまえに語った通り、聖子はまちがっても自宅で日向を手に掛けないさ。つまり家の中はある意味、日向にとって安全なんだ。だから莉世が警護につく意味がない」

「じゃあ、なんだよ」

「おそらくは探ってるんじゃねえかと思うんだな」

「探ってる?」

「櫻子誘拐の物的証拠を探している――もしくは聖子に刺激を与えて何かしらボロを出させようとしている」

「まさか」

「いや、あの天才少女ならやるさ。あの子には時間がないんだし」

「時間がない?」

「莉世は私立中学に行くことが決まってるんだろう。そうなれば自然と日向との仲も疎遠になる。つまり彼女としては卒業までに真相を暴かなきゃならないわけだ」

祐介は二度相槌を打ったあと、慌ててかぶりを振った。

「何度も言うけど、佐藤聖子を悪人と決めつけるなよ。兄貴も莉世も根本がまちがってるから、話がおかしな方向にいっちまうんだ」

そう告げると、風介は鼻を鳴らし、ビールをぐびっと飲んだ。「おまえだって内心、聖子を疑ってるくせに」

返答に詰まった祐介に対し、「いいか弟よ、よく聞け」と風介が顔を指差してくる。「この世には犯罪の境界線を跨《また》ぐことにいっさい躊躇いを覚えない連中がいる。彼らは罪悪感など持たないし、自分が捕まるかもしれないという恐怖心も極めて薄い。だから己の利のためならなんでもする。ふつうはしないだろうが彼らには通用しないんだ」

「そんな連中はごく少数だろう」

「ああ、その通り。だが確実に存在する。人を物理的に排除することを厭《いと》わない連中がな。彼らは他者の痛みに共感できないから、いとも簡単に人の命を奪う」

「………」

「たしかに聖子がその一人だと言い切るにはまだ早い――が、そうだとしたら、事件はまだつづくぞ」


翌日の午後授業は、例のごとく卒業式の演習が体育館で行われた。すでに四回目なので、児童たちもだいぶ慣れてきており、一組担任の渡辺の指導のもと演習は滞ることなく進行していった。

祐介がその様子を体育館の隅から見守っていると、「長谷川先生、大丈夫?」と横に立つ三組担任の湯本が声を掛けてきた。

「なんだかお疲れの様子」

昨夜、颪介と話し込んでいたら真夜中になっていたのだ。その後ベッドに入ってからも浅い睡眠しか取れなかった。

「いえ、そんなことはないですよ」と祐介は否定したものの、湯本は信用しなかったのか、「大丈夫。もう一ヶ月切ってるから」と励ましの言葉を添えてきた。

「この学年が卒業したら、多少落ち着いてくるでしょ。さすがに小堺さんのご両親も卒業式を終えたら何も言ってこないわよ――あ、それで思い出したけど、例の呼名の件、どうすることにしたの」

呼名の件というのは卒業式当日、卒業生の一人として小堺櫻子の名前を呼び上げるか、否かである。

担任の祐介としては呼ぶつもりでいたし、それがふつうだと思うのだが、先日、校長の田嶋と教頭の下村から「親御さんに確認を」と指示があった。理由は「また我々の配慮が足りないなど言われかねん」というものだ。

「まだ親御さんに相談してません。というのも現段階で相談を持ち掛けてしまうと、学校側が小堺櫻子が戻ってこないことを前提にしていると捉《とら》えられて、それはそれでさらなる怒りを買うかもしれませんから」

「ああ、たしかに。下手に刺激しない方がいいかもね」

「ええ。なので卒業式の直前まで待ち、最後は親御さんの判断に任せようと思います」

「うん。考えてみればその方がいいわ」と湯本は頷いたあと、顔を近づけてきて「けどさ」と声をひそめた。

「まちがっても遺影を置けなんて言ってこないわよね。そんなものを置かれたら、事件が事件だけに卒業式がお通夜みたいになっちゃうじゃない」

「それはないと思います。ご両親は娘が生きていると信じているわけですから」

「そうよね――でも、もうさすがにね。二ヶ月だものね」

祐介はこれにには返答をしなかった。

すると湯本は失言であったと自覚したのか、「ほんと長谷川先生が来てくれてよかった」と不自然に話題を変えた。

「この状況じゃ飯田先生には荷が重いもの。あの人、まだ半分学生さんって感じだったし」

祐介はこれにも反応しないでおいた。渡辺は愚痴が多く、湯本は陰口が多い。周りの教師はこんなのばかりでうんざりする。

だが、空気の読めない湯本はまたしても、「もう戻ってこないだろうからぶっちゃけるけど、ここだけの話ね」と祐介の耳元に口を添えてきた。

「飯田先生、プライベートは結構ヤバかったのよ」

「ヤバいというのは？」

「夜の街の常連だったの」

祐介は眉をひそめた。「それは事実ですか？　噂ですか？」

「事実。だってわたし自身がこの目で見たんだもの」

小堺櫻子の事件が起きる数週間前、湯本は東京の夜の繁華街で飯田美樹を見かけたのだという。

「もうびっくり。飯田先生ってふだんは薄化粧の人でしょう。それが水商売の女みたいな濃いメイクをして、ミニスカートを穿《は》いて――」

そうしたいでたちで飯田美樹は、とあるホストクラブに慣れた足取りで入って行ったそうだ。

「他人の空似では？」

「ううん。あれは絶対に飯田先生。わたし、後をつけてしっかりと確認したんだから」

それもまた行き過ぎた行為だと思う。そもそもなぜ湯本自身がそこにいたのかという疑問もあるが、この場でそれを訊くのは憚《はばか》られた。

いずれにしても、以前湯本が匂わせていた、飯田美樹は渡辺が思うような清純な女ではないという話がこれだとわかった。

「飯田先生、根は真面目な人だと思うのよ。だからたぶん、学校で見せていた顔も本当の飯田先生なんでしょ。でも、仕事で相当ストレス溜《た》まってたからね。爆発しちゃったんだと思う。ああいう真面目な人ほど、ホストにハマるって聞くけど、まさに――」

「すみません」と遮った。「飯田先生がストレスが溜まっていた原因は？」

「そりゃあいろいろあるだろうけど、一番は小堺櫻子さんの問題だろうね」

「それは例の事件が、という意味でしょうか」

「ううん、その前から。小堺さんっていじめっ子だったでしょう。飯田先生はそのたびに本人に注意をするんだけど、そうするときまって親が出てきて、やられた側にも問題があるとか、むしろ娘の方が被害者だとか喚《わめ》いて、飯田先生を困らせてたのよ」

当たり前のように、次々と新しい情報が飛び出してきて混乱した。

祐介の認識では小堺櫻子は少々気が強いというだけで、問題児であったとは捉えていなかった。事実、そうとしか聞かされていなかったのだ。いじめの問題があったというのも初耳だ。

「ああ、そうなの。まあ仕方ないわよね。飯田先生はあんなふうにいきなりリタイヤしちゃったわけで、いっさい引き継ぎがなされてないんだものね」

祐介は頷き、「小堺櫻子はいったい誰のことをいじめていたんでしょう」と訊ねた。

「誰？　うーん、わたしも詳しいことまで知らないけど、山本《やまもと》さんとか三上《みかみ》さんとか、飯田先生はその辺りの名前を言ってた気がする」

共に大人しい女子児童だ。

「あ、それと佐藤さんのことも」

「佐藤日向を？」

「そう。転校生だし、仕方ないわよね」

何が仕方ないのかわからないが、とにかく、やはり自分は飯田美樹に会わなければならない。

自分はあまりに六年二組について知らなすぎる。

ここで、

「国家、斉唱」

マイクを通した渡辺の声が体育館に響き渡った。その直後、祐介は前方に目を凝らした。

倉持莉世が列から離れ、額に手を当てながら、こちらに向かってきたからだ。

「すみません。ちょっと頭痛がして」と、やってきた莉世が苦しげな顔で言う。

「あらまあ」と湯本。「じゃあ保健室へ行かないと」

「わたしが連れて行きます。湯本先生、あとのことをお任せしてもいいでしょうか」

「ええ、もちろん」

「ありがとうございます――さあ、倉持さん」

共に並んで歩き、体育館を出たところで、「なんの用だい？」と祐介は訊ねた。

すると莉世はにやりと笑みを浮かべ、「こうでもしないと長谷川先生と二人きりで話せないから。放課後は日向ちゃんを送って行かないといけないし」と答えた。

やはり仮病だった。ドアを挟んだ向こうからは児童たちの歌う君が代が漏れ聞こえている。

「先にこちらから質問させてもらうけど、昨日、倉持さんはどうして佐藤さんの家にいたのかな」

「日向ちゃんと遊んでただけですよ」

「それは素直に信じられないな」

「ふふふ。ちょっと刺激を与えてみてたんです」

「刺激？」

「ええ。このままじゃ埒《らち》が明かないと思って。だから、亡くなった日向ちゃんのお父さんのこととか、小堺さんのこととか、そういうセンシティブな話題をあえてあの女の前で出して、どう反応するかたしかめてたんです」

風介の推察通りだったということか。

「よしなさい。危険だろう」

「あ、とうとう言いましたね」と莉世が祐介の顔を指さした。「やっぱり長谷川先生も内心じゃあの女を疑ってるんだ」

「そうじゃなくて——今のは言葉のあや。まちがい」祐介は慌てて否定した。「とにかく、そういう行為は佐藤さんにも、佐藤さんのお母さんにも失礼だろう」

「もう遅いですよ。ふふふ」

たかだか十二年しか生きていない少女に上手を取られ、自分が情けなくなった。

「もう一つ聞かせてほしい。小堺さんが佐藤さんをいじめてたって話を小耳に挟んだけど、それは事実？」

「ええ、事実ですよ。わたしが日向ちゃんを助けたんですもん。飯田先生は見て見ぬふり」

おそらく小堺櫻子に関わると、漏れなく母親の由香里が出てくるからだろう。

「どういうふうに助けたの？」

「ふつうですよ。小堺さんを呼び出して、これ以上日向ちゃんをいじめると、わたしがあなたをいじめるからねって。基本的に小堺さんって、弱い子しかターゲットにできないから」

「その後、小堺さんと佐藤さんは仲良くなっただろう。それもきみが間を取り持ったのかい？」

「いいえ。ほら、よくある感じのやつですよ。いじめが終わった途端、加害者は被害者に妙に擦り寄るし、被害者はこれまでのことがあるから優しくされたことで必要以上によろこんじゃうってパターン」

「なるほど。で、そちらの話は？」

訊くと莉世は中指を使って前髪を耳に掛けた。

「新たにわかったことあるんです。警察の中にもあの女を疑っている刑事が少なからずいるってことが」

今度は祐介が中指を使って眼鏡を押し上げた。

「どうしてそんなことを？」

「また母が仕入れてきたんです。あ、ソースは今回も信者です」

警察関係者の中にも、莉世の母が幹部を務める宗教の信者がいるのだそうだ。

いずれにせよ、これが聞き捨てならない情報であることはまちがいない。

「警察も日向ちゃんのお父さんの事故死は不自然だと感じているんだとすれば、これはもう決まりでしょう」

「それはどうかな。なぜなら現に逮捕されてないんだから」

「それは証拠がないからです」

「証拠がないってことは――」

「その以前にも起きているらしいんですよ」莉世が担任の言葉を遮った。「あの女の周辺で不可解な事件の数々が」

祐介は唾《つば》を飲み込んだ。

「残念ながら一つ一つの詳細までは知りませんけど、そういう事件があったことはたしかなようです」

「本当かな。先生はその情報の真偽を疑ってしまうけど」

「だったらもう一つ」と莉世が人差し指を立てる。「日向ちゃんの家が売りに出されてることはご存知ですか」

祐介の挙動が止まる。

「おそらくハナからこの街で暮らす気なんてなかったんですよ。家を手に入れて、売却金を得る。一応引っ越してきたのは、当局からの疑いの目を避けるためでしょうね。住みもしないで売りに出したら、あからさまですから」

ここまで言って、莉世は身を翻し、体育館のドアに手を掛けた。

「頭痛が治ったので、卒業式の練習に戻ります」

と言ってドアを少しだけ開けたのだが、彼女はすぐに閉めた。

「長谷川先生」と振り返る。「わたし、今日の放課後に日向ちゃんに教えてあげようかと思うんです。あなたのお母さんは殺人鬼だって」

「倉持さん。それはいくらなんでも――」

「もちろん言葉は選びます。でも、これくらい攻めの姿勢に出ないと、あの女に逃げ切られちゃいますから」

「やめなさい。本当に」祐介は神妙な顔で告げた。

「じゃあ長谷川先生は見たいんですか？　日向ちゃんの冷たくなった遺体を」

「……………」

「このままじゃ遅かれ早かれ、日向ちゃんは確実にあの女に消されますよ――では、また」

そう言って莉世はドアの向こうに消えていった。

ひとり廊下に残された祐介は額に手を当て、低い天井を仰いだ。こちらの方が頭痛が出てきてしまったのだ。


最後まで残っていた事務職員も去ると、職員室の隅々まで静寂が行き渡った。今、旭ヶ丘小学校の校舎の中にいるのは祐介一人だ。各科目の小テストの作成を行っていたら遅くなってしまったのだ。

現在時刻は十九時過ぎ、日はとうに沈み、窓の向こうには闇の落ちた校庭が広がっている。

窓辺に立つ祐介はそんな光景に目を凝らしながら、前任の飯田美樹について思いを巡らせていた。

先ほど飯田美樹から祐介のもとに一通のメールが届いた。

それは祐介が、どうか自分と会ってほしい、と先にメールを送ったものへの返信であった。

今、校長すら彼女とろくに連絡が取れないと聞いていたので、祐介もダメもとで送ったのだが、わりとすぐに返信があったので驚いた。

ただし、その内容が妙だった。

《すみませんがお会いすることはできません。ですが、後ほどお電話をさせていただきます。ただ、わたしと連絡が取れたことは絶対に誰にも話さないでください。よろしくお願いします》

なぜ彼女がこんなことを言うのか、祐介にはわけがわからなかった。

時計に目をやった。そろそろ時刻は十九時半に差し掛かっている。

手の中のスマホが震えた。飯田美樹からの着信だ。

「もしもし」

〈そこに誰もいませんか〉

そんな第一声だった。たしかに飯田美樹の声だ。

「ええ、わたしだけです」

〈本当ですか〉

この用心深さはなんなのか。さほど知っているわけではないが、以前の彼女はこうではなかった。

祐介は改めて独りであることを訴えた。

〈長谷川先生とこうしてお話しするのは、長谷川先生にご迷惑をお掛けしているからです。本当に申し訳ありません〉

「いえ、ああいうことがあったんですから、仕方ないです。その後、体調はいかがですか」

〈元気ではないですけど、なんとか〉

「飯田先生は今どちらにいらっしゃるんですか」

〈……ごめんなさい。言えません〉

彼女は実家の親にも居場所を知らせていないのだという。何かしら事情があるのだろうが、これも教えてはくれないだろう。

「ご連絡を差し上げたのはメールにも書いた通り、クラスのことでいくつかお伺いしたいことがあるからです」

ここから質疑応答が始まった。が、何を訊いても彼女は当たり障りのないことしか言わず、早くこの時間を終えたいのがありありと伝わってきた。

「小堺さんが佐藤さんをいじめていたという話を伺ったのですが、飯田先生はそのことを警察にはお話しされてるんですか」

この質問をすると、飯田は数秒間、黙り込んだ。

〈別にいじめとか、そんなに大げさなことじゃ……〉

「お話しされていないんですか」

また飯田が黙る。

そして、〈ごめんなさい。そろそろいいですか〉と急に電話を切ろうとしてきた。

「飯田先生、大切なことなんです。しっかりと教えていただけませんか」

〈このあと予定があるんです〉

「夜の街に繰り出されるんでしょうか」

「………」

「すみません。飯田先生のプライベートをどうこう言うつもりはありません。ただ、わたしも担任を受け持った以上――」

〈何をどこまで知ってるんですか。わたしのこと〉

飯田の態度が変わった。声が震えていたのだ。

祐介は逡巡したあと、

「夜のお店に足繁《あししげ》く通われているという噂を耳にしました」

〈それだけ、ですか〉

まだ何かあるような口ぶりだ。

「はい。それだけです」

電話の向こうで飯田が安堵したのが伝わってきた。

「飯田先生が小堺さんを含め親御さんのことで頭を悩ませていたと聞きました。具体的なトラブルはどういうことがあったんでしょうか」

〈ごめんなさい。もう切らせていただきます〉

「飯田先生。お願いですから話――」

〈何も話したくないんですっ〉突然飯田が語気を荒らげた。〈あの日、わたしは何も見てないし、誰とも会ってません〉

「あの日？　事件当日のことですか」

飯田は答えない。

祐介は質問を変えることにした。もっとも訊きたかったことだ。

「佐藤さんの母親の聖子さんについてですが――」

電話が切られた。すぐに掛け直したが、電源を落とされてしまったのか、繋がらなかった。

祐介は椅子に座り、深くもたれて、天井を仰いだ。

飯田美樹はきっと何かを隠している。事件当日、何かあったのだろうか。

ここでいくら考えようとも答えは出ないので帰ることにした。すでに時刻は二十時だ。

祐介は手早く帰り支度を整え、職員室の電気を消した。すると一気に何も見えなくなった。光にも弱く、闇にも弱い。まったくもって不便な目だ。

職員室を出て、職員用玄関に向かってひっそりとした廊下を歩いていると、甲高い機械音を鼓膜が捉えた。職員室にある固定電話が鳴っているのだ。

こんな時間に学校に電話——？　祐介は身を翻し、早歩きで職員室に戻った。電気を点《つ》け、一番近くの電話の受話器を持ち上げる。

「はい。旭ヶ丘小学校です」

〈えー、こちら松戸市立総合医療センター救急隊員の山村《やまむら》と申します。現在、救急車の中から貴校にお電話をさせていただいております〉

ただならぬ一報に身が強張《こわば》った。電話の向こうではけたたましいサイレンの音が聞こえている。

「何かありましたでしょうか」

祐介は努めて冷静に対応した。

だが、すぐに冷静さを失った。

救急隊員の山村の説明によれば、松戸市内で人が頭から血を流して路上に倒れていると近隣住民から通報があり、救急隊員が現場に駆けつけたところ、旭ヶ丘小学校の名札を胸につけた女子児童を発見したとのことだ。

祐介はこれらのことを素早くメモに取りながら、「うちの児童ということですね。名前はわかりますか？」と訊ねた。

〈えー、名札に書かれている名前は倉持莉世——〉

祐介のメモを取る手が止まった。代わりに手が震え出した。

7

朝、小太郎が洗面所に長いこと籠《こも》っていたので、「早くしないと学校遅れるよ」と声を掛けた。それでも中々出てこないので、「ちょっと、そろそろママも準備したいんだけど」とドアをノックした。

そうしてようやく出てきた息子の頭を見て、おや、と思った。おそらく母親のヘアワックスを使ったのだろう、ふだんは垂れている前髪が持ち上がっていたのだ。ただ、使い慣れていないせいか、寝癖のようになっている。

亜紀は一瞬、噴き出しそうになったが、それをぐっと堪《こら》えてスルーすることにした。

本日は二月十四日の金曜日で、バレンタインデーだった。

なに、あんた女の子たちからモテたいわけ？　それともチョコを貰《もら》いたい特定の女の子でもいるの？　ママなにも聞かされてないんだけど。

胸の中で問いかけつつ、息子を玄関まで見送る。

「行ってきますのチューは？」膝《ひざ》を曲げ、唇を突き出した。

「なに、急に」と、小太郎がマフラーを巻こうとしていた手を止め、顔をしかめる。

「四年生までは毎日してたじゃない」

「今は六年だし。もうすぐ中学生だし」

「いいから、チュー」

「やだって」

小太郎が逃げるように玄関を飛び出していく。

肩を揺すって、「ちゃんとマフラーしてよー」と背中に声を掛ける。

息子を見送ったあとは出勤準備に本格的に取り掛かった。今日はアポ現場に直行だが、遠方なので余裕を持って出発しておきたい。

鏡台の前に座り、顔にファンデーションを塗布して、忌々しい小皺《こじわ》を消してゆく。認めたくはないが、三十五歳を過ぎた辺りから老化が加速したように思う。肌年齢の階段というものがあるならば、これまでは一段ずつ上っていたものが、今は一段飛ばしで駆け上がっている感じだ。

わたしってふつうのおばさんだよなあ――と、鏡の中の自分を見て思い、亜紀は慌ててかぶりを振った。

こういう思考がよろしくないのだ。自分はまだ若い、キレイと言い聞かせていないとどんどん老け込んでしまう。

化粧を終えたところで、スマホに手を伸ばした。謙臣からＬＩＮＥが届いているか気になったのだ。

ここ数日、毎朝彼からメッセージが届いていた。その中身は、朝の挨拶《あいさつ》から始まり、天気などの他愛もない話、そして一夜の間に防犯カメラに不審者が映っていたかどうかの確認。

もしも防犯カメラが何者かを捉《とら》えていたならば、こちらからすぐに謙臣に知らせるつもりだし、それは彼も十分わかっていることだろう。

だからわざわざあちらから確認する必要などない。なのに、こうしてメッセージを送ってくるのは、単純に亜紀とコミュニケーションをはかりたいからにほかならない。

これに関して、亜紀はうれしい反面、それ以上に罪悪感を覚えていた。

なぜなら彼の想いに応《こた》えることなどできないのだから。

困ったときだけ頼っておいて、交際はごめんなさいはないよな、と思う。いい大人が、そんなつもりじゃなかった、は通用しないだろう。

だから亜紀は極力、素っ気ない返事をすることにしていた。三日前に一度だけ、不安に駆られて夜に電話を掛けてしまったが、以来そのようなことも控えている。

だが今朝はまだ謙臣からのメッセージは届いていなかった。

その代わり、旭ヶ丘小学校からメールが届いていた。受信したのは一時間以上も前だった。

《保護者の皆さまへ
おはようございます。校長の田嶋でございます。早朝のご連絡をお許しください。すでにテレビやインターネットのニュースなどでご存知の方もおられることと存じますが、昨夜十九時半頃、我が校の六学年の女子児童がおもてを歩いているときに、何者かに頭に怪我を負わされるといった被害に遭い、救急車で病院へ運ばれるという事件がありました。》

ここまで読んで、亜紀は身動きを止めた。

次にゆっくりと口元に手を持っていった。

《したがいまして、本日、臨時休校にすることを決定いたしましたので、ここにご報告をさせていただきます。

我々教職員も昨夜から事後対応に追われ、こうしてご連絡が遅くなってしまったこと、深くお詫《わ》び申し上げます。

なお、現在、犯人の特定に向けて警察は捜査を始めた段階であり、我々教職員も未《いま》だ事件の詳細を把握しきれていない状況でございますので、小学校への個別の問い合わせは恐縮ながら控えていただければ幸いです。

また、明日の土曜日から二日間は休校日となりますが、来週以降の予定に関しまして本日中に教職員で協議を行いますので、その決定につきましても改めてメール等でご報告をさせていただきたいと存じます。今少々お待ちください。

最後に、保護者の皆さまもさぞ不安な気持ちでおられることと思いますが、今はどうぞお子さまに寄り添っていただきますようにお願い申し上げます。また、事件が落ち着くまで、お子さまだけでの外出は控えるようにご家庭で指導をお願い致します。

旭ヶ丘小学校　校長　田嶋久《ひさし》》

亜紀は口に当てていた手を伸ばして、テレビのリモコンを摑《つか》んだ。

電源を入れ、高速でザッピングする。とある報道番組で手を止めた。

画面には見慣れた街並みが映し出されていた。そこは旭ヶ丘小学校を挟んだ逆側の地域の細い通りだった。

現場には多くの警察官やマスコミの姿があり、テロップには『女子児童、意識不明の重体』とある。

リポーターの話によれば、女子児童は後頭部を鈍器のようなもので殴られ、血を流して道端に倒れていたところを会社帰りの通行人に発見され、救急車で病院に運ばれたのだという。

なんたることだ。亜紀は息遣いを荒くしてテレビに見入っていた。

番組が次のニュースに移行したところで、今度はスマホでこの事件をリサーチした。いくつも記事がヒットした。その一つ一つに素早く目を通していく。

新しい情報はなかったが、その中の一つに『被害女児は昨年十二月から行方不明となっている小堺櫻子さんと同じ小学校に通っていた』と書いてあるものがあった。

亜紀も先ほどのメールを読んでいた段階で、小堺櫻子の誘拐事件と結びつけて考えていた。

犯人は同一人物――。

それは不明だが、この女子児童とはいったい誰なのか。小太郎と同じクラスの子かわからないが、同学年なので顔見知りであることはまちがいないだろう。

亜紀はさらなる情報を求めて、小学校に電話をしてみようと思い立った。だがすぐに《個別の問い合わせは恐縮ながら控えて――》という文面を思い出した。

次に幾人かの知人の保護者の顔を思い浮かべた。が、その誰しもと親しい間柄ではなかった。

亜紀がその中から選んだのは、二日前に連絡先を交換したばかりの佐藤聖子だった。

彼女に電話を掛けると、〈もしもし〉と、聖子はくたびれた第一声で応答した。

その瞬間、亜紀はハッとして己の失態に気づいた。被害に遭った女子児童は日向の可能性もあるというのに、愚かにもその考えが欠落していたのだ。

〈きっと事件のことですよね〉聖子が先回りして言った。〈先ほどようやく警察の方が帰ったところなんです〉

警察？　まさか、本当に日向――？

〈どうして莉世ちゃんがこんなことに……〉

「……莉世ちゃん、なの？　被害に遭った子って」

聖子は亜紀のこの反応に驚いている様子だった。

もしかしたら知らぬ存ぜぬは自分だけだったのだろうか。

〈昨日も莉世ちゃんがうちに遊びに来てて、ちょっと時間が遅くなってしまったんで、夕飯をうちで一緒に食べたんです。そのあと、わたしが車で自宅まで送って行くと伝えたんですが、莉世ちゃんは帰り道で日向と話したいことがあるからって言うので、じゃあって二人を家から送り出してしまって……〉

亜紀は相槌《あいづち》を打ちながらも、内心は理解に苦しんでいた。小学生の女の子二人を暗い時間帯におもてに出すなんてどうかしている。

すると、聖子は亜紀の心の内を読み取ったのか、「本当、わたしのせいだと思ってます」と吐露した。

〈莉世ちゃんが希望していることだし、もちろん日向は帰り道一人になってしまうけど、本人が平気だって言うので、それならって、つい認めてしまったんです。うちと莉世ちゃんの家との距離はそう離れているわけじゃないし、街灯も人通りもあるし、まさか何も起きないだろうって……ついこの間、櫻子ちゃんの事件があったばかりなのに〉

自分ならいかなる理由があろうとも絶対にありえないと思った。

だが、彼女を責めるのは酷なのだろうか。聖子はまだ母親になって間もない女性なのだ。

だがその一方で、亜紀はひどく不謹慎な想像を働かせていた。

それは、仮に日向が聖子の本当の娘だったなら、彼女は同じ決断を下しただろうかということ。

〈日向の話だと、莉世ちゃんを自宅まで送っている途中に、彼女と口喧嘩《くちげんか》をしてしまったそうなんです〉

「口喧嘩?」

〈ええ。なんていうか、どうやら莉世ちゃんに悪口を言われたとかで、それで日向が怒って……結局、日向は喧嘩別れの形で途中で引き返してしまったそうなんです。莉世ちゃんが襲われたのはそのあとです〉

聖子の深いため息が聞こえてきた。

そして、

〈こ、これで莉世ちゃんが助からなかったら……わたしたち、もうこの街に居られない〉

すすり泣きを始めた彼女に対し、亜紀は言葉がなかった。気休めを言えるような状況じゃないのだ。

ここで玄関のドアに鍵《かぎ》が差し込まれる音が聞こえた。おそらく学校へ行き、そこで事を知らされた小太郎が引き返してきたのだろう。

亜紀は聖子に一言詫びて、電話を切らせてもらった。きっと彼女には亜紀が野次馬根性で電話を掛けてきたものと思われたにちがいない。

いや、実際に野次馬と大差ないだろう。

我が家が遭っている悪質な悪戯《いたずら》の数々、それらと今回の事件は関係がないのだから。

その一方で、小堺櫻子の事件とは何かしら関連性があるはずだ。

この地域で暮らす二名の女子児童が襲われたのだから犯人は絶対に同一人物だ。どう考えても偶然とは思えない。

ほどなくして居間に姿を現した小太郎の顔を見て、亜紀は驚いた。魂が抜け落ちたような表情をしていたのだ。初めて見る我が子の顔だった。

息子は母親に向けて、

「倉持さん……死んじゃうの」

と、ただいまよりも先にそうつぶやいた。


昼下がり、突然謙臣が我が家を訪ねてきた。彼はニュースで事件を知り、心配して、今日は休日であるにも拘《かかわ》らず、わざわざ実家から駆けつけてくれたのだ。

だが今回ばかりは罪悪感を抱かなった。素直にありがたいと思った。

玄関のドアを開け、その先に立つ謙臣の姿を目にした瞬間、亜紀は心から安堵《あんど》する自分に気がついたのだ。

「小太郎くん、もしかするとその女の子のことが好きなんじゃないですか」

食卓に頬杖《ほおづえ》を突いている謙臣が言った。

「うん。わたしもそうなのかもって」

小太郎は昼食も食べず、ずっと部屋のベッドで横になっている。ただし、眠っているわけではない。何をするでもなく、布団の中で丸くなっているのだ。息子のこんな姿を見るのも初めてだった。

比べるのもちがうかもしれないが、小堺櫻子が行方不明になったときも、我が家が一連の被害に遭ったときもこうではなかった。ご飯もふつうに食べていたし、平然とゲームもしていた。

二日前、佐藤宅で会った際の倉持莉世の姿を思い浮かべる。亜紀が見上げてしまうほど身長が高く、顔立ちもものすごく大人びていた。

同世代の子たちに比べても幼い小太郎にとって、莉世のような成長が早い女子は魅力的に映るのだろうか。

「まあ、年頃ですからね」と謙臣は微笑んだあと、スッと真顔になった。「なんにしても、助かってもらいたいですね」

「本当に」と、亜紀は深く頷《うなず》いた。「ねえ土生くん、代打の依頼はどうやって断ったの」

本日、謙臣のシフトは休みで、急遽《きゅうきょ》欠勤した亜紀の代わりに出勤するように小木から要請があったのだという。

「ふつうですよ。予定があるんで出れませんって。そうしたら『今の奴はこうだからなあ』と嫌味を言われましたけどね」

ちなみに小木も倉持莉世の事件を知っており、これによって学校が臨時休校となったことを亜紀が伝えると、さすがの彼も〈それは仕方ないね。今日は息子さんのそばにいてあげた方がいい〉と寛容な姿勢を見せてくれた。

ただ、最後に少し妙なことも言われた。それは、〈平山さんってさ、稲葉さんと仲がいいよね？　プライベートでも交流があったりするの？〉というものだ。

亜紀がないと答えると、小木は〈ああ、そう〉と言ったきり、それ以上は詮索《せんさく》してこなかった。

「ところで、あれから江頭さんから連絡はないのよね？」

亜紀が気になっていた話題を振った。

「ええ、まったく。こちらから何度かメールを送ってますが、一度も返信はありません。まあそれもそうですよね。ぼく、めちゃくちゃ嫌われてますから」

謙臣はにこやかに言って前髪を掻《か》き上げた。

「そりゃあだって、あんなふうに挑発したんだもん。ねえ、不思議なんだけど、土生くんはどうしてそんなに平然としていられるわけ。わたしなんてあの場に座っていただけで心臓バクバクで、冷や汗が止まらなかったし」

「ぼくだって内心はめちゃくちゃ腹立ってましたよ。一連の悪戯の犯人があの人かはわかりませんけど、それとは別に平山さんをいじめてるのは事実ですからね。だから、この野郎、おれが相手になってやるぞって気持ちで向かい合ってたんですよ」

こんなふうに言ってくれる彼がもう少し年齢を重ねてくれていたのなら、どれだけよかっただろうか。

たとえば謙臣が自分と同じくらいの年齢だったら、おそらく恋が始まっている気がする。こちらに離婚歴があって、子どもがいても、それでも彼が構わないと言ってくれるなら、亜紀だって前向きになれた。

だが現実問題、謙臣は結婚歴のない二十七歳だ。コブ付きのおばさんなんかと一緒になってしまったら申し訳ない。

もちろん、一緒になるなどといった先のことは考えずに、ただ目の前の恋愛を楽しむだけの関係もいいだろう。しかし、それは彼の大事な時間、ひいては未来を奪うことにほかならない。

……わたしは考え過ぎなのだろうか。もっとライトに捉えて、両手を広げてくれている彼の胸に飛び込めばいいのだろうか。

「何を考えていらっしゃるんですか」

謙臣が顔を覗《のぞ》き込んで訊《き》いてきた。

「別に何も」

「ほんとかなあ」

「ほんとに」

それから改めて倉持莉世の事件について話し合った。亜紀が小堺櫻子を攫《さら》った人物と今回の事件の犯人は同一人物だろうと言うと、「うーん。ぼくはちがうように思うんですよねえ」と謙臣はむずかしい顔をして腕を組んだ。

その心を問うと、

「理由は三つです」と、彼は三本指を立てた。「まず一つ、同地域の犯行であること。ふつうならリスクを考えて、もう少し離れた場所を選ぶものでしょう。心理的に近いところは避けたいはずです」

「まあ、たしかに」と頷く。

「次に一つ、小堺櫻子ちゃんが百五十センチ未満の小柄だったのに対し、今回の被害者の倉持莉世ちゃんはかなり大きい。平山さんよりも十センチほど高いんだとしたら、百六十五センチ以上はあるわけでしょう。犯人の動機が何かわかりませんが、仮に女児に興味があってのことだとするならば、趣味嗜好《しこう》という点において両事件は整合性が取れません」

これも理解できたので、再び相槌を打った。

「最後に一つ、前回は誘拐で、今回は暴行です。犯行の中身がまったくちがいます。以上のことから、ぼくは模倣犯なんじゃないかと思うんです」

「模倣犯？」

「ええ。何者かが誘拐事件の犯人の仕業に見せかけたんじゃないかって」

亜紀は眉《まゆ》をひそめて、小首を傾げた。「その目的はなに？」

「遊びですよ。同じ地域で女児が襲われたとなれば、世間はまず二つの事件の関連性を疑うでしょう。そうなればマスメディアも巻き込んで大騒動になる」

「つまり、今回は愉快犯ってこと？」

「じゃないかなあって」

亜紀は曖昧《あいまい》に頷いた。どうも腑《ふ》に落ちない。謙臣の推察は肝心なところが抜け落ちている気がする。なぜなら二人の女児は同じ小学校の、同じクラスに在籍していたのだ。

仮に両事件の犯人が別々だったとして、襲った女児がたまたま同じ小学校のクラスメイトだった、こんなことが起こりうるだろうか。

「ま、いずれにせよ、こればかりは警察に任せるしかないですね。我々はそれよりもまずはこの家を攻撃してくる不届き者を捕らえないと――例の電話での喧嘩以来、元旦那《だんな》に不審な動きはないんですか」

「うん。一度だけ長文でメールが届いたけど」

「え、そうなんですか」謙臣が、聞いてないんですけど、と不服そうな顔を見せる。「ちなみにどんな内容だったんですか」

「ざっくりいうと謝罪文、かな。この前は乱暴な言葉を浴びせて悪かった、みたいな」

「それだけ？」

「うん。それだけ」

嘘だった。本当はもう一つ大事なことが書かれていた。

達也のメールの中には電話での一件の謝罪と共に、元妻と息子への想いが長文で綴《つづ》られていたのだ。

離婚してからもずっと亜紀と小太郎を忘れられない。共に生活していた頃の自らの行いを今でも悔やんでいる、自分はもう二度と二人を傷つけない。だからもう一度自分とヨリを戻して家庭を築いてほしい――そういった趣旨のことが丁寧な文でしたためられていた。

きっとこれらはすべて達也の本心なのだろう。その文面から、彼がプライドを捨てて、真心で訴えてきているのも伝わってきた。

だが、それでもまた殴るのが達也という人間なのだ。

人は変われない――これを否定したい気持ちもあるが、あの人に限っていえばきっと変わることはない。悲しいけれど、亜紀はそう思ってしまう。

「平山さん。改めて聞きますけど、やっぱり元旦那の仕業じゃないと思いますか」

謙臣が身を乗り出して訊いてきた。

「うん。わたしはちがうと思う。犯人は絶対に江頭藤子」

亜紀がきっぱりと答えると、謙臣はうーんと長い呻吟《しんぎん》をした。

それがようやくおさまったあと、彼は目を細めて亜紀を見据え、「今ふと思ったことをお話ししてもいいですか？　さっきのぼくの見立てと完全に矛盾するんですけど」と言った。

「どうぞ」

「もしかしたら平山さんを攻撃している人物は元旦那でも、江頭藤子でもなく、別にいるって可能性、ありません?」

亜紀は小首を傾げた。「別って誰よ?」

「ですから、平山さんの言う通り、誘拐犯と暴行犯は同一人物で、この家を攻撃してる奴もそいつなんじゃないかって」

「まさか」

「でも、よくよく考えてみたらこれが一番しっくりくるんですよね」

「こないわよ。そんなの」

「かなあ。ぼくはワンチャンあるような気がするけど」

「ワンチャンって……どうしてうちが狙われるわけ? 犯人の動機は? 異常者だから動機もへったくれもないってこと?」

亜紀が捲《まく》し立てるように訴えると、「この三者には共通点があるんですよ。それは――」と、彼は目を細めた。

「小堺櫻子ちゃん、倉持莉世ちゃん、そして小太郎くん、この三人は旭ヶ丘小学校の六年二組に在籍しているってことです」

「………………」

「つまり、犯人は個人にではなく、クラス全体に恨みを抱いているんじゃないかと」

「……なんで」

「さあ」と肩をすくめる。「さすがにそこまでは」

「意味わからない、そんなの。むちゃくちゃじゃない」

「ええ。でも、実際にむちゃくちゃな事件が起きてるでしょう。動機は謎ですが、とある小学校の一クラスという小さなコミュニティの中でこんなおかしな事件が立てつづけに起きているんですから、絶対にありえないとも言い切れ――」

亜紀は最後まで聞かずに、「ああダメ」と言って天井を仰いだ。キャパオーバー。ギブアップだ。小堺櫻子と倉持莉世の事件は同一犯の仕業であろうと思うが、我が家に嫌がらせをしてきている人物まで同じだとすると、もうわけがわからない。

謙臣の言う通り、犯人の標的がクラス全体なんだとしたら、いよいよ狂っている。こんなのB級映画の設定でもリアリティがないだろう。

「じゃあ何、六年二組の児童は一人残らず始末してやるって?」

亜紀は顔に皮肉を浮かべて冗談を口にした。

すると、謙臣は「ええ。あると思います」と大真面目に答えた。


小太郎が部屋から出てきたのは夜を迎えてからだった。居間にやってきた彼はぽつりと、「おなかすいた」とこぼし、母親が即席で作った焼うどんを黙々と平らげた。

それから亜紀が「一緒にお風呂《ふろ》に入ろっか」と誘うと、最初は断ってきたのだが、しつこく頼み込むと、最後には「ママの一生のお願いなら入ってもいいけど」と了承してくれた。

「そっか。そんなに前から好きだったんだ」

湯煙の中で上げた自分の声が狭い浴室に響いた。向かいにいる小太郎はバスタブの中で膝を曲げ、少しだけぬるくなった湯に小さい身体を沈めている。

先ほど息子は、三年生のときからずっと倉持莉世が好きだったと母親に告白した。訊いたわけでもないのに自ら語り出したのだ。

「倉持さんって、ぼくや周りの子たちとちょっとちがう感じがするんだ。なんていうか、子どもの中に一人だけ大人が交ざってるっていうか、先生より先生みたいな」

「ふうん。見た目も大人っぽいもんねあの子。美人さんだし」

「でも、前に自分の顔は嫌いって言ってたけどね」

「そうなの？」

「うん。生まれてこなければよかったとも言ってた」

「なんだろね。なんかつらい思いでもしてるのかな」

「わかんない。なんで、って訊いたけど、なんでもって」

「そっか。けどさ、いつか教えてもらえるチャンスもあるかもね」

「どうして」

「彼氏になったら話してくれるでしょ」

小太郎は母親の軽口に不快そうな顔を見せ、「別に付き合いたいとかじゃないし」と唇を尖《とが》らせた。

「倉持さんは中学は別のとこ行っちゃうし、そもそもぼくなんか無理だし」

「どうして？　あきらめなくたっていいじゃない」

すると小太郎は、「ママ。高嶺《たかね》の花は見て満足するもんだよ」なんて言うものだから、亜紀はお湯をバシャバシャやって笑ってしまった。

そうやって亜紀があまりに大笑いするものだから、つられたのか、小太郎も笑った。

だが同時に笑みが消えた。

「大丈夫。倉持さんは助かる」亜紀は小太郎の頰を両手で包み込んで言った。

「うん。ぼくもそう思う。倉持さんって不死身そうだし」

互いに頷き合い、それからしばらくの間、共に黙り込んだ。

やがて小太郎が沈黙を破り、「そういえば、けんけんっていつ帰ったの?」と訊いてきた。

「夕方過ぎかな。小太郎が起きてくるちょっと前」

今回も亜紀が「ごめん。そろそろ——」と帰宅を促したのだ。

去ってゆく謙臣の背中はさみしそうだった。そしてそれは亜紀も同じだった。

「ママ、あとでけんけんに謝っておいて。ゲームでもしようよって誘ってくれたのに、部屋に入ってこないでって冷たくしちゃったから」

「大丈夫だよ。あの人、そういうの気にしなそうだし」

小太郎がこくりと頷く。「いい人だよね、けんけんって」

「ね。いい人」

「ぼく、いいよ。けんけんなら」

「何が?」

「ママと付き合っても」

「………」

「きっとパパは悲しむだろうけど、でも、ママにはママの人生があるから」

亜紀は動揺を隠して、「こいつめ。小癪《こしゃく》なことを」と息子にデコピンをした。

その後、「先上がるね」と言って小太郎は立ち上がり、シャワーをさっと浴びてから、浴室を出て行った。

その背中はまだ小さく、お尻《しり》は赤ちゃんのようにぷっくりしていた。大事なところには産毛すら生えていない。

でも、心はきちんと成長しているのだと思った。

一人になった亜紀は足を伸ばし、ふーっと息を吐いて、水滴の張り付いた天井を仰いだ。

なんでも話してくれていると思ってたんだけどなあ――胸の中で言い、感慨に耽《ふけ》った。

好きな女の子がいることも、担任の長谷川から聞かされた話も、亜紀はまったく知らなかった。息子のことはなんでも知っているつもりだったのに全然そうではなかった。

もう中学生だもんなあ。早いなあ――と、そこまで考えて、小太郎は無事に小学校を卒業できるのだろうかと思った。

当然できるだろうし、卒業式も行われるだろうが、きっと変な空気が漂った祝典になりそうだ。

そもそも来週から小学校は通常通りの授業が組まれるのだろうか。治安という点において、今この地域ほど不安視されているところもないだろう。ふつうの親なら昼間だろうが我が子をおもてに出したくないはずだ。

もちろんそれは亜紀も同じで、小太郎は男の子だとはいえ、犯人が捕まるまでは安心などできない。

謙臣の主張する、すべて同じ犯人の仕業説など信じていないし、一笑に付すべき妄想だと思うが、万に一つそうだとするならば、犯人の標的はわたしではなく、六年二組に在籍する小太郎だということになる。

なんであんなことを言うのよ――胸の中で謙臣にクレームをつけた。

もちろん話していいと許可したかもしれないが、あえて不安を煽《あお》るようなことを言わなくたっていいのに。

土生謙臣は素直で無邪気な人だ。けど、思ったことをなんでも口にしてしまうところがある。

土生くん、そういうのってね、時に人を傷つけるんだよ――機会があればいつか教えてあげなきゃと思った。

――ぼく、いいよ。けんけんなら。

――ママにはママの人生があるから。

先ほどの小太郎の言葉が脳内で再生された。

「わたしの人生、か」

ぽつりと漏らした亜紀の額にぽつんと水滴が落ちてきた。

8

……裏門に回ってもらおうか。

だが、そこもきっと大差ないだろうと思い直し、「ここで結構です」とドライバーに告げた。

祐介を乗せたタクシーが旭ヶ丘小学校の正門前までやってきたとき、そこには大勢のマスコミの姿があった。門番のように立ちはだかる二名の制服警官も見えた。

「なんだこりゃ――何かあったんですかね」

昨夜この街で起きた事件を知らないのか、ドライバーが後部座席を振り返って言った。

だが祐介はそれを教えることはせず、料金を払って、下車した。

すると、めざといマスコミの一人がすぐさま近寄ってきた。「この学校の関係者ですか」

祐介は軽く会釈したあと、「すみません。現段階ではわたしからは何もお話しできませんので」と告げて、やり過ごそうとした――が、それは許されなかった。

あれよあれよという間に大勢のマスコミに取り囲まれたのだ。

「もしかして六年二組の担任の長谷川先生でしょうか」

この短時間にどうやって自分の名前を入手したのだろうか。これだけで彼らの取材力を思い知らされた。

「病院へ行かれていたんですか」「これから職員会議が行われるんですよね」「犯人について一言お願いします」

矢継ぎ早に質問を浴びせられる。同時にフラッシュも焚《た》かれた。

祐介は再び頭を下げて、人の隙間を縫うようにして正門を目指した。

「昨夜被害に遭った女子児童は小堺櫻子ちゃんと同じクラスだったそうですね」「被害に遭った二人に特別な接点はあったのでしょうか」「世間からは貴校のセキュリティ意識を疑問視する声も上がって――」

祐介は振り返らず、足早に歩を進め、正門の境界線を跨《また》いだ――ところで、制服警官が後続を断つように立ちはだかり、「はいはい。記者のみなさんはこれ以上入らないで」とマスコミ連中に厳然と告げた。

校舎の中に入り、脱いだコートを手にして職員室のドアを開けると、いっせいに教職員の視線が注がれた。みな、表情に暗い影が差している。

そうした同僚たちの中に見慣れない顔がいくつかあった。おそらくは教育委員会の人間だろう。

祐介は重苦しい空気の中、「遅くなりました」と一言詫《わ》びて、自身の席に向かった。

すると、校長の田嶋から、「長谷川先生。早速ですがご報告をお願いします」と告げられた。

祐介はコートとカバンを置いてから、一つしわぶき、口を開いた。

「昨夜に引きつづき、今朝改めて松戸市立総合医療センターへ行ってまいりました。一命は取り留めましたが、今現在も倉持さんの意識は戻っておりません。医師の話によれば、意識が戻るかどうかはなんとも言えないとのことです」

このように簡潔に述べると、「あの母親はどうかしている」と教頭の下村が憤りの一言をこぼした。それは独り言の類《たぐい》であったが、ことのほか室内に響いた。

下村は少しバツの悪そうな顔を見せたあと、「早急に輸血さえしていれば今頃回復していたかもしれない」と補足した。

自身も二人の娘を持つ父だからだろう、下村もまた怒りが収まっていないようだった。

そして祐介はそれ以上に怒っていた。

昨夜、病院の集中治療室前の廊下で行われたやりとりを思い返すだけで、堪《こら》え難い憤怒《ふんぬ》が込み上げてくる。

――宗教上の理由を以《も》って輸血は拒否させていただきます。

祐介よりもややあとに病院に駆けつけた莉世の母親の静香は、担当の医師に対し、冷淡にこのように告げた。

傍らにいた祐介は耳を疑い、同席していた田嶋と下村と共に静香に説得を試みた。もちろん医師たちも加勢してくれた。

だが、とりつく島がなかった。祐介は激情に駆られ、「これもまた娘の天命」と平然と言い放った彼女の両肩をつい摑《つか》んでしまったほどだ。

以前莉世は、親から愛情を受けていないと話していた。静香の決断がこれに当たると考えるのは短絡的かもしれないが、その後の彼女の振る舞いを見て、生死を彷徨《さまよ》う娘を前に、この母親がさほど胸を痛めていないことははっきりと伝わってきた。

静香は事件が起きたときの状況を、その場に同席していた刑事たちに事細かに訊《たず》ねていた。その際、彼女は幾度となく、「佐藤聖子」という名前を口にしていた。

――真っ先にあの女のアリバイを調べなさい。

娘の生き死によりも、佐藤聖子の尻尾《しっぽ》を摑むことに躍起になっている様は、怒りを通り越し、祐介にある種の虚無を抱かせた。

「では長谷川先生もいらしたことなので、改めて会議を始めさせていただきます」

この会議の大きな議題は来週以降の学校運営についてだった。

結果、二時間にも及ぶ話し合いの末、来週の月曜日から通常通りに学校を開くことが決定した。

ただし、児童の登校は強制するものではなく、各家庭の保護者の意向を尊重することとなった。

要するに、子どもをおもてに出したくないのであれば、休んでも構わないということだ。

また、学校側の対策として、これまでの児童一人での登下校は控えるという曖昧《あいまい》なルールはやめて、登校も下校も三人以上の明確なグループを作って行わなければならないこととした。その登下校の際は教師たちは街頭に立ち、児童の安全を見守ることになった。保護者にも有志を募り、見守り協力を求めることも決まった。

そのほか、親の帰宅が遅い家庭は、学校で児童を一時的に預かることも決定した。いわば臨時の学童保育で、教師たちが交代制で児童を見守り、親が迎えに来たら引き渡すのである。

そして最後に、明日の昼、学校の体育館で記者会見を行うことが決定した。

「ああ、なんかもうめちゃくちゃ」

会議が終わったあと、となりの席の渡辺がボソッと嘆いた。

「ねえ」と、彼の向かいの席の湯本がささやき返す。「うちの学校、どうなっちゃうのかしらね。ふつう、こんなことってないわよね」

「ありませんよ。同じクラスで立てつづけに。もはや怪奇現象っすよ。でもこれって結局、この町のどこかに殺人鬼が潜んでるってことですよね」

「殺人鬼はちがうでしょう」

「同じようなもんですよ。なんにせよ、こいつが捕まらない限り、我々は延々と残業させられるってことか」

そんな同僚たちを横目に祐介は校長室へ向かった。全体の会議のあとは校長と教頭と三人で話し合いを行うと事前に聞かされていた。

皮張りのソファーに腰掛け、ローテーブルを挟んだ先にいる田嶋と下村を見る。おそらく自分もそうだろうが、二人もまた顔に憔悴《しょうすい》が張り付いていた。昨夜、彼らも病院へ駆けつけ、日付が変わるまで警察の事情聴取を受けていたのだ。

「一晩考えたのですが、わたしはやはり、教職員には例の話を共有しておいた方がいいのではと思うのですが」

下村がとなりの田嶋を横目で捉《とら》えながら意見した。

「いや」と、田嶋が渋い顔を作る。「どこから話が漏れるかわからん。保護者や児童の間で噂が立ったら一大事だ。それこそマスコミなんかに知れてみなさい。とんでもないことになる」

「しかし、時間の問題のような気も……」

「いいんです、それで。今はとにかく時間を稼げれば。そうしている間に、警察が犯人を捕まえて事件を解決してくれるはずですから」

昨夜、祐介は刑事連中を交じえて、この上長二人にこれまでの経緯を語っていた。

こういう事件が起きてしまった以上、秘密にするという莉世との約束を反故《ほご》にせざるをえなかった。静香が刑事相手に佐藤聖子の名を出しているとき、二人もそばにいたので、どの道事情は彼らの知るところとなる。

そもそも祐介が莉世から聞かされた話を自分の中だけに留《とど》めておいたのには理由があった。莉世との約束もあるが、一番は田嶋が危惧《きぐ》していたものと同じだ。

莉世の話を教職員で共有すれば佐藤母子は色眼鏡で見られ、いつか必ず噂が立つ。職員室で敷かれた箝口令《かんこう》ほど頼りないものはないのだ。ともすれば彼女たちがつらい思いをすることとなる。

「ただ、実際のところ、警察はあの話をどのように受け止めたのでしょうね」

田嶋が祐介の顔色を窺《うかが》いながら言った。

「さあ。わかりません」と祐介はかぶりを振った。

その場に同席していた刑事は四名いたが、その反応は全員、乏しいものだった。真《ま》に受けるでもなく、一笑に付すでもない。ただ淡々と相槌《あいづち》を打ち、調書を取っていた。それが却《かえ》って、祐介には気味悪く感じられた。

ちなみに祐介は、田嶋と下村の目がないときに、刑事の一人を捕まえて、単刀直入にこのように訊ねてみた。

警察は佐藤聖子をマークしているのか、と。

その刑事は祐介を意味深な目で見据えて、「いいえ」と答えた。

「ちなみにわたしは、長谷川先生と同じく倉持親子の妄想だと考えています」

田嶋が言い、すぐさま「もちろんわたしだって。あんな話、ありうるはずがありませんよ」と下村が同調した。

それから三人とも押し黙り、しばし沈黙が流れた。

「ところで長谷川先生」と、田嶋が沈黙を破った。「その後、佐藤日向さんの母親とは連絡がつきましたか」

「いえ、会議の前にも携帯電話に連絡を入れてみましたが、応答していただけませんでした。折り返しがあったらそこで予定を伺いたいと思います」

佐藤母子には事件後まだ会えていなかった。もちろん警察は二人から話を聞いており、それによれば日向は、莉世を自宅まで送り届けている最中に彼女から悪口を言われたことに腹を立て、道半ばで別れて自宅に引き返してしまったということだった。莉世が襲われたのはその直後だ。

その悪口の内容は、日頃の日向の態度が気に食わないなどといったものらしいが、これは日向の嘘ではないかと祐介は考えていた。

おそらく莉世はこんなふうに日向に告げたのだろう。

あなたの母親は人殺しで、あなたのことも殺害しようとしているんだよ——と。

日向がどうして本当の理由を話さないのかわからないが、いずれにしても、担任として彼女を最大限ケアしなくてはならない。

日向は去年の春に実の父親を失い、転校した先で初めてできた友達を失い、そして昨夜、親友が暴漢に襲われた。

そしてこれらすべての事件は、日向の間近で起きているのだ。

実はあの少女がおかしいのではないのか——学校内外でこのようなよからぬ噂が立つのはもはや避けられないだろう。下手するといじめに繋《つな》がりかねない。

「まさかこの短期間に二回も会見を行うことになろうとは」

田嶋がため息交じりにぼやき、「ええ」と下村が重く頷《うなず》いた。

その後、明日の記者会見で飛んでくるであろう質疑の想定問答の作成を三人で行った。田嶋は言葉選びにやたら慎重になっていた。およそ二ヶ月前の会見の場において、この校長は失言をしたのだ。

「できれば長谷川先生も会見に同席していただけると」

想定問答作成が一段落したところで、田嶋がしれっと言った。

「わたしがですか」

「ええ。となりに座っていていただければ構いませんから」

それになんの意味があるのか、と祐介は言い掛けたが、「かしこまりました」と渋々了承した。

ふいに窓の向こうに目をやる。青々と晴れ渡った空の下、児童の姿のない校庭がある。平日の昼間の光景として、まちがっていると思った。

この日、休日だった風介は夜遅くに帰宅した。休みの日は大抵家にいる人なので、めずらしいこともあるものだなと思い、何をしていたのかと訊ねると、兄は目を合わさずに「たまには車にも乗ってやらないとな」と弟を煙《けむ》に巻いた。

兄は近くの月極《つきぎめ》駐車場を勝手に借りて、そこに古い軽自動車を置いているのだ。

「嘘だろう。正直に話せよ」

祐介がすかさずこのように指摘すると、風介は「佐藤聖子について調べてたんだ」とあっさり白状した。

「あの女、とうとうおれの愛する莉世ちゃんまで手に掛けやがっただろう。おれは居ても立ってもいられなくなっちまってな。で、自ら動くことにしたってわけだ」

祐介は目をつむり、鼻から長い息を吐いた。

「いろいろつっこみたいところはあるけど、とりあえず先に成果を訊《き》いておく。何かわかったのかい」

「何も。素人が探偵の真似事をしても限界があるな」

当たり前だろう。この人は賢いのか、愚かなのか。

「それでもいくつかわかったことがある。去年の春に新潟県は麒麟山《きりんざん》で、登山中に崖《がけ》から転落して亡くなった茨城県内の会社員、日向の父である佐藤一成《かずなり》四十八歳は一人息子で、実家が資産家であったということだ」

祐介は眉《まゆ》をひそめた。

「なぜおれがここまで調べられたのかって？」風介はにやりと笑った。「順を追って説明してやろう。まずは――」

当該の登山事故のインターネット記事を調べたところ、死亡した人物の名前が書かれているものを発見した。今度はその名前を検索エンジンに打ち込んだところ、彼のものと思《おぼ》しきFacebookアカウントを確認できた。

「佐藤一成は若い奥さんをもらえて相当舞い上がってたんだろうな。それ以前には投稿されている記事なんてないのに、去年の年始に唯一、『明けましておめでとうございます。この度結婚しました。妻、娘共々よろしくお願いします』っていう一文と写真が上がってたよ。聖子と日向と三人で写っている仲睦《むつ》まじい家族写真がな」

それから風介はその記事に〝いいね〟を押している友人たち全員に、《生前の佐藤一成さんについてお伺いしたいことが――》といったメッセージを送りつけたのだという。

「で、その中の一人から返信があって、おれは急遽《きゅうきょ》その人物に会いに行ってたってわけだ。その男は草津《くさつ》に住んでるものだからちょっとした小旅行だったな。といっても温泉にも浸《つ》からず、饅頭《まんじゅう》の一つも食わず――」

「そんなのいいから、話を進めてくれ」

祐介が苛立《いらだ》ちを露《あら》わにすると、風介は鼻を鳴らした。

「男は北村透《きたむらとおる》と言って、佐藤一成の高校時代の同級生で、弓道部で一緒だったそうだ。ただ、卒業以来会っておらず、唯一顔を拝んだのが通夜ってことだった。だから北村は卒業後の佐藤一成の生活や勤め先についてまるで知らなかった。Facebookの写真を見て、旧友に娘がいたことを知ったくらいだそうだ。そんな北村曰《いわ》く、学生時代の佐藤一成は見た目も性格も地味で、はっきり言って女にモテるタイプではなかったとのこと。そんな流れで冒頭の話を聞いたんだ。佐藤一成は一人息子で、実家がかなりの資産家だったはずだとな」

風介はそこまで言って、祐介の顔を覗《のぞ》き込んできた。「どうだ、キナ臭いだろう」

「それで、つづきを」

「北村は通夜の場で佐藤一成の両親がすでに鬼籍に入っていることを知り、こう考えた。莫大《ばくだい》な遺産を相続した佐藤一成だからこそ、これほど若く美人な女と再婚できたんだろう、と。そして同時にこんな邪推も働かせた。この事故は本当に事故だったのか、とな。それは北村以外もそうで、参列者の多くは喪主を務めていた聖子の後ろ姿を指さして、あちこちでひそひそ話をしていたそうだ」

祐介は唾《つば》を飲み込んだ。

「ま、結局のところ、北村はその場で何か探るでもなく、線香を上げて帰ったそうだ。その後も行動を起こしていないというし、そもそも三十年近く連絡を取ってなかったんだから、二人の間柄はその程度だったんだろう——ああ、そうそう。北村は聖子のとなりに座る日向を見て、この少女のこれからの生活はどうなるのだろうと、他人事《ひとごと》ながら胸を痛めたと言っていた。血の繫がっていない母親と二人でうまくやっていけるのだろうか、もしくは養子に出されてしまうのだろうか、とな。ただ、結局のところこちらも掛ける言葉が見つからず——」

ここで祐介の胸ポケットに入っていたスマートフォンが鳴り響いた。

取り出して見てみると、相手は佐藤聖子だった。ようやく折り返しの電話を寄越《よこ》してくれたのだ。

応答すると、聖子は折り返しが遅くなったことを深く詫び、日向と共に自宅で憔悴の一日を送っていたことを涙ながらに説明した。

「お察し致します。どうぞご自愛ください」

このように送話口に向けてしゃべった祐介に、傍らにいる風介が身振り手振りで何かを訴えている。スピーカーにしろ、ということらしい。

祐介は一瞬悩んだが、兄の指示に従うことにした。

〈莉世ちゃんが歩いて帰ると言ったとしたって、どうしてそれを認めてしまったんだろうって、後悔してもしきれません。日向は日向で、自分が途中で離れてしまったばかりに莉世ちゃんが襲われたと言って、ずっと泣いているんです〉

ローテーブルに置いたスマートフォンから上がる聖子の声が我が家の居間に響いている。その祐介のスマートフォンの横にはもう一つ、スマートフォンが置かれており、録音アプリが作動していた。

持ち主である兄は腕を組み、目を閉じてその声に聞き入っていた。

「そんな中、大変恐縮なんですが、一度ご自宅にお伺いしてもよろしいでしょうか。できれば直接、こうしたお話をお母様と日向さんから聞かせていただけるとありがたいのですが」

祐介はこのように申し出た。が、すぐに返事はなかった。

数秒後、〈それでしたら、病院でお話しすることはできませんか〉と、聖子は言った。

〈わたしたち、どうしても莉世ちゃんに会いたくて……明日にでもお見舞いに伺えればと考えているのですが、いかがしょうか。もちろん、お見舞いが禁じられていることは存じ上げているのですが、それでもわたしたち、どうしても莉世ちゃんを一目見て、気持ちを届けたくて。それに……合わせる顔もありませんが、倉持さんにもお詫びを差し上げなくてはなりませんから〉

祐介は思案を巡らせた。自分の一存で決められるようなことではない。

「おっしゃられた通り、今現在、児童や保護者によるお見舞いは控えていただいている状況です。ですが、佐藤さんたちはほかの方々と関わり方がちがうのもたしかなので、直接倉持さんに相談してみます」

〈どうかよろしくお願い致します〉

どの道断られることだろう。そうであってほしいと願う自分もいた。静香と聖子の対面は想像するだけで背筋が寒くなる。

「では改めてこちらからご連絡を差し上げます」

祐介が電話を切ろうとすると、〈あ、長谷川先生〉と聖子が待ったをかけた。

〈きっと、すでに変な噂が立ってますよね。櫻子ちゃんも、莉世ちゃんも、日向と別れた直後に事件に巻き込まれているんですから〉

返答の言葉がなかった。

〈まちがってもうちの娘は関係ありませんから。それだけはしっかりとお伝えさせていただきます〉

「ええ、もちろん。こちらはそんなことを考えていませんよ」

〈そうですか。よかった。長谷川先生が分別のある方で。では、遅くにお電話をしてしまい、申し訳ありませんでした。長谷川先生もお疲れでしょうから、早く横になってくださいね。それでは失礼致します〉

通話が切れたと同時に、風介が長らく閉じていた目を開けた。

「どうだい？　怪物の声だったかい」

こう訊ねた弟を無視して、兄は「出掛けてくる」と言って立ち上がった。

9

「土曜日の午前中から申し訳ございません。わたくし、アモーレ結婚相談所の平山と申します。

奥様、ただいまお時間を少々――」

ツーツー。ガチャ切りされた。

亜紀はコードの繋《つな》がった受話器を一旦《いったん》戻し、ため息をついてから次の電話番号をプッシュした。

本日は一日中、営業所にこもり、このようなテレアポをしなければならない。

まさか外回りをさせてもらえないとは思わなかった。たしかにここ最近、欠勤を繰り返し、会社に迷惑を掛けたのは事実だ。

だがそれは家庭の事情によるもので、小学校の臨時休校など想定外なこともあったのだ。小木だって仕方ないと言ってくれていたはずなのに、このような懲罰を与えてくるのだから納得がいかない。

亜紀は今朝の出勤後にこれを言い渡されたとき、上司にはっきりと不服を伝えた。すると、舌打ちをされてキレられた。その際、小木は薄い髪を掻《か》き毟《むし》る仕草も見せていた。どういうわけかここ最近、この男は情緒不安定なように映る。

テレアポはまるで当たらなかった。正午を過ぎてまさかの釣果ゼロで、背後を通った小木からは「この時点で坊主は平山さんだけだね」と嫌味をささやかれた。

やはりテレアポではオバサマたちに敵《かな》わない。そもそも室内にこもって仕事をするというのが自分には向いていないのだ。

このようにつまらない仕事をすると、きまって時間が経つのが遅く感じられる。すでに一日労働した感はあるのに、おもての太陽は真上にあった。

午後一時、亜紀は昼休憩を取ることにした。出前を取ることも考えたが、少しでも外の空気を吸いたいと思い、歩いて近くのファミリーレストランに行くことにした。

暖かな日差しを浴びながら歩き、スマートフォンを操作する。中川の母親からＬＩＮＥで写真とメッセージが届いていた。写真は五人の男の子たちがテレビの前に座ってゲームをしている後ろ姿で、メッセージは《全員やかましい（笑）。みんな元気いっぱい。小太郎くんもお昼ご飯を残さず食べてくれましたよ》だった。

小太郎は今朝から亜紀の送りのもと、中川の家に遊びに行っていた。学校からおもてで遊ばないように指導されているため、こうなったのだ。集まっているのは親の仕事の都合で、家で一人になってしまう児童たちで、中川の母親が気を遣って亜紀にも〈もしよかったら〉と連絡をくれたのだ。

これは本当にありがたかった。小太郎は一人で留守番は平気だと言っていたが、亜紀は気掛かりで仕方なかったのだ。何より、こちらの危険はおもてだけではないのだから。

《何から何までありがとうございます。夕方にお迎えに上がりますね》

亜紀はメッセージを打ちながら、またケーキでも買っていかなきゃなと思った。

ファミリーレストランでは日替わり定食のハンバーグランチを注文した。ライスセット付きで四百二十円なので実に良心的だ。

なので食後のデザートとしてプリンを追加で頼んでしまった。それも平らげたとき、なんとなく罪悪感を覚えた。

息子のクラスメイトが二日前に凶悪な事件の被害に遭い、今も意識不明の状態にあるというのに、こうして食事を楽しんでいていいのかと思ったのだ。

もちろん、食事も喉《のど》を通らないほど落ち込むのが正しい姿ではないし、だいいち自分がそれをしたところで倉持莉世の意識が戻るわけではない。

小太郎は今どんな気持ちなんだろう――ふと思った。

きっと頂いたお昼ご飯は美味《おい》しかったのだろうし、友達とのゲームも楽しいのだろうけど、心の片隅にはずっと莉世のことがあるはずだ。

幼いながら気丈に振る舞っているんだと思うと、胸が締めつけられた。

それと同時に犯人に対して、改めて憤りを覚えた。

ここまで考えて亜紀は、あ、と思い至り、壁掛けの時計に目をやった。時刻は十三時四十二分。今日は十三時から小学校の体育館で会見が開かれているのだ。

これは保護者に向けてではなく、世間に対して声明を発表するものなので、絶対に見なくてはならないわけではないが、当然気にはなる。

亜紀は鞄《かばん》からイヤフォンを取り出して耳に差し込み、スマホを操作して今朝学校から送られてきたメールの中のURLをクリックした。中継はインターネットで視聴できるのだ。

スマホの小さい画面にアップで映されたのは、担任の長谷川だった。となりには校長の田嶋、そのとなりには教頭の下村の姿もある。

今、マイクを握っているのは長谷川だった。色付きの眼鏡を掛けていても、目の下にひどい隈《くま》ができているのがわかった。時折、フラッシュを浴びて眼鏡のレンズが反射して光っていた。

ここで亜紀は目を疑った。

長谷川が突然、長机を拳《こぶし》で殴りつけたからだ。ドンッという重い音がこちらまで聞こえてきた。

〈これ以上質問にお答えする気はありません。ここで会見を終わらせていただきたいと思います。失礼します〉

言うなり、長谷川は一人で席を立ってしまった。場に残された田嶋は呆気《あっけ》に取られ、下村はおろおろしていた。

亜紀は口元に手を当てた。長谷川先生、どうしちゃったのよ——。

いったい何があったのか。再生を遡《さかのぼ》れば経緯がわかるだろうが、そろそろ営業所に戻らないと休憩時間が終わってしまう。

亜紀は視聴を中断し、会計を済ませて、店を出た。やや早歩きで営業所に向かう。

営業所ではおもての喫煙所で小木が煙草を吹かしていた。ふん、結局禁煙に失敗してるじゃない。小木は数ヶ月前、「二度と吸わない」と、従業員たちに禁煙を宣言していたのだ。

「平山さん」脇を通ると声を掛けられた。「朝はその……ごめん。ちょっときつく言いすぎた」

急な謝罪に動揺した。亜紀は返答に困り、「いえ」と頭を下げた。

「あのさ、ちょっと聞きたいんだけど、無言電話とかそういうのって、警察は対応してくれるの」

「へ？」

「なんかさ、市民からの相談だけは受け付けるけど実際は何もしてくれないって聞くじゃない。だからどうなのかなあって」

「ええと、所長も何かそういう被害に遭ってるんですか」

「いや、ちょっとそういうことで困ってる知り合いがいてさ」

目が泳いでいたので嘘だと思った。

小木もうちと同じような被害に遭っているのだろうか。だとしたらこれは天罰だと思う。亜紀の苦しみを軽んじたバチが当たったのだ。

「で、どうなの？」

亜紀は曖昧《あいまい》に頷《うなず》き、「担当してくれる人にもよるのかもしれないですけど、わたしの経験をお伝えすると、たしかに無言電話程度だとあんまり頼りにならないかと」と答えた。

「そう。やっぱそうなんだ」と、ため息と共に紫煙を吐く。「ありがとう。もう行っていいよ」

「あの……稲葉さんと何かあったんですか」

亜紀がそう訊《き》くと、小木はぴたっと動きを止めた。そのあと、素早く煙草を揉《も》み消し、「ちょっとこっちに来て」と亜紀の腕を摑《つか》んで建物の裏に引っ張り込んだ。

「やっぱり彼女から何か聞かされているの」小木が顔を近づけてきて言った。

「いえ、何も」と、かぶりを振る。「ただ昨日、わたしと稲葉さんの関係を所長が気にされていたので、何かあったのかなあって」

するとこ、小木は苦虫を嚙《か》み潰《つぶ》したような表情になり、やや逡巡《しゅんじゅん》の素振りを見せてから、「実は……」と内情を語り出した。

亜紀は衝撃を受けた。

小木と稲葉が不倫関係にあったというのだ。まさかまさかである。ちなみに始まった時期を訊《たず》ねると、亜紀が彼からの食事の誘いを断ったあとだった。

「こっちはちょっとした刺激を求めてただけなのよ。それがいつしか、いつになったら奥さんと別れるんだみたいなことを言われるようになって……」

「けど、稲葉さんだって……」

彼女もまた既婚者で家庭があるのだ。

「うん。でもあっちはすでに旦那《だんな》と離婚の話をしてるらしいんだ。そりゃ向こうは子どもが成人してるからいいだろうけど、うちはまだ中学生と小学生だぜ。無理だよそんなの」

「じゃあ、所長も先々は一緒になりたいと思ってるんですか」

「まさか。さっきも言ったけど、おれはただの遊びだったの。妻とも仲良いし、離婚なんていいっさい考えてないよ。そもそもあんな女に本気になるなんてありえないって」

さすがにこの言い草には他人ながら腹が立った。

四つ年上の稲葉敦子は、見た目は若作りしていてちょっぴり派手だが、中身は生真面目で、どちらかというと慎重派の人なのだ。その稲葉が不貞を働き、これほど入れ込むということは、この男が関係を築くために舌先三寸で彼女を口説き落としたからにほかならない。きっと勘ちがいさせるようなことを言ったのだ。

「彼女に別れを切り出してからなんだ。うちに無言電話が掛かってくるようになったのは」小木が肩を落として言った。

「でもそれが稲葉さんの仕業だっていう確証はないんですよね」

「ないけど、そうに決まってるよ」

小木はそう言うものの、亜紀の中では嫌な想像が首をもたげていた。我が家を攻撃してきた人物と同じなのでは——さすがに考えられないだろうか。

「平山さん。くれぐれもこのことは内密に」

「わかりました」

「それと、もしよかったら、平山さんからもそれとなく敦子……稲葉さんに言ってくれないかな」

「何をですか」

「小木さんのことはあきらめた方がいいよって。あ、でも、おれから頼まれたとかじゃなくて、二人を見てて何となく関係に気づいたんだけどっていう体でさ」

「…………」

「平山さんは同期だし、同世代でしょう。きっと平山さんの言葉なら聞く耳を持ってくれると思うんだけど」

むっとした。たしかに同期だが同世代じゃない。こっちは四つも年下だ。

「……わかりました。機会があれば、それとなく」

亜紀はそう告げて、その場を離れようとした。すると、「あ、ちょっと待って」と背中に声が掛かった。

「例の江頭さんの件、次に電話が掛かってきたらおれから厳重注意するよ。たしかにきみの言う通り、あの人ちょっとおかしいね」

謙臣に担当が代わると告げて以来、江頭藤子から毎日営業所に電話が掛かってきていた。当然、亜紀の社用の携帯電話にも毎日だ。少ない日で一回、多い日で五回も着信がある。一度も応答していないが、ディスプレイに彼女の名前が表示されるだけで亜紀は暗澹《あんたん》たる気分になる。

あの女は嫌がらせのプロだと思う。何をすればこちらの精神が参るかを熟知しているのだ。

「電話に出たパートさんたち曰《いわ》く、あなたの担当は土生になりましたって何度伝えても、平山さんに戻せの一点張りらしいじゃない。これほど話が通じない人もいないってみなさんも困り果ててるから。それに毎回一方的に電話を切るんでしょ？　で、また翌日になってまた懲りずに掛けてくるっていうんだからやっぱりイカれてるよ」

「あの、厳重注意って、具体的にはどういう……」

「これ以上、こちらを困らせるなら辞めていただくって伝えるつもり」

「本当ですか」思わず大きな声が出てしまった。

「うん。もしくは有無を言わさず強制退会を言い渡しちゃってもいいかもね。その後に本社にクレームがいったとしても、きちんと経緯を話せば理解してくれるさ」

亜紀はふいに涙が込み上げてしまった。

この人でなしも、ようやく状況を理解し、こちらの気持ちを慮《おもんぱか》ってくれたか——いや、ちがうか。これは単なる交換条件なのだ。

それから小木とともに営業所に戻り、午前中に引きつづき、テレアポを始めた。ただし、今回はアゲインのテレアポだ。アゲインとは一度入会してくれたものの、成婚をせずに退会してしまった元会員たちに向けて、もう一度チャレンジしませんかといった勧誘を行うことを指す。

これが意外なことにヒットし、三件もアポが取れてしまった。さらには電話の感じだと、三者とも再入会をしてくれそうな雰囲気だった。絶対に自分が訪問をしなくてはと思った。

良いことがあったのも束の間、やはり営業所に江頭藤子から連絡があり、亜紀の気分はジェットコースターのように急降下した。

「出る？　出ない？　どうする？　出ないならなんて理由をつける？」と電話を取ったオバサマが矢継ぎ早に訊いてくる。

小木の席を見る。お手洗いだろうか、こんなときなのに不在だった。なんて役に立たない男だ。

何はともあれ、自分は絶対にあの女の声を聞きたくない。亜紀は「外出中で、今日は戻らないと伝えてください」と頼んだ。

「本当はいるくせに、だって」電話を終えたオバサマが言った。「だめよ、平山さん。こんなのに負けちゃ」

そしてその電話からおよそ三十分後、江頭藤子は強硬手段に出てきた。

これまでの行動から予測できたことではあったものの、「ほうら。やっぱりいた」と突然、営業所に現れたのだ。

「居留守なんて使っちゃって、平山さんも人が悪いんだから。さ、相談に乗ってください」

と、勝手に応接スペースの椅子を引いて座る。

「江頭さま、わたくしから少しお話をさせていただいてもよろしいでしょうか」

すかさず小木がやってきて言った。

さあ約束通り、退会を言い渡してくれ。亜紀は傍に立ち、固唾《かたず》を呑《の》んで状況を見守っている。

だが、小木はのらりくらりとするだけで、毅然《きぜん》とした態度を取ってくれなかった。江頭藤子の鋭い眼光の前に萎縮《いしゅく》しているのだ。

「だから何をおっしゃりたいんですか」

「ですから、その、つまり……」

「わたし、ちゃんと月会費を納めてますよね。だいいち、わたしを入会させるときにこの人はこう言ったんですよ。『わたくしが責任を持ってきっちり婚活をサポートしますから』って。わたし、あの言葉を信じておたくの相談所に入会したのに、急に梯子《はしご》を外されるってひどいじゃありませんか」

「おっしゃることはごもっともなんですが、弊社の人事の都合もあって、江頭さまの今の担当は土生――」

「じゃあいいですよ、それは。わたしの正式な担当アドバイザーはあの若い男性ね。けど、これまでの関係を考慮していただいて、たまにこうして平山さんに相談に乗っていただく時間を作ってもらえないかしら。週に一、二回、五分とかそんなもので構いませんから」

するとと小木はこめかみをぽりぽりと掻き、「まあ、その程度なら……」と耳を疑うようなことを言った。

亜紀は驚いて上司の顔を見た。なんてことを――。

結局このあと小木は去り、亜紀は三十分以上、江頭藤子と二人きりで面談をさせられるはめとなった。

彼女はずっと正面から目を逸《そ》らさず、「さあ、わたしの人としての欠点を具体的に三つ述べてください」などと言って亜紀を精神的にいたぶった。そう、これはいたぶり以外のなにものでもなかった。

亜紀に反抗する気持ちはなかった。お願いだからもう許して――胸の中でひたすら懇願していた。

「それじゃあ、また、来ますね」

江頭藤子が長い黒髪を揺らして営業所を去ったあと、亜紀は床に膝《ひざ》をついて泣いてしまった。

「ママ、もしかして泣いた？　目が腫《は》れぼったいよ」

と、中川宅から自宅に向かう車の中、助手席に座る小太郎が運転席を見て言った。

「そうなの。いっぱい泣いたの」と亜紀はヘッドライトに照らされた前方を見たまま答えた。

「花粉症がひどくて。お薬飲み忘れちゃってさ」

「なんだ、そういうことか。中川くんのお母さんも花粉症なんだって」

「多いもん、花粉症の人。この時期からしばらくつらいのよねえ」

「へえ」と、興味なさそうに息子は相槌《あいづち》を打つ。「あのさ、中川くんも倉持さんのこと好きみたい」

「え、そうなの？」

「うん。中川くんのお母さんがお昼ご飯を食べてるときにみんなにバラした。中川くん、お母さんにめっちゃキレてたけど」

亜紀はあははと笑ったあと、「じゃあ小太郎とライバルだね」と助手席を一瞥《いちべつ》した。

「ぼくも中川くんもノーチャンスだよ」

「高嶺《たかね》の花だから？」

「そう。高嶺の花だから」

そんな会話を交わしていると、車は自宅のマンション下に到着した。歩いても十分掛からない距離なので、あっという間だった。

「来週、クラスで千羽鶴を作る」

駐車場にバックで入れていた車が止まったとき、ふいに小太郎が言った。

「そういうことになったの？」

「ううん。みんなに提案してみようと思って。ぼくから」

亜紀は「うん。そうしてみなよ」と言ってエンジンを切った。

夕飯はレトルトカレーを食べた。小太郎に申し訳ないと思いつつ、本人は「最高に美味《うま》い」とよろこぶので複雑な気分だ。

夕食後、共に入った風呂《ふろ》では昼間に小学校で行われた記者会見の話をした。小太郎たちも中川の家で視聴したらしく、みな担任の長谷川の激怒する姿に驚いたそうだ。

「あんな長谷川先生、初めて見た」

「うん。でもあれは記者の人たちが悪いよ」

マスコミ連中はどうしても小堺櫻子と倉持莉世の両事件を繋げたいらしく、クラスに何かしらの問題があるのではと、学校側を吊《つる》し上げるような質問ばかり繰り返したのだ。

もっとも長谷川はこれらの質問に対し、冷静に受け答えをしていたのだが、とある記者から次の言葉を投げかけられたとき、態度が一変した。

それは、〈どちらの事件でも、犯行の直前まで被害者と一緒にいた女児がいますよね。この女児について学校側はどのような認識でおられるのでしょうか〉といった、曖昧かつふざけた質問だった。

「あんなのないわよ。まるで日向ちゃんが悪いみたいじゃない」

「でも、女子たちの間では佐藤さんがおかしいんじゃないかってなってるみたい」

「ほんとに？」

「うん。スマホを持ってる女子たちだけでやってるＬＩＮＥグループがあって、そこでそんな話になってるんだって。ぼくは見てないから本当かわからないけど」

あるだろうなと思った。それでなくても日向はおとなしそうで、いじめのターゲットになりそうなタイプなのに。

「ねえ、日向ちゃんってどんな子？」

「どんな子？　うーん……よくわかんない。ふつう」

「ふつうって」

「だって転校してきたばっかだし。前に服を汚しちゃった件で初めてしゃべったくらいだもん」

湯煙の中、母親の聖子に思いを巡らせた。あの若い女性もとことん不幸だ。結婚したばかりの夫を亡くし、血の繋がりのない子どもを育てることになり、その子どもが凶悪な事件に立てつづけに巻き込まれたのだ。

あまりにあまりだ――と思ったところで亜紀は息を止めた。

こんなことってあるだろうか。いくらなんでもこんな悲劇の連鎖が一人の女のもとに降り掛かるだろうか。

「ママ、どうかした」と小太郎が顔を覗《のぞ》き込んでくる。

「ううん。そろそろ出よっか」

風呂を出たあとは、亜紀が誘い、親子で久しぶりに将棋を指した。小太郎が一学期に学校でルールを覚えてきて亜紀に教えてくれたのだ。

今日も小太郎の勝ちだった。亜紀は陣形を崩されてもいないのに、いつもうっかりで王を取られてしまうのだ。「待ったは三回まで」と、意外と息子は容赦ない。

それでもいい時間だった。何かしていないと暗いことばかり考えてしまい、気が滅入《めい》ってしまう。

時刻は二十二時を過ぎて、小太郎は先にベッドに入った。亜紀は一人になった居間で、テレビを見ながら飲めない酒を舐《な》めていた。

酒に弱い体質でよかった。缶チューハイを半分も飲めば頭が痺《しび》れてきて、うまいこと思考が巡らなくなるからだ。

テレビを消してスマホを手に取る。すると達也から着信が二件、LINEでもメッセージが一件届いているのがわかった。一昨日《おととい》の彼からの告白については既読スルーをしていた。返したくないのではなく、返す気力が湧かないのだ。正直、今はそれどころじゃない。

メッセージを確認する。倉持莉世の事件のことを知り、亜紀と小太郎を心配しているといった内容だった。

これについては返信しようかと思ったが、やっぱりやめた。ラリーすることになりそうだからだ。

亜紀がスマホを手放そうとしたとき、また達也から着信があった。

少しだけ悩み、亜紀は気合いを入れてから応答した。

彼は亜紀が告白の文を既読スルーしたことや、電話に出なかったことを責めることなく、〈明日、おれ休みを取ったんだ。一度だけでいいから会ってもらえないか〉と真剣な声色で言った。

「ごめん。わたし、仕事だから」

〈終わってからで構わない。三人で外食をしようよ〉

「……ごめん。今、そんな気分じゃないの」

〈あの事件のことで落ち込んでるのか〉

「それもあるし、仕事でもトラブルがつづいてて」

〈そうか。そうだよな。でも亜紀、頼むよ。ほんの少しでいいから。亜紀と小太郎の顔を見たらそれで帰るからさ。約束する〉

相変わらずだなと思った。達也はいつだって一方的で、亜紀が彼のこういう強引なところに惹《ひ》かれていたのは遥《はる》か遠い昔だ。

〈なんだったら今からでも——〉

「だからやめて。お願いだから今は放っておいて」

亜紀はそう告げるなり、電話を切った。そのまま電源も落とした。

そうしたあと、静けさが隅々まで行き渡った居間の中で、引っ越しをしようと改めて思った。

ここを離れて、どこか遠くの街で暮らしたい。まだ四十前なんだから、がんばれば転職だってできなくはないだろう。

仕事を辞め、遠くへ逃げる。

そうすればきっと、江頭藤子も満足して攻撃の手を止めてくれるはずだ。

それはつまり、あの女に屈服したこととなり、完全なる敗北を意味するが、それで構わない。

これ以上、何もしないでいてくれるなら多少の金を払ったっていい。

亜紀はソファーにもたれて、目をつむった。

弱ってるな、と思った。本当に、心底メンタルが参っている。

亜紀はいつしか意識を失い、そのまま眠ってしまった。

気がついたら、カーテンの隙間から朝日が射しこんでいた。毛布も掛けなかったので、身体は冷え切っており、頭には疼痛《とうつう》もあった。風邪なんて引いてる場合じゃないのに、最悪だ。

亜紀は気だるい身体を起こして、パソコンの前に移動した。朝起きたとき、仕事から帰ってから、夜寝る前、必ず防犯カメラの記録をチェックするのが習慣になっているのだ。

マウスを操作し、飛ばされたデータが納められているフォルダを開いた——ところで挙動を止めた。

深夜二時五十三分に映像データファイルが転送されてきているのだ。

一瞬で眠気が吹き飛んだ。ごくりと唾《つば》を飲み込む。

映像データファイルをダブルクリックした。

全身が総毛立ち、亜紀は思わず悲鳴を上げそうになった。

パソコンのディスプレイに、長い黒髪の小柄な女が映し出されたからだ。

黒い帽子、黒いサングラス、黒いマスク、纏《まと》っている衣服もすべて黒ずくめだった。

女が我が家のドアスコープを覗き込もうと顔を近づけてくる。

すると、画面が闇で埋め尽くされた。

10

座っていればいい、という話はどこに消えたのか。

田嶋も下村も、二言目には「詳しいことにつきましては担任の長谷川から」とバトンのようにマイクを手渡してくるのだ。

祐介は心底辟易《へきえき》していた。校長にも教頭にも、そして目の前の連中にも。

彼らはジャーナリストでもなければ記者でもなく、ただペンとカメラを持った野次馬だった。

彼らの頭の中には、いかにして世間の耳目を集められるか、これしかなかった。

だからたいした根拠もないのに、小堺櫻子の事件と倉持莉世の事件とを結びつけたがるのだろう。

それでも祐介は腹立たしい質問に対して冷静に、真摯《しんし》に答えた。その度に浴びせられるフラッシュにも文句を言わなかった。光に弱いため配慮していただきたい、と事前に伝えていたのにこうなのだから、ハナから聞く耳などなかったのだろう。

そうして終盤になり、次の質問をされた瞬間、この状況に長らく耐え忍んでいた祐介の堪忍袋の緒が切れた。

「どちらの事件でも、犯行の直前まで被害者と一緒にいた女児がいますよね。この女児について学校側はどのような認識でおられるのでしょうか」

どのような認識——？　質問の意味も意図もわからない。

いや、言わんとしていることは伝わる。だからなおさら腹が立った。

祐介が中々返答をしなかったからだろうか、それとも不快感が顔に出ていたのだろうか、ここぞとばかりにフラッシュの猛攻勢に晒《さら》された。あまりの眩《まぶ》しさに一瞬、何も見えなくなる。

気がついたときには目の前の長机を拳《こぶし》で殴りつけていた。

「これ以上質問にお答えする気はありません。ここで会見を終わらせていただきたいと思います。失礼します」

突然の担任教師の激昂《げきこう》に場が騒然となる。

祐介は大股《おおまた》で体育館を出て行った。

《見てたぞ。やるじゃないか。しばらくはどのワイドショーでもあの場面が繰り返し使われることだろう。さあ、我が弟は一躍時の人だ》
松戸市立総合医療センターに向かうバスの中、風介からＬＩＮＥでこのようなメッセージが届いた。
さぞ弟の失態をおもしろがっているのだろう。とことんふざけた兄貴だ。
会見を終えてから一時間後、祐介は職員室で校長、教頭をはじめ同僚たちに謝罪した。もっとも弁解の言葉はなかった。

さすがにあの態度はまずかった。ひどすぎた。

また、祐介はあのように取り乱した自分自身に驚いていた。三十八年の人生を振り返っても、あんなキレ方をしたことなど一度もない。ましてや公の場で、あんな衝動的に——。

疲れていたなんて言い訳にならないだろう。ふだん教壇に立ち、児童らに偉そうに礼節を説いているくせに、これでは面目が立たない。

バスに揺られそんな思惟《しい》に沈んでいると、ふいに前方から、おぎゃー、と赤ん坊の泣き声が上がった。赤ん坊を抱く若い母親が「よしよし」と必死に宥《なだ》めている。

後方からそんな様子を眺めていると、再び、颯介からのメッセージを立てつづけに受信した。

《ついでに報告しておく。莉世が以前おまえに語っていた、すでに売りに出されているという佐藤宅の話だが、不動産業者をしらみ潰《つぶ》しに調べ回ったところ事実だということがわかった。ただし、ネットでは公表されておらず、今後もその予定はないそうだ。これは確実に売主の意向だろう。やはりあの女、今の家をこっそり売っ払って遠くの地へ逃げる腹積もりなんだ》

ため息をついた。部外者のくせに勝手なことを——。

《おれはもう少し詳しい話を聞きに、今日の夕方、窓口になっている不動産会社に足を運ぶつもりだが、おまえも病院から帰ってきてるなら一緒に行くか?》

祐介は肩を落として、《行きません》とだけ返信した。

おそらく夕方には家にいるだろうが、きっとその時点で自分に気力は残されていないだろう。

これから佐藤母子と病院で合流し、倉持静香の立ち会いのもと、莉世の見舞いをするのである。

今朝、祐介は静香に連絡を入れ、佐藤母子が莉世の見舞いを所望していることを伝えると、予想外なことに彼女は二つ返事で了承した。

本当にいいのかと念を押したのだが、〈ええ。受けて立ちましょう〉と電話越しの静香は不敵に笑った。

聖子と静香の対面――修羅場を迎えることは必至だった。

「さっきからうるせえなっ。母親なら静かにさせろっ」

叱責《しっせき》の声が車内に響き、祐介はスマホに落としていた目線を上げた。

怒鳴ったのは杖《つえ》をついた高齢の男のようだ。その老夫に若い母親が不服そうに頭を下げている。

「ちょっとそんな言い方はないでしょう。赤ちゃんは泣くのが仕事じゃないの」と、近くにいた中年女性が母親の代弁者となって老夫を咎《とが》めた。

「バスはみんなが乗るもんだろうが。迷惑を考えろ」

ここから中年女性と老夫の激しい舌戦が始まった。若い母親は狼狽《うろた》えるばかり、赤ん坊はより一層激しく泣き喚《わめ》いている。

祐介はそんな様子をブルーレンズ越しに眺めながら、世の中にはいろんな人がいるなと、乾いた感想を抱いた。


松戸市立総合医療センターの受付前のベンチに座っていたのは佐藤聖子一人だった。聞けば日向は体調を崩したため、家に置いてきたという。

仕方ないことだが、これには落胆した。どうしても日向に訊《き》きたいことがあったからだ。

喧嘩《けんか》別れの原因となった莉世から言われたという悪口――その真相を彼女の口から教えてもらいたかった。日向は莉世、もしくは母親に気を遣って本当の内容を話せずにいるのではないか。

祐介はこう考えていた。

「ここまで来てなんですが、念の為、もう一度伺います。倉持さんから罵倒《ばとう》を受けるかもしれません。それでも本当にお見舞いに行かれますか」

改めて祐介は聖子に訊《たず》ねた。

聖子は下唇を噛《か》んで頷《うなず》いた。「覚悟の上です」

「わかりました。では行きましょう」

聖子と共に受付を済ませ、莉世が入院している病棟のエレベーターに乗り込んだ。自分たち以外に人はいない。

「未《いま》だ容態は変わらず、ですよね」

上昇を始めた狭い密室で、ぽつりと聖子が言った。その両手にはガーベラの花束と果物の盛り籠《かご》がある。

「ええ。残念ながら」

祐介は前を見たまま答えた。

「回復する見込みは?」

「現状、なんともいえないそうです」

実のところ、望みは薄いのだろう。そして、たとえ意識を取り戻したとしても、脳の損傷により深刻な障害が残る可能性は極めて高い。

「……わたしのせい」

聖子が蚊の鳴くような声で言った。

祐介は聞こえなかったことにして、「よかったらどちらか持ちましょうか」と申し出た。

「どうも」と、花束の方を手渡された。

チン、と音が鳴り、目的階に到着した。エレベーターの扉が中央から開いていく。

その扉のわずか先に厚化粧の施された倉持静香の真っ白な顔があったので面食らった。我々を待ち構えていたのか。

微笑を湛《たた》えた静香は、祐介には一瞥《いちべつ》もくれず、やや見下ろすようにして聖子だけに視線を送っている。

「お待ちしておりました。わざわざこんなところまでご足労いただきありがとうございます」と、静香は好戦的な第一声を発した。

その場で深々と腰を折った聖子に対し、祐介は「さあ」と前進を促した。

エレベーターを降りた先の廊下で改めて二人が向かい合う。

二人の年齢は倍ほど離れているだろうか。また、体格も同様だった。小柄で華奢《きやしゃ》な聖子に対し、静香は大柄で豊満なのだ。

「初めまして、日向の母の聖子です」

「ええ。あなたのことはよおく存じ上げておりますよ」

間に立つ祐介は二人を交互に見て、唾《つば》を飲み込んだ。

「この度はわたしの至らない判断によって、娘さんをこのような事件の被害者にしてしまい、本当に申し訳ありませんでした。わたしがあのとき、きちんと莉世ちゃんをご自宅に送り届けていればこんなことには——」

「いいの」静香が聖子の言葉を遮った。「あなたにはあなたの考えがあったんでしょうから」

「…………」

「それに、たとえわたしがあなたを訴えたところで、あなたが司法によって罰せられることはありません。ということはつまり、あなたには何一つ罪はないの」ここで静香が目をカッと見開く。「これが額面通りの事件なら、ね」

聖子を見る。顔色を失っていた。

「それ、どこで買ってきてくれたのかしら。ずいぶんと立派なこと」

静香が聖子が提げている果物の盛り籠に目を落として言った。

「……つまらないものですが」

と、聖子が震えた手で盛り籠を差し出し、静香がそれを両手で受け取ろうとする。だが盛り籠は静香の手に渡ることなく、落下して床に落ちた。

「あらやだ。ごめんなさい。手が滑っちゃって」

と、静香が腰を屈《かが》め、拾い上げようとする。

だが、次に盛り籠に伸びたのは静香の手ではなく、足だった。

いくつかのマスカットの粒が弾《はじ》けて床に転がった。盛り籠が真上から踏み潰されたからだ。

「ああ、もう。今度は足が滑っちゃった」静香が聖子の顔色を窺《うかが》いながら言った。「残念。悪いけど持ち帰ってちょうだい」

一悶着《ひともんちゃく》あるだろうと考えていたが、甘かった。ここまであからさまに攻撃してくるとは——祐介にはなす術《すべ》がなかった。

「さあ、莉世の顔を見てあげて」

静香がひとり歩き出した。

祐介はすかさず、「やっぱり帰りましょう」と小声で聖子を促した。だが、彼女はかぶりを振り、静香の背中について行った。

潰れた盛り籠に日を落とす。祐介は近くにいた看護師に、「申し訳ありませんが——」と潰れた盛り籠の後処理を頼み、走って二人に追いついた。

莉世が入院している個室のドアの前にはパイプ椅子が置かれており、そこに男が座っていた。顔見知りの刑事だった。

「ご苦労様」と、静香が刑事に声を掛ける。「担任の先生と、莉世の親友のママが来てくれたのよ」

立ち上がった刑事が目礼して、パイプ椅子を持って横にずれる。

静香がスライドドアを開け、三人で入室した。

八畳ほどの室内の中央に置かれたベッド、そこに目を閉じて横たわる倉持莉世。頭には包帯が巻かれ、細い腕からはいくつもの管が伸びている。

「……莉世ちゃん」

この痛ましい姿を初めて拝み、ショックを受けたのだろう、聖子は両手を合わせて口と鼻を覆った。

静香はそんな聖子の真横に立ち、「かわいそうでしょう、うちの娘。誰かさんにこんな姿にされちゃって」と、耳元でささやいた。

「いったいどこの誰なのかしら。我が家の大切な娘をこんな姿にしてくれたのは――ねえ、佐藤聖子さん」

莉世に視線を注ぐ聖子の目に、みるみる涙が溜《た》まっていく。

「たぶんね、犯人は今、悠長に構えているんだと思うの。自分が捕まるはずがないって。これまで捕まらなかったんだから、今回もきっと平気だろうって」

聖子の頬に涙が伝った。

「犯人はとーっても頭が良くて、用意周到な人物なんでしょうね。ある意味、犯罪の天才なんだと思うわ」

この段になると聖子は全身を震わせていた。

「ただ、もうそろそろ年貢の納め時なんじゃないかしら」

ここで静香が指で、聖子の耳を乱暴に摘んだ。

「覚悟なさい。わたしが必ず、あんたを追い詰めてやるから」

祐介は慌てて、「倉持さん、よしてください」と割って入った。

「ふん」と静香が鼻を鳴らす。「廊下で刑事さんとお話ししてくるわね。あ、長谷川先生、しっかり見張っててちょうだいね。何をされるかわかったもんじゃないから」

そう言い残して、静香は部屋を出て行った。

祐介は閉じられたドアを見つめ、額に手を当て、ため息をついた。

それから身を翻し、恐るおそる聖子を見た。

彼女は固まったように、ずっと同じポーズを保っていた。両手で口と鼻を覆い、目だけを出した状態で、ベッドに横たわる莉世に潤んだ眼差《まなざ》しを注いでいるのだ。

祐介もまた、彼女に掛ける言葉もなく、ひたすらその横顔を見つめていた——が、途中、背中にゾクッとした寒気が走った。

彼女の両手。これがなぜか、笑いを隠しているような気がしたのだ。

11

警察署の庁舎の自動ドアを通り抜け、おもてに出たところで亜紀はハンカチを目に当てた。怒りと絶望とで、込み上げてくる涙を堪《こら》えられなかった。

——いや、奥さんの気持ちはわかるけどもね、ただこの黒ずくめの女、何もしてないじゃない。

卓上に身を乗り出して陳情を訴えた亜紀に対し、応対した年配の警察官は困り果てた顔でこのように述べた。

——言ってしまえばおたくのドアの前に立ったってだけでしょう。これだけじゃ即刻逮捕だとか、そんなことはこちらもできないのよ。そもそもこの映像に映っている女が奥さんのいう人物かどうかもわからないし。だって、これだけ肌が隠れちゃってると誰だか判別がつかないでしょう。

敷地の駐車場に停めた車に乗り込み、エンジンを掛ける。だが、すぐに発進する気になれず、亜紀はハンドルに突っ伏した。

この先、自分たちの生活はどうなるのか。次にいつ、江頭藤子がやってくるともわからない状況で、夜を明かさなくてはならないのだ。

今から約七時間前の深夜二時五十三分、あの女は我が家の前に忽然《こつぜん》と姿を現した。ただ、ドアスコープを覗《のぞ》き込んだだけで、何もせずに立ち去って行った。

なぜ彼女が何もしなかったのかはわからない。今回はもとから視察だけのつもりだったのかもしれないし、ドアスコープに防犯カメラが仕掛けられていることを事前に察したのかもしれない。

いずれにせよ、我が家に現れたことにちがいないのだ。

考えてみれば江頭藤子はこちらの住処《すみか》など簡単に知ることができただろう。なぜなら尾行すればいいだけなのだから。営業所から帰宅する亜紀のあとをつけるだけでよかったのだ。

気持ちを落ち着け、謙臣に電話を掛けた。するとBluetoothを介して車内に彼と、息子の声が響いた。

早朝、謙臣に事態を伝えたところ、彼はすぐさま我が家に駆けつけてくれたのだ。だからこそ亜紀は小太郎を置いて出掛けることができた。

〈我々はただ今、一緒にパンケーキを焼いて食べてるところです。ちょっと焦げちゃいましたけど、結構美味《おい》しくできました〉

〈全然ちょっとじゃないけどね——ママ、けんけんは料理ができないってことがよくわかったよ〉

どうやらハンズフリーでしゃべっているようだ。

〈なんでぼくだけの責任なのさ。小太郎くんだって一緒に作ったんだから責任は同じだろ〉

〈こっちは子ども。けんけんは大人〉

そんな微笑ましいやりとりも、今の亜紀にはまったく笑えなかった。必死で堪えているものの、声を上げて泣き出してしまいそうなのだ。

こちらのそんな状況を察したのか、謙臣が〈リビングを離れました。小太郎くんには聞こえていません。どうでしたか〉と、先ほどとはちがう、重い声でささやいた。

ここで亜紀の涙腺《るいせん》が崩壊した。堰《せ》き止めていた涙が一気に溢《あふ》れ出てきた。

過呼吸に陥った亜紀に対し、〈ほら、ゆーっくり深呼吸して〉と謙臣が看護師のように言う。

〈息を吸ってー、吐いてー〉

やや落ち着いてきたところで亜紀は警察署でのやりとりを涙ながらに語った。

〈ひっどいなあ〉と謙臣が憤慨する。〈市民の安全なんてどうだっていいってか。ふざけんなよ〉

「ほんとそうなんだと思う」と、亜紀は洟《はな》をすすった。「わたしね、これでようやく落ち着くと思ったの。これで江頭藤子も逮捕されて、もとの平穏な生活に戻れるんだって」

〈ぼくだってそう思いましたよ。平山さんから報告を受けたとき、あのカメラがようやく役に立ったかって、その場でガッツポーズしたくらいですから〉

また涙が込み上げてきた。

「土生くん、わたし、もう無理かも」

〈ダメですよ、そんな弱音を吐いちゃ。平山さんには守るべき存在がいるんですから〉

「でも、もう限界。わたし、仕事を辞めてどこかに引っ越す」

〈ちょっと平山さん。そんなのってー――〉

「わかってるけど、そうでもしないとずっとやられるもん。あの人、わたしが負けを認めて逃げ出すまで、絶対にやめてくれないもん」

そう訴えたあと、亜紀は再び声を上げて泣き出した。人体はいったいどれだけの涙を蓄えているのか。流せども流せども、次から次にいくらでも涙が押し寄せてくる。

今何を話したところで無駄と思ったのか、謙臣は黙って亜紀の慟哭《どうこく》を聞いていた。

だがやがて、〈わかりました。うちに来ましょう〉と静かに言った。

「う……うちって?」亜紀がしゃくり上げながら訊《き》く。

〈ですから、二人は今日からぼくん家《ち》、聖正寺で暮らすんです〉

12

倉持莉世が襲われた日から七日目を迎えた。未《いま》だ彼女の意識は戻らず、犯人も捕まっていない。

旭ヶ丘小学校に連日やってくる若い刑事は、「だいぶ容疑者が絞られてきました。我々は一歩一歩、着実に前に進んでいます」などと鼻の穴を膨らませて言うが、じゃあその容疑者とはどこの誰なのか、どのように捜査は進展しているのか、これらのことを問うても、「そこはご勘弁を」と、いっさいの情報を開示してくれない。

これには校長の田嶋もおかんむりで、先日、彼は教頭の下村を引き連れて松戸警察署に設置されている捜査本部まで出向き、指揮を執る本部長に対して正式に苦情を訴えた。

だが結局、その場でも謝罪があったのみで、捜査の進捗《しんちょく》状況は教えてもらえなかったという。

「もうノイローゼになりそう」

昼休み、祐介が職員室に戻ると事務職員の中年女性がやつれた顔で訴えてきた。

この事務職員は朝から終始、学校に掛かってくる市民からの電話を受けつづけているのだ。電話の中身は、学校に対する励ましから誹謗《ひぼう》中傷まで様々だという。うちの近所に怪しいヤツが住んでいる、などといったものまであるらしい。

「ごめんね。長谷川先生に愚痴ったところでどうしようもないんだけど。でも本当につらくて」

祐介からねぎらいの言葉が返ってこなかったからだろう、事務職員はやや不思議そうな顔を見せてから、「でも、わたしなんか長谷川先生に比べたら全然よね。マスコミの人、家にまで来てるんだものね」と逆に気を遣ってきた。

市川にある我が家のマンション下には複数人の記者が常に彷徨《うろつ》いていた。そして彼らは祐介の出勤時と帰宅時、必ず声を掛けてくる。

これは祐介が事件の被害児童が在籍していたクラスの担任であることに加え、渦中の人物だからだろう。祐介は記者会見のあった日から、《逆ギレ先生》としてSNS上で弄《もてあそ》ばれているのだ。

「長谷川先生。ちょっと」

と、下村から声を掛けられ、共に校長室に入室した。

「いかがでしたか。午前中のクラスの様子は」

向かい合った田嶋が指を組んで訊《き》いてきた。その顔は日に日に悲愴《ひそう》感が増している。この校長もまたマスコミの標的となっているのだ。

「みんな若干そわそわしている感じも見受けられますが、おおむね元気に過ごしています。ただ、わたしの前だからかもしれません。それと、児童たちの間ではやはり、佐藤日向のよからぬ噂がささやかれていることと思います」

先日、平山小太郎の母の亜紀から、このような話を聞かされたのだ。とくに女子児童たちだけで構成されているＬＩＮＥグループでは、佐藤日向に対するあらゆる憶測が飛び交っているという。

「そうですか」田嶋が深いため息をついた。「事件さえ解決してくれたら、佐藤日向さんも大手を振って登校できるでしょうに」

日向は事件以来、ずっと不登校だった。母親の聖子曰《いわ》く、日向は塞《ふさ》ぎ込んでいて今は誰にも会いたくないのだという。ゆえに未だ、祐介も彼女に会えていなかった。

「千羽鶴の方はどうなってますか」

「今週中、もしくは来週の頭には完成する見込みなので、出来上がり次第、病院へ持って行こうと考えています」

今週から六学年三クラス合同で、倉持莉世に捧《ささ》げる千羽鶴を折っていた。これを提案したのは意外なことに平山小太郎だった。

「ところで、放課後に小堺ご夫妻がまたやってくるんだとか」

田嶋が顔をしかめて言った。

「ええ。そのようです。どのような用件かはわかりかねますが」

二限目の授業が終わった休み時間に、小堺由香里から学校に電話があったらしい。その電話を受けた職員は放課後はバタバタとしていて対応できる者がいないと答えたそうだが、由香里は〈警察署を出た足で向かいますので〉と、お構いなしだったという。

倉持莉世の事件以来、小堺夫妻の学校と警察に対する攻勢は苛烈《かれつ》さを増していた。

警察に矛先を向けるのはわかるが、なぜ学校まで目の仇《かたき》にするのか、理解に苦しむばかりだ。

何はともあれ、小堺夫妻は莉世を襲った人物と、娘を攫《さら》った人物は同一犯であると強く訴えていた。

唯一の救いは、彼らが未だ佐藤聖子を疑っていないことだった。倉持静香がなぜ小堺夫妻にこのことを知らせないのかわからないが、おそらく何らかの狙いがあるのだろう。

だがこれもきっと時間の問題だ。近いうち必ず小堺夫妻の知るところとなり、そうなれば彼らは必ずや騒ぎ立て、結果、多くの者が佐藤聖子に白い目を向けることとなる。

「長谷川先生には申し訳ありませんが、わたしたちは放課後――」

「ええ。自分が対応します」

先回りして言うと、二人は安堵《あんど》の表情を見せた。

「ところで長谷川先生、夜は眠れていますか」

「ええ。問題なく」と嘘をつく。

「そうですか。わたしはダメです。寝付きも悪ければ、寝覚めも悪い。医師から睡眠薬を処方してもらいましたが、どうにも効いてくれない」田嶋は肩を落として言った。「人のいる場所に行くとね、何人もの人に後ろ指をさされるんですよ」

この校長もまた、世間に広く顔が知られていた。祐介など「あの担任の先生ですよね」と街中で声を掛けられたりもする。

「いやはやしかし、日に日に我が校の事件の扱いが小さくなってきていますな」と、下村が励ますような口ぶりで言った。「今朝のワイドショーではサラッと流れた程度でしたよ」

「それはほかに取り上げるべき事件が起きてしまったからでしょう」

「どのチャンネルもあの事件一色ですものねえ。犯行の動機がこれまたなんとも」

三日前、東北《とうほく》地方のとある中学校で、二年生の女子生徒が同じクラスの女子生徒をナイフで滅多刺しにして殺害するという凄惨《せいさん》な事件が起きたのである。二人の間にトラブルはなく、加害者の女子生徒は警察の調べに対し、「人が死ぬところを見てみたかった」などと供述したという。

「おそらくは加害者少女の家庭環境に問題があったんでしょう」

「まちがいなくそうでしょうね。じゃなきゃあんな事件は起こしませんよ」

「すみません。そろそろ失礼してもよろしいでしょうか。昼休み中に片付けなきゃならない用事がありまして」

祐介はそう告げるなり、彼らの返答を待たずして校長室を出た。用事というのは方便で、彼らとの時間は必要最低限に留《とど》めたいのだ。

この二人は何かにつけて自分を頼ってくる。おんぶにだっこではないが、重荷で仕方ない。

祐介はかつてないほど疲れていた。眠りたくても眠れず、そのせいで日中も常に脳が霞《かすみ》がかっていて、倦怠感《けんたい》が一向に抜けない。

こういう状態がつづくと心の方も相応に荒《すさ》んでくる。

祐介は今、身の回りで起きているすべての事柄に対し、どうでもいいとまでは言わないが、なるようにしかならないといった考えになってきていた。

冷静になって思えば、一介の教師である自分が事件の真相など究明する必要などないのだ。

小堺櫻子も、倉持莉世も、佐藤日向も、ただ受け持ちの児童というだけで、それ以上でも以下でもない。

だから必要最低限、やるべきことを粛々とやればいい。自分が職務を超えて足掻《あが》く必要などないのだ。

卒業式まで、もう一ヶ月を切った。ここを乗り切れば、そこで自分はお役御免だ。

日没を迎え、今現在学校内に残っているのは教職員と、臨時学童保育で預かっている児童たちだ。彼らは自宅に帰っても一人になってしまうため、保護者が迎えにやって来るまで教室で待機しているのである。

時計の針が十八時を指したのを確認して、祐介は保護者を待つ児童が集っている三階の教室に向かった。教員は帰宅前、必ず彼らに声を掛けることが直近のルールとなっている。

慣れた階段を上ることすら煩わしく、身体的にもしんどかった。つい先ほどまで小堺夫妻の相手をしていて、心身共に疲労困憊《こんぱい》なのだ。

小堺夫妻との面会は最悪だった。なぜなら、佐藤聖子を怪しむ声があることが、とうとう夫妻に知られてしまったからだった。

彼らは話の出所を明かさなかったが、祐介はなんとなく静香が教えたわけではないような気がした。なぜなら夫妻は佐藤母子について、さほど詳しい情報を持っていなかったからだ。だからこそ、彼らは学校に探りを入れにやって来たのだろう。

もっとも祐介は、これらの事柄に関して一貫して知らぬ存ぜぬで通した。夫妻から胡乱《うろん》げな眼《まな》差《ざ》しを向けられたが、すべて初耳だと主張しつづけた。

最後に祐介は夫妻に低頭して、他者にこの噂を流さないように頼み込んだ。一応、了承してもらったが、拡散は免れないだろう。

階段を上りきり、廊下から教室を覗《のぞ》くと、その時点で児童の数は十二名、その中に六年生が一人だけいた。

我がクラスの平山小太郎だった。小太郎は奥の片隅の机で、独り黙々と鶴を折っていた。その向こう、窓の外の夜空には薄い満月がぽっかりと浮かんでいる。

祐介はその場から、しばし小太郎の作業する様子をブルーレンズ越しに眺めた。

ほどなくして中に入り、「えらいね」と声を掛けた。すると彼は鼻の頭を掻《か》いて、「早く倉持さんに届けてあげたいから」とはにかんだ。

「先生もちょっと手伝うよ」と、向かいの椅子を引いて座った。

彼の健気《けなげ》な姿を目の当たりにして、この陰々滅々とした心にわずかな火が灯《とも》ったのだ。

「どう？　新しい生活には慣れてきた？」

と、折り紙を折りながら小太郎に訊《たず》ねた。

「はい。だいぶ」と小太郎も手を動かしながら頷《うなず》く。「でも夜はお化けが出そうで、まだ怖いですけど」

「そうか。お寺の中にはお墓もあるんだったね」

「はい。いっぱい」

彼は今週から母親の亜紀とともに、成田市にある聖正寺という寺院墓地で暮らしていた。そこは亜紀の知人の家なのだという。

平山親子が急な転居を余儀なくされたのは、莉世の事件とは別に、彼らが日常生活で身の危険を感じているからだ。

三日前の深夜、平山宅に備えられている防犯カメラが不審者を捉《とら》えた。顔を隠していたらしいが、その姿形から以前亜紀が話していた女性にまちがいないという。

しかし、その女性であると百パーセント断定はできないことと、彼女が何もせずに立ち去ったことから、警察は静観の構えらしい。

これによって平山母子は知人の家で、一時匿《かくま》ってもらうこととなったと聞かされている。

「そういえばこの前、お母さんの弟さんが学校にお迎えに来てくれたんだってね」

「あ、はい」

「その弟さんはどちらに住まれてるのかな」

「ええと……」と小太郎が口ごもる。

その反応を見て、やはり弟じゃないのだと祐介は思った。

先日、亜紀の弟だという若い男性が小太郎を迎えに学校に来た。祐介は会えなかったのだが、その場に居合わせた湯本は、「あれは弟じゃなく、まちがいなく母親の男だね」と断言していた。おそらく住まわせてもらっている知人というのがその男性のことなのだろう。

祐介がそのように小太郎に訊くと、彼は目を泳がせた。

「平山くんは嘘をつけないみたいだね」

と、祐介は肩を揺すって言った。

「あの、お母さんには内緒にしてください」

「もちろん。その男性はいい人かい？」

「はい。とっても」

「そう。そういう人のところに平山くんが居られるなら先生も安心だ」と祐介は微笑んだ。

「ただ、朝が早いのはつらくないかい。成田からだとここまで一時間以上掛かるだろう」

「それは全然。むしろ前より楽なくらいです。ぼく、車の中でずっと寝てるから」

彼は母親の運転する車で登校していた。下校時も、仕事を終えた母親が車で迎えにきて仮住まいへと帰ってゆく。

「じゃあ大変なのはお母さんか。あっちからだと高速もないし、朝は通勤ラッシュで渋滞するだろうし」

そんな話をしていると、ちょうど彼の母親の亜紀が息子を迎えに教室にやってきた。仕事終わりなのでスーツ姿だ。

「わたしも全然。たしかに通勤時間は長くなっちゃいましたけど、夜になんの不安もなく眠れるんで、身体的にも楽になりました」

小太郎にしたのと同様の質問をすると、彼女はこのように答えた。たしかに以前に比べて少しだけ表情が明るくなった気がする。

「それで、莉世ちゃんの様子は？」

小太郎が折り上げた鶴を自分の教室に運びに行ったところで、亜紀が声を落として訊いてきた。

「残念ですが、依然として」と、祐介は小さくかぶりを振った。

「……そうですか」

「でもきっと、小太郎くんや、みんなの思いが込められた千羽鶴が奇跡が起こしてくれると思います」

自然とそんな台詞《せりふ》が口をついて出た。

言葉にしてみて、本当にそうなればいいと思った。


帰宅すると、颪介が居間のソファーに寝そべって、ミックスナッツをばりばりとやりながらテレビを見ていた。いつになくお気楽な様子だが、その顔は妙に真剣だった。

兄が視聴しているのは報道番組だった。テロップには《中二女子生徒 同級生を殺害》と出ている。

「例の事件か」祐介はただいまの前に言った。「今朝からずっとやってるな」

「ああ、おかげで逆ギレ先生の特集が扱われなくなっちまった」

さっそくふざけた兄を無視して、祐介は洗面所に向かった。水を出し、湯に変わるまでしばし待つ。

「加害者の少女の家庭環境はよくなかった」唐突に颪介が居間から叫んだ。「少女は父親と二人暮らしだったそうだが、家には変わるがわる父親の女が出入りしていたらしい」

手を洗ったあとは、眼鏡を外して顔も洗った。冷えた肌に温かい湯が心地いい。

「父親と女の喧嘩《けんか》で、自宅に警察がやってくることも少なくなかったそうだ。近所の住人たちは常日頃から、あれじゃあ少女がかわいそうだと口を揃えて話していたというから、同情すべき環境下にあったのはまちがいないだろう」

タオルで顔を拭《ふ》いて居間に戻った。

「きっと世間はこの事件をこのように解釈するだろうな。そうした劣悪な家庭環境が少女の心を歪《ゆが》ませ、凶行に走らせたのだと」

祐介は返答しなかった。ここ最近、彼の存在はラジオだと思うことにしている。

「だがこれはまったくもって本質を捉えていない。なぜなら、いくら家庭環境が悪かろうと、恨んでもいない同級生を滅多刺しにするヤツはいないからだ。ましてや動機が人の死ぬところが見てみたかったなんて――」

冷凍庫から冷凍パスタを取り出して、電子レンジに入れ、解凍温めボタンを押した。ブーンと音が鳴る。

「今回の猟奇的な犯行に限らず、この手の凶悪な少年犯罪が起きたとき、世間はいつだって加害少年の家庭環境に目を向ける。そしてそれがよくないものだとわかると、ああやっぱり、と勝手に納得する」

風介はお構いなしに口を動かしつづけている。きっとこの人は山に向かってでもしゃべりつづけられるのだろう。

「弁護士連中も常套句《じょうとうく》のように、劣悪な家庭環境が少年の健全なる心の育《はぐく》みを阻害し、異常な欲求を抱えるようになったと主張する。そして裁判所もまた、これを鑑《かんが》みて判決を下す」

「そんなの当然だろう」つい反応してしまった。

「おれからしたら実にナンセンスだ」

「どうしてだよ。凶悪な罪を犯す少年の大多数の家庭が荒れているのは事実だろう」

「ああ、事実だ。だが、本当に家庭が荒れているから少年たちは罪を犯したのか。もしくは、家庭を崩壊させてしまうような、ろくでもない親の気質を受け継いでいるから罪を犯したのか。ここはもっと議論されて然《しか》るべきなんじゃないのか。ちなみにおれは圧倒的に後者を推したいがね」

チン、と電子レンジが鳴った。

「また遺伝の話か」

「おれだってすべての犯罪が遺伝によって決まるなんて言わないさ。だがまるで因果関係がないかのように扱う風潮が気に食わないだけだ」

祐介はやれやれとかぶりを振り、湯気を放ったパスタを持って食卓へ向かった。

「とある一卵性双生児の双子の話をしよう。彼らの両親は共に凶悪な犯罪者で、どちらも刑務所に収監されていたため、双子は物心がつく前にそれぞれ里子に出された。たまたま一方は裕福な家庭の優良な環境下に置かれ、もう一方は貧困な家庭の劣悪な環境下に置かれた。さて、ここで問題だ。対極的な環境下で育てられた双子のうち、後に罪を犯したのはどっちだと思う？　仮に前者をA、後者をBとする」

「Bじゃないのか」

「ああ、正解だ」

「じゃあやっぱり環境が――」

「Aも犯したんだ。それもBとほぼ同時期に同様の罪をな。それも一つや二つではなく、数々の罪を」

「…………」

「AとBに面識はなく、互いの存在も知らない。だが、彼らは共に類似した罪を同時期に犯した」

「だから犯罪は環境よりも遺伝によって起こるって？　そう単純な話じゃないだろう」

「もちろんこの一サンプルだけを取り上げて結論づけたわけじゃないさ。もっともわかりやすい例として挙げただけだ」

祐介は鼻息を漏らしてから、フォークを手にした。

「で、おれが何が言いたいかというと、今回の東北の中二少女の猟奇的犯行は劣悪な環境がもたらしたものではなく、生来少女に内在していた猟奇的欲求が成長と共に膨れ上がり、弾《はじ》けただけなんじゃないかってことだ。たしかに環境のせいにした方が楽だし、性善説的に考えた方が救われるような気もするだろう。だが、この残酷かつ残念な真実に目を向けなければ、何も解決しないし、本当の意味で救われることはない。誰一人としてな」

風介はそう言い切ってから立ち上がり、祐介の向かいの椅子を引いて座った。

「閑話休題。さて弟よ、今の話を我々の事件に置き換えて考えてみようか」

「あんたは何者なんだよ」

祐介はため息をついて、フォークをくるくると回してパスタを巻き取った。

「おれが思うに佐藤聖子に今回の中二少女のような猟奇的性癖はないだろう。だが、あの女は己の利のためなら、他者を排除することを厭《いと》わない。要するにあの女は他者をモノとして捉えているんだ。この性質もまた環境がもたらしたものでなく、先天的なものであるとおれは見ている。そしてこの危険な性質は年齢から考えても矯正は望めないだろう。となれば一刻も早く世の中から排除しなければならない。さもなければ、逆にあの女の身の回りの人々が排除されつづけることになる」

祐介は口元に持っていった手を止め、フォークの先端を兄に向けた。

「何百万回も言わせないでくれ。佐藤聖子が犯人だって確証はまだないだろう」

「どうだかな。警察もすでに確信しているんじゃないのか」

「じゃあなんで令状を取らないんだ」

「アリバイを崩せないからだろう」

倉持莉世が襲われた犯行時間、聖子は自宅の固定電話を使って知人と通話していたのだ。

ちなみに祐介はこれを警察からではなく、莉世の母親の静香から聞かされた。静香がどこからこの情報を仕入れてきたかは不明だが、これに関しては警察の裏も取れていると彼女は話していた。

また、こうも言っていた。「何かしらのトリックを使ったか、もしくは第三者に犯行を依頼したか、どちらかでしょうね」と。

「まちがいなく第三者だろうな」風介が腕を組んで言った。「なぜなら莉世が襲われた現場は、その時間たまたま人目がなかっただけで、多くの地元民が利用する通りだからだ。そんな場所で聖子が自ら手を下すにはリスクが高過ぎる」

祐介はこれについてもまったく腑《ふ》に落ちなかった。いくら大金を積まれようと、見ず知らずの少女を手に掛ける人間がいるだろうか。

「報酬さえいただけりゃ人も殺します——こんなのはいくらでもいるさ。闇バイトの存在を知らないわけじゃないだろう。が、しかし、おれはその第三者は金で雇われてるわけじゃない気がしている」

祐介は小首を傾げた。

「聖子の男という線もなくはないだろう。わたしと一緒になりたいなら邪魔者を消してちょうだい——男は聖子からこんなふうにささやかれたんじゃないか。聖子にとって、自分の正体を知る莉世は邪魔者以外の何者でもないだろう」

この人の妄想力も莉世や静香に負けず劣らず、底無しだ。なぜ自分の周りはこんな人間ばかりなのか。

「ただ、こいつはかなりのポンコツにちがいない。日向とまちがえて小堺櫻子を攫っちまうわ、莉世のことは仕留めきれないわ、何一つまともに任務を遂行できていないだろう。仮に莉世が奇跡的に目覚めて、犯人の顔を覚えていたらその時点で——」

「もういいって。机上の空論は」

うんざりして言い、改めてフォークを口元に持っていった。

「じゃあ話を変えよう。前にここでおまえと聖子の会話を録音しただろう」

再び、祐介の手が止まる。

「あれの解析結果がようやく出たんだ」

先週、風介はそれを知人のもとへ持ち込んだ。その人物は声紋分析の専門家で、警察からも依頼を受けることがあるらしい。

「結果から言うと、よくわからん、だそうだ」

「なんだよそれ」

「ただ、こうも言っていた。聖子が涙ながらに懺悔《ざんげ》を語っているとき、彼女はほくそ笑んでいた可能性がある、と」

祐介は目を細めた。

「聖子の言葉と言葉の間に、不自然な間があっただろう」

「わからなかったけど」

「あったんだ。おれも改めて聴いてみて気づいた程度の、小さな間だ」

「間があったら何かおかしいのか」

「その間が涙する聖子の呼吸のリズムと微妙に合致しないんだと。都度都度、緩んだ口元を引き締めてから言葉を発しているから、そういう不自然な間ができているんじゃないかってな」

「それだって絶対にそうだと断言はできないわけだろう」

「まあ、そうだ」

「じゃあ取るに足らないさ」

祐介はそう言って、パスタを持って立ち上がった。

「どこへ行くんだ？」

「部屋。誰かさんと一緒にいたら永遠に食えないからな」

祐介は居間を離れ、部屋に入り、ドアを強く閉めた。

ベッドに腰掛け、機械的にフォークを上下し、パスタを平らげた。その間、ずっと聖子の姿が脳裡《のうり》にチラついていた。

13

謙臣の運転する車が山門に差し掛かったところで、助手席の小太郎が窓から身を乗り出し、「行ってくるねー」と、後方に向けて大きく手を振った。

「ちゃんと体操服持って帰ってきてよー」と、亜紀は両手を口に当てて叫び返した。

その声は空気の澄んだ朝の境内によく響き渡った。

聖正寺で暮らし始めて一週間が過ぎた。以来、亜紀と小太郎は土生父子と共に庫裡《くり》で寝食をし、ここからそれぞれ小学校と職場に通っている。

今日は亜紀のシフトが休みなので、出勤の謙臣が小太郎の学校の送迎をしてくれるのだ。

「さあ。我々も始めましょうか」と、となりに立つ永臣が肩を回して言った。

午前中は一緒に本堂の掃除をする予定になっている。

「和尚、ごめんなさい。その前に一本電話をしてきていいですか。担任の先生に伝えとかないと。今日は弟がお迎えに上がるって」

これに関して、謙臣に申し訳ないのと、若い男が現れることで学校側に邪推をされたくなかったので、亜紀は丁重に断ったのだが、小太郎から「ぼく、けんけんがいい」とせがまれてしまい、仕方なく謙臣は弟という扱いになった。ちなみに彼に送迎を頼むのは今日が二回目である。

旭ヶ丘小学校に電話を入れ、長谷川を出してもらい、用件を伝えた。彼は〈そうですか。かしこまりました〉とだけしか言わなかった。

倉持莉世の事件以来、長谷川は目に見えて憔悴《しょうすい》していた。以前に比べて、ブルーレンズの奥の目が明らかに生気を失っているのだ。

彼は担任であるだけに、きっと様々な気苦労があるのだろう。

噂では、曲者《くせもの》と名高い莉世の母親の倉持静香と、失態を犯した佐藤聖子との間で板挟みになっているとのことだった。亜紀はこれを小学校に小太郎を迎えに行った際、その場に居合わせた保護者たちから聞かされた。

それに加え、厄介な小堺櫻子の両親の対応でも彼が矢面に立たされているという話も聞いた。だとしたらなおさら同情は禁じ得ない。

「なるほど。その担任の先生も大変ですな」

大広間に向かって長い回廊を進みながら永臣が言った。共に水を張ったバケツを提げているせいか、歩くたびに床板がミシミシと鳴る。

「生きていると時として思いがけない災難に見舞われることがあるでしょう。どう考えても自分のせいとは思えない、不運な悲劇に巻き込まれることが」

「はい。本当に」

「しかしながら、この世で起こりうるすべての出来事は善因善果、悪因悪果なのだとすれば、原因が己にないように思えても、やはりすべて自らの行いが招いた災いであるとも考えられるのです」

これには「えぇー」と、遠慮なく不服の声を上げた。「そんなのってなんかなあ」

そんな亜紀を横目に見て、永臣が肩を揺する。

「しかし、これぞまごうことなき真理。ともすれば最後は自因自果、目の前の災難を独立不撓《ふとう》の精神で乗り切るほかない。よかったら次に担任の先生に会ったときにあなたからお伝えして差し上げなさい」

亜紀は唇を尖《とが》らせ、斜めに相槌《あいづち》を打った。

法要が営まれる大広間、朱雀《すざく》の間にやってきた。金色の襖絵《ふすまえ》に羽を広げた孔雀《くじゃく》が描かれており、高い折り上げ天井には四天王を示す幡《ばん》が垂れ下がっている。登高座の先の宮殿に祀《まつ》られた巨大なご本尊はいつ見ても神々しい。

さっそく掃除を開始した。亜紀はまずは床の雑巾《ぞうきん》掛けをした。両手で上から雑巾に圧を掛け、隅から隅までばたばたと駆けていく。こんな動きをするのは小学生以来で、早くも腰が痛くなった。

ただ、身体に鞭《むち》を打った。居候なのだから小憎の如く働かねばならない。

永臣は須弥壇《しゅみだん》の上を慎重な足取りで移動し、丁寧に掃除をしていた。きっと神聖なるあの場所は僧侶《そうりょ》である彼以外、近づいてはならないのだろう。

そのうち身体が汗ばんできた。それが心地よかった。また、こうして無心で掃除ができている環境に改めて感謝した。

聖正寺で暮らし始めて、気が安まった。悩みの種が完全に消えたわけではないけれど、少なくとも夜に怯《おび》えて眠らなくて済む。さすがの江頭藤子だってこんなところまではやって来られまい。ここは仏様の法力が行き届いた聖域なのだ。

昼休憩となり、二人で一旦《いったん》庫裡へ戻った。

昼食は亜紀が台所に立って作った。ただし、傍らには永臣がついており、野菜の刻み方一つ、味付け一つ、細かく指導された。これはやって来た初日からそうだった。

もっとも不快に思ったことはない。永臣の教え方は丁寧で優しいし、それに彼の言う通りにした方が断然美味《おい》しく出来上がるのだ。煮物なんて誰が作ったって同じだろうと思っていた自分が恥ずかしい。

「いただきます」

共に合掌し、箸《はし》を手にしたところで、亜紀のスマホが鳴った。

見ると松戸警察署からだった。胸騒ぎがした。「ごめんなさい」と一言告げて、席を外す。

相手は江頭藤子の件の相談窓口になっている、定年間近の虫が好かない警察官だった。こちらの神経を逆撫《さかな》でする、天然なおじさんだ。

〈お電話を差し上げたのはその件とは別で、平山さんの元夫の相川達也さんのことで少々お伺いしたいことがございましてね〉

「はあ」と、気の抜けた声が漏れてしまった。

〈今現在、平山さんは相川さんと一緒に暮らされてるのかしら?〉

「いえ、暮らしてませんけど」

〈え、本当に?〉と意外そうな反応をされる。〈でも、平山さんの自宅に来てるでしょう〉

「いいえ、まったく」

〈一度も?〉

「一度も」

〈あ、そう。そうなのか。うーん。じゃあどういうことなんだろう〉

話がまったく見えず、亜紀は困惑した。

それから詳しい話を聞かされて、さらにわけがわからなくなった。達也が一週間前から行方不明なのだという。

〈これが正確に一週間前かどうかはわからないんだけども。というのも、相川さんは先週の月曜日から勤め先に来てないそうなんですよ。ただ、彼はこれまでもそういう無断欠勤をするようなことがちょくちょくあったそうだから、同僚の方々もまた精神を病んでるんだろうと思って、家を訪ねたりはしなかったそうなのね。ただそれが三日、四日とつづいたことで――〉

達也には躁鬱《そううつ》病の気があったのだという。亜紀はまるで知らなかった。少なくとも一緒に暮らしていたときはそんなことはなかった。

〈もしかしたら自宅で早まったことをしてるんじゃないかって、同僚の方々は不安に駆られたそうで、相川さんのアパートに様子を見に行ったみたいなのね。で、やっぱりインターフォンを鳴らしても応答がなかったから、これは仕方ないって言って警察官の同席のもと、大家さんに部屋の鍵《かぎ》を開けてもらったそうなんですよ〉

だが、達也の姿はそこになかったという。また、遺書などそういったものも見つからなかったそうだ。

〈そのとき、アパートの駐車場に相川さんの車がなかったことから、じゃあどこかに出掛けたんだろうってことになったんだけど、それでもやっぱり不安は拭《ぬぐ》えないから、一応その場で行方不

明者届を出してもらったっていうのが一連の流れ――〉

はい、はい、と短く相槌を打つ亜紀に永臣が視線を送っている。亜紀は手を差し出し、どうぞ先に食べてくださいと促した。

〈で、その車が昨晩ようやく発見されたんだけども、それが平山さんのお住まいの近くだったの〉

「うちの近く？」

〈そう。ほら、平山さんのマンションの前に小さな公園があるでしょう。その通りに車は路駐されてたのよ。これは近隣の人からの通報でわかったんだけども、その方曰《いわ》く、一週間以上前からずっと停まってるって〉

亜紀は眉《まゆ》をひそめた。

〈平山さん、生活していて気がつかなかった？　わたしも先ほど見てきたけど、結構目立つ場所に停まってましたよ〉

気づけるはずがない。なぜならそこで生活していなかったからだ。

〈あら、そうなの？　今は成田で暮らされてるの？　どうしてまた〉

「不安だからに決まってるじゃないですか」つい語気を荒らげてしまう。あんたたちが何もしてくれないからじゃないと、そんな台詞《せりふ》が喉元《のどもと》まで込み上げた。

〈それで、相川さんと最後に会ったのはいつ？〉

「会ってません。もう長いこと。息子は三ヶ月に一回の頻度で会ってましたけど、わたしはそれこそ一年近く顔を見てないかもしれません」

〈それはなんで？〉

「なんでって……会いたくないからです。これ、前に言いましたよね。離婚の原因とか、今の関係性だって」

だが警察官はこれを無視して、電話の向こうでうーんと低く唸った。

〈いや、わたしはね、てっきり平山さんが例の件で相川さんに助けを求めて、一緒に暮らしてるもんだと思ったの。ただ、そうでないとすると、別の考え方もしなきゃならないよね〉

「別のというのは？」

〈だから一連の悪戯《いたずら》が相川さんの仕業だったんじゃないかって。だってほら、相川さんはあなたに知らせずに家までやって来ているわけでしょう。この状況を考えると――〉

亜紀は警察官の話に耳を傾けながら、最後に達也と交わしたやりとりを思い返していた。

九日前の夜、達也からの電話を受けた。彼は亜紀に対し、翌日に小太郎と三人で食事をしようと誘ってきた。だが、亜紀はこれを断った。たったそれだけの短いやりとり――いや、ちがう。彼は最後にこう言った。〈なんだったら今からでも――〉と。これに対しても亜紀は「お願いだから今は放っておいて」と、ことさら冷たい態度を取り、一方的に電話を切った。そしてそのままスマホの電源を落とした。

もしかしたら達也はあの電話のあと、我が家に向かったのだろうか。彼の性格からすれば十分に考えられる。

亜紀がこのことを伝えると、

〈じゃあやっぱり相川さんの可能性もあるよね。その数時間後にあなたの自宅前に不審者が現れてるんだから〉

「ちょっと待ってください。防犯カメラの映像を見せましたよね。あれはまちがいなく女だったじゃないですか」

〈それはわからないじゃない。だって肌が露出している部分なんてないくらい黒ずくめだったんだから。カツラを被《かぶ》った男だって可能性もなくはないでしょう。意外と多いのよ、女装した犯罪者って。ちなみに相川さんの体型は？〉

「中肉中背です」

〈ああ、そう。じゃあちがうか〉

亜紀は呆《あき》れてため息をついた。

〈でも何かしら関わりがあるんじゃないかな。実は相川さんの同僚の一人がね、お酒の席で彼から『別れた妻と近いうち復縁する予定なんだ』って聞かされてるんだって。ただこれはあなたの話とまったく合致しないよね。このことから考えても相川さんはちょっと独りよがりというか、思い込みの激しいタイプ――〉

待てよ。亜紀は口元に手を当てて想像を巡らせた。

達也は電話を終えたあと、勢いそのままに自宅を飛び出し、車で我が家に向かったとする。おそらく朝に家を出る亜紀を捕まえ、改めて話をしたかったのだろう。だから見通しのいい場所に車を停めたのだ。

だが数時間後、彼は不審な人物を目撃した。黒ずくめの女だ。その女はどういうわけか、マンションの外廊下を歩き、元妻の家のドアの前に立った。

彼は車を降り、黒ずくめの女のあとを追った。もしかしたら声を掛けたかもしれない。そこで何かしらのトラブルに巻き込まれた――。

〈なるほど。そういうことも考えられるね。平山さん、この後のご予定は？　もし可能なら直接会ってお話を伺いたいんだけども。もちろんわたくしどもがそちらまで伺いますから〉

亜紀は少し考えて、これを了承した。ただし、亜紀が松戸警察署まで出向くことにした。できればこの地に物騒な話を持ち込みたくない。

警察官と電話を終えたあと、亜紀は永臣に事情を話し、外出の許可をもらった。せっかく作った昼食は美味《うま》いともまずいとも思わなかった。いったい自分の身の回りで何が起きているんだろうと、それればかり考えていた。

松戸警察署では電話でのやりとりそのまま、一から話をさせられ、調書を取られた。もっともあちらからの新しい情報はなく、そういう意味では無駄足といえば無駄足であった。ただ、驚かされたのが、その場に同席した警察官が六人もいたことだ。制服を着ていたのは電話をした警察官だけであとの者は私服の刑事だった。

それぞれ名刺をもらったが、彼らの肩書きは千葉県警刑事部捜査第一課の強行犯係だったり、刑事部刑事総務課の犯罪捜査支援室だったり、はたまた科学捜査研究所、いわゆる科捜研の者までいた。

彼らはみな、亜紀の話を一つも聞き漏らさないといった神妙な態度で耳を傾けていた。明らかにこれまでとは対応が異なり、亜紀は達也の失踪《しっそう》が只事《ただごと》ではないのだと改めて思い知った。

警察署を出たあとは旭ヶ丘小学校に小太郎を迎えに行った。車の中から電話を入れ、応対した事務職員に、やっぱり弟ではなく自分が迎えに行くと長谷川に伝えてほしいと伝言を頼んだ。謙臣にもその旨をメールしておいた。

正門前の路肩に車を寄せ、ハザードを点《つ》けて息子がやって来るのを待った。児童らがぞろぞろと正門から出てきているので、小太郎ももうすぐだろう。

亜紀は集団で下校する児童らを車の中から眺めた。みんな可愛らしく、それでいて元気いっぱいだった。この子たちの日常に事件の影響はさほどないのかもしれない。ただ、それがいいと思う。子どもが暗くしているのが大人は一番つらいのだ。

亜紀が車窓を下げていたからだろう、「こんにちは」と、低学年と思《おぼ》しき児童の一人から挨拶《あいさつ》をされた。

その子のランドセルは大きく、綺麗《きれい》だった。小太郎もちょっと前まであんなだった。それがあっという間に大きくなり、来月には卒業なのだから時の早さを思わずにはいられない。どうか、無事に卒業式を迎えさせてあげたい。

そんな感慨に耽《ふけ》っていると、ぽつぽつと雨粒が落ちてきた。フロントガラス越しに空を拝む。そう遠くないところに怪しげな雲が浮かんでいた。

「お母さん」

と、声を掛けられ、亜紀は身体を捻《ひね》った。小太郎が助手席の向こうに立っていた。その傍らには担任の長谷川もいる。お見送りに来てくれたのだろう。

亜紀は車を降りて、「すみません。わざわざ」と頭を下げた。

「いえ、お母様にも一言お礼を伝えたくて」と長谷川は微笑んだ。「今日ようやく千羽鶴が完成したんです」

「あら、そうだったんですか」

「ええ。平山くんのおかげです。平山くんがクラスのみんなに提案してくれたから――本当にありがとう。平山くん」

小太郎が気恥ずかしそうに頷《うなず》く。

「今日はお休みですか」

亜紀がラフな格好をしているからだろう、長谷川がそう訊《たず》ねてきた。

「そうなんです。ちょっと松戸の警察署に用ができたので、だからそのまま迎えに来ちゃおうと思って」

長谷川が眼鏡の奥の目を細める。「警察署には例の件で?」

亜紀は「まあ、はい」と言葉を濁した。

小太郎の手前、達也の失踪に関して話すことはできない。

ただし、黙っているわけにもいかないので、今夜の風呂《ふろ》の中で伝えようと思う。おそらく小太郎は大きなショックを受けることだろう。

「それで、千羽鶴はいつ莉世ちゃんに届けに行くんですか」

「そうですか。長谷川先生も大変ですね。早い方がいいと思いますから」

「これから病院へ向かうつもりです。無理をして身体を壊さないように」

「お気遣いいただきありがとうございます」と言った彼の顔にはやはり疲れが滲《にじ》んでいる。頬が瘦《こ》けているので、きっと体重も減っているのだろう。

ここで突然、雨脚が強くなった。長谷川に促され、慌てて小太郎と共に車に乗り込んだ。「長谷川先生も早く戻って」とシートベルトをしながら告げた。

だが、長谷川はその場に留《とど》まり、自分たちを最後まで見送ってくれた。

発進してすぐ、バックミラーを見た。そこには雨に打たれる長谷川の姿が映っている。その姿が徐々に小さくなっていく。

亜紀はなぜだろう、妙な胸騒ぎを覚えた。不吉な予感とでもいうのだろうか、彼の行く末が心配になった。

「さっきお母さんって呼んじゃった」と助手席の小太郎。

「長谷川先生がいたからでしょう」

「うん。でもこれからはそうしようかな。もう中学生になるし」

「別にママのままでいいって」

「それ、もしかしてダジャレ?」

「ちがうわよ」

そんな他愛ない会話を交わし、聖正寺へ向けて車を走らせた。雨はどんどん激しさを増している。

14

千羽鶴がようやく完成したので、発起人である平山小太郎の下校を見送るためにおもてに出たらタイミング悪く雨に見舞われた。予報では夜からだったはずなのについてない。

本当に、最近はツキというものにとことん見放されている。今朝はバス停近くの路上で若いサラリーマンと肩がぶつかり難癖をつけられた。たしかに祐介が悪かったので「すみません」と謝ったのだが、男は「申し訳ありませんだろう」と胸ぐらまで摑《つか》み上げてきた。ついカッとなってしまい、祐介はその手を乱暴に振り解《ほど》いた。すると、そこで男は祐介の素性に気づいたのか、「ここでも逆ギレすんのかおい」と薄笑いを浮かべて挑発してきた。

祐介は反射的に手が出てしまいそうになった。危うく今度は暴力教師として報道されてしまうところだった。

濡《ぬ》れた身体で職員室に戻り、改めて外出の準備をしていたところ、

「長谷川先生。これからですか」

と、声を掛けて来たのは下村だった。

「もしよかったら教頭も一緒に行かれますか」返ってくる答えがわかっていてあえて誘った。案の定、「いえ、わたしはちょっと外せない用事があって」と下村は視線を逸《そ》らした。

病院には倉持静香が待ち構えているからだろう。千羽鶴を届けに伺いたいと事前に連絡を入れ

たところ、彼女はこれをことのほかよろこび、ならば自分も病院へ向かうと言った。

この千羽鶴もまた、彼女の政治活動及び布教に利用されるのだろうか。莉世の事件以来、静香はたびたびメディアに姿を出し、悲劇の母親を演じて世間に顔を売っていた。彼女はマスコミに向けられたマイクを通して、〈娘を襲った犯人はわたしが必ずこの手で捕らえて見せます〉と恍《こう》惚《こつ》とした表情で宣言していた。

そうした静香の姿を見て、祐介は改めて莉世を不憫《ふびん》に思った。

ほどなくして手配しておいたタクシーが学校に到着し、祐介は千羽鶴の入った大きい段ボール箱をトランクルームに積み込んでから車に乗り込んだ。この荷物ではさすがにバスは利用できない。

「もしかして例の女の子のお見舞いですか」

出発したところで初老のドライバーが口を開いた。乗車前に段ボール箱の中身を訊《き》かれて答えていたのだ。

「警察もまったくだらしがないですよねえ。早いところ犯人を捕まえてもらわないと、この街の人は安心して暮らせませんよ」

祐介は車窓の外を眺めながら「ええ」と短く応《こた》えた。

「今、わたしの孫がちょうど六年生なんですよ。まあ男の子だからそういう心配は少ないんだけども、もしもこの子が誰かに殺されでもしたら、わたしが娘に代わって仇《かたき》を討ちに行きますよ」

これに関しては返答しなかった。濡れそぼった街並みはうらさみしく、まったく人気《ひとけ》がない。まるでゴーストタウンだ。

「先生方もさぞ肩身が狭い思いをされてることでしょう。自分のところの学校であんな物騒な事件が立てつづけに起きたわけだから――」

「すみません。少し眠りたいので」そう告げて目を閉じた。

これっきりドライバーが口を利くことはなかった。

もっとも眠れなかった。かといって考えごともしていなかった。瞼《まぶた》の闇の中、規則正しいワイパーの音に無心で耳を傾けていた。


段ボール箱を抱えて松戸市立総合医療センターの入り口に立った。ここに来るのは何度目だろうか。病院を訪れるというのはいつだって気が滅入《めい》る。祐介は四ヶ月に一度、定期的に眼科に通っているが、どうか進行していないでくれと、毎回祈るような気持ちで診察を受けている。

莉世の入院する病室がある階でエレベーターを降りると、その先で倉持静香が待ち構えていた。

「まあまあ、こんな大きなお荷物を抱えて。ご苦労様です」と、静香がうやうやしく頭を下げてくる。

前回ここで起きた出来事を思い返す。静香と聖子のつば迫《ぜ》り合い、いや、あれは一方的に静香が聖子をいびっていただけか。いずれにせよ、地獄だった。祐介にはなす術《すべ》がなかった。

「主人はわたし以上に忙しい人ですから」

並んで廊下を歩きながら、静香が無機質に言った。

莉世の父親はなぜ見舞いにやってこないのかという質問に対する答えがこれだった。祐介の知る限り、莉世の父親は一度も病院を訪れていない。

「わあ。立派だこと」

莉世の病室に入室し、段ボール箱を開いて千羽鶴をお披露目すると、静香は大袈裟《おおげさ》に驚嘆した。

その傍らにはベッドに横たわる莉世がいる。すでに頭の包帯は取れ、穏やかな表情を浮かべて、醒《さ》めない眠りについている。

何べん目にしても、見慣れることのない姿、光景だ。

「六学年全員で作り上げたんです。とくに平山小太郎くんという子は放課後も――」

「先生、写真をお願いできないかしら」

「写真？」

スマホを強制的に手渡された。

「そっちに立ってもらって、こんなふうに斜め上から撮ってほしいの」

「いや、あの……」

戸惑う祐介をよそに静香が段取りを始める。千羽鶴を莉世の枕元に添え、自身は指を組み、祈りを捧《ささ》げるポーズで娘の傍らに立った。

祐介は感情を取っ払って、機械的にシャッターを切った。

「うん。ばっちり」と、写真をチェックした静香が満足そうに頷《うなず》く。

きっとこの写真もまた、彼女のＳＮＳに載るのだろう。

静香は事件後、いくつかのＳＮＳのアカウントを立ち上げ、そこで毎日のように情報を発信していた。世間からは同情と励ましの声があるようだが、彼女の本当の姿を知っている者からすれば虫唾《むしず》が走って仕方ない。

「さ、行きましょうか」

と、静香が用は済んだとばかりに部屋を出るように促してくる。

だが、祐介はその場から動かなかった。

「……あなたは莉世ちゃんを愛していますか」

ぽろっと言葉が溢《こぼ》れ落ちた。

静香は小首を傾げている。

「……なんでもありません」

病室を出て、廊下を歩き、途中のナースステーションで潰《つぶ》した段ボール箱の処理を頼んでから、エレベーターに乗り込んだ。

降下する密室は息苦しかった。双方口を利かず、目の前の壁と睨《にら》めっこしている。

「もうすぐなの」

ふいに静香がつぶやき、祐介は横目をくれた。

「もうすぐあの魔女に引導を渡せるの」

「魔女？」

「佐藤聖子。あの女はもうおしまい」

ここで一階に到着し、エレベーターが開いた。共に降りて、そのままエントランスへ向かう。

「ときどきね、魔女って生まれてくるのよ。いつの時代にも必ず」と、彼女は歩きながら言った。

「魔女は世の中に災いをもたらすの。戦争なんてまさにそう」

祐介は相槌《あいづち》を打たずに足を繰り出してゆく。

自動ドアを抜け、おもてに出たところで、「長谷川先生、このあとは学校に戻られるのかしら」と静香が訊いてきた。

「いえ、今日はこのまま帰宅するつもりです」

「であればご自宅まで送っていきましょうか」

「自分の家は市川にありますから」

「それならご都合のいい駅まで」

「いえ、本当に――」

「どうぞ遠慮なさらず」

断りきれず、静香の車に乗ることとなった。共に傘を差しながら、車を停めてある駐車場に向かった。

雨は来たときよりさらに激しさを増していた。いつのまにか上空にはどす黒い雲が垂れ込めている。それこそ悪魔が舞い降りてきそうな、そんな怪しげな松戸市の空だった。

静香がカバンから車のキーを取り出し、前方に向けてボタンを押した。すると数十メートル先にある白いセダンにエンジンが掛かった。

近くまでやってきて、「どうぞ乗って」と助手席を勧められた。

ここでなぜだろう、祐介は首を横に振った。

「やっぱり、自分で帰ります」

車を挟んだ先にいる静香が、傘の下から怪訝《けげん》な目で見つめてくる。

祐介は嫌だった。無性にこの車に乗りたくなかった。これ以上、この人と共にいるのは耐えられない。

「ああ、そう」と静香が鼻を鳴らし、「それならどうぞご勝手に」と車のドアハンドルに手を掛ける。

そこで彼女は動きを止めて、再び祐介を見た。

「あなたがどう思おうが、佐藤聖子が魔女であることはたしかだわ」

「…………」

「魔女は狩らないと、でしょう」

口の端を吊《つ》り上げた彼女がドアを開ける。

次の瞬間、鼓膜をぶち破るような爆発音が轟《とどろ》き、祐介の肉体は後方に吹き飛ばされた。

15

「ねえママ。そこで押さえてなくていいから、落とした枝を拾い集めてよ」

脚立の上で剪定鋏《せんていばさみ》を手にしている小太郎が母親を見下ろして言った。

「だって倒れちゃったら危ないじゃない。地面だってボコボコしてるんだから」

亜紀が息子を見上げて言い返す。

「平気だって。もう慣れてきたし」

今日は朝から聖正寺の敷地を取り囲む木々の枝の剪定を行っていた。最初は役割が逆だったのだが、亜紀の要領があまりに悪かったため、すぐに小太郎とバトンタッチすることとなった。

その後、身軽な小太郎はひょいひょいと脚立に乗り、大きな剪定鋏を器用に使って伸びた枝を次々と切り落とした。ただし、腕力がないので、太い枝を切るのには苦労していた。

そうした作業をしていると、聖正寺を訪れた年配の墓参者たちは、亜紀には「ご苦労様です」と声を掛け、小太郎には「えらいねえ。ぼく、学校は休みなのかい？」と話しかけた。

本日は木曜日なのだが、旭ヶ丘小学校は休校だった。昨日、一昨日《おととい》に引きつづき、三日連続の臨時休校となっているのだ。

倉持莉世の母、静香が亡くなったのは三日前の月曜日だった。

場所は松戸市立総合医療センターの駐車場で、静香が車に乗り込もうとしたところ、突然車が爆発したのだ。肉体が粉々になったというので即死だったのだろう。

警察の発表によると運転席の下に爆弾が仕掛けられていたらしい。これが莉世を襲った犯人によるものなのか、それとも静香と政治的に対立する組織によるものなのか、警察は両方の線で捜査を進めているとのこと。

いずれにしても、このセンセーショナルな殺人事件の被害者は静香だけではなかった。六年二組担任の長谷川祐介もまた、爆発に巻き込まれたのだ。

幸い、彼の方は一命を取り留め、翌日には病院で意識を取り戻した。だが彼は、爆発の衝撃で吹き飛んだ車体や窓ガラスの破片を全身に受けて、大怪我を負い、今現在も入院中だった。

この大惨事を以《も》って、休校が決まったのである。そして今も再開の目処《めど》は立っていない。

ちなみに亜紀も事件後、会社に休職届を提出し、仕事を休んでいた。とてもじゃないが、他人の縁結びの手伝いをできるような心境じゃないのだ。

未《いま》だ元夫の達也も発見されていなかった。嫌っていたとはいえ、過去には愛し合った時期もある人の安否が気にならないわけがなかった。

だが、彼の実の息子である小太郎は自分以上だろうか。

先日、達也が行方不明だと告げたとき、小太郎はぴんときていない様子だった。亜紀が深刻さを隠して伝えたからかもしれないが、「パパ、どこに行ってるんだろうね」と首を傾げた程度の反応だった。

これを受けて亜紀はある意味ホッとした。だが、その日の夜中、小太郎は何年振りかのおねしょをした。

原因が父親の失踪《しっそう》にあるのかはわからない。だが、考えてみれば自分たちの身の回りで起きている事件の被害者たちは、亜紀よりも小太郎の方に近しい人たちなのだ。

倉持静香は除いても、娘の莉世や小堺櫻子はクラスメイトであり、長谷川祐介は担任の先生だった。そして達也は血の繋《つな》がった父親である。

彼が心身に異常をきたすのも、仕方のないことなのだ。

「ママ、お腹空《す》いた」

脚立を下りた小太郎が言った。

「うん。和尚に声を掛けてお昼にしよう」

切り落とした枝をリヤカーに積み込んだ。小太郎がハンドルを引き、後ろから亜紀が押す形で庫裡《くり》へ向かった。ここ最近、昼はいつも永臣と三人で食べている。

前を行く息子の背中を見つめた。きっと母親に気を遣って口にしないだけで、この小さな身体に張り詰めた感情を抱いているにちがいない。それを思うと亜紀もまた胸が張り裂けそうになる。

そうして歩いていると、前からやってきた初老の男性が亜紀を見て、「これはこれは、どうもご無沙汰《ぶさた》してます」と、手に下げた桶《おけ》を置いて腰を折った。

亜紀もリヤカーを止め、「……どうもこんにちは」とぎこちない挨拶《あいさつ》を返す。知らない男性なのだ。

「しばらくお見かけしなかったからどうしたものかと思っていたんですよ。お元気にされてましたか」

「ええと」亜紀は戸惑うほかなかった。

すると男性がまじまじと顔を覗《のぞ》き込んできて、「あ、これは失礼」と慌てて言った。

「いやその、ちょっと人違いをしてしまいまして。以前ここで何度かお見かけした女性と面影が似ていたものだからつい。大変失礼しました」

男性は水を張った桶を持って、そそくさと墓地の方へ歩いて行った。

小太郎と顔を見合わす。

ぷ、と同時に吹き出した。

夕方を過ぎて、謙臣が仕事から帰ってきた。夕飯の準備は整っていたので、まもなく茶の間に集合し、みんなで食卓を囲んだ。

「今日は二人、入会してもらいました」

謙臣が誇らしそうに言い、「すごーい。おめでとう」と向かいにいる亜紀は箸《はし》を置いて拍手した。彼のとなりに位置する小太郎も母親に倣った。

謙臣と小太郎が並び、食卓を挟んで亜紀と永臣が並んでいる。どういうわけか食事時の配置は毎回こうだ。

「ちなみにその二人は女性？」

「そう」

「年齢は？」

「どちらも三十代半ばでした」

やっぱりと思った。謙臣が入会を決めてくるのは大体それくらいの年齢の女性だった。きっと彼の見てくれが影響しているのだろう。この甘い顔で迫られたら判を捺《お》さないわけにはいかない。

亜紀がそう話すと、「そんな。ぼくと結婚するわけじゃないんだから」と彼は一笑に付した。

「けど、そういうのってあると思うよ。逆にわたしは男性の方が入会の成功率高いし」

「へえ、そうなんだ」

「うん。あんたが結婚してくれたら入会してやってもいいって、わりと真剣に言われたことだってあるしね」

「なにそれ。わけがわかんないじゃん」

聖正寺で暮らし始めてから謙臣との仲は急速に深まっていた。互いにほどよく言葉が崩れ、距離がぐっと縮まったのだ。

もっとも男女の間柄にはなっていない。彼はまだ指一本、触れてこない。

それからも謙臣と親しげに会話をしていると、「これ、小太郎」と永臣が低い声で言い、箸を持った右手を持ち上げて見せた。

これを受けて、小太郎が自身の手に目を落とし、箸の持ち方を直した。

ここで暮らし始めてから、小太郎は箸を持ち方を矯正させられていた。このほかにも永臣は様々な礼儀作法を教えてくれている。

自分と謙臣に限らず、永臣と小太郎もまた、祖父と孫のような関係を築き始めていた。

「あ、そういえば今日は一日中枝切りをさせられたんだって」謙臣が思い出したように言った。

「させられたんじゃなくて、させていただいたの。まだ半分も終わってないんだけど」

「よくもまあ、そんな大変な仕事を女性と子どもに」と、謙臣が父親に批難の眼差《まなざ》しを向ける。

「植木屋に頼めばいいだろう」

「ほう。おまえが金を払ってくれるのか。それならそのようにするぞ」

「やれやれ。ほんと守銭奴なんだから。言っとくけど親父、地獄まで金は持ってけないんだぞ」

「おまえの方こそ地獄の沙汰も金次第という言葉を知らんのか」

この掛け合いに亜紀と小太郎は笑った。

土生家の食卓はいつもこんな感じだった。ここで暮らし始めてから、彼らはけっして暗い話題を挙げなかった。だから亜紀も意識して話さないようにしている。

現在、自分たちを取り巻く様々な問題のどれか一つでも口にしてしまったら、精神がもたない。大げさではなく、本当にそう思う。

だからここではテレビも点《つ》けないし、インターネットのニュースも見ないようにしている。

今、日本中が混沌《こんとん》としていた。全国民が千葉県松戸市内で起きた一連の凶悪事件の動向に——

いや、旭ヶ丘小学校の六年二組に注目していた。そんな混沌の渦中に自分たちがいると思うと、亜紀は気が遠くなってしまう。

亜紀はここ最近、永臣の勧めで坐禅《ざぜん》を組み、瞑想《めいそう》に耽《ふけ》っていた。最初はそんなもの、と思っていたが、これが意外にも一時の安らぎをもたらしてくれていた。

頭の中を空っぽにし、心を限りなく無にもっていくことで、この無茶苦茶な現実に耐えているのだ。


寝息を立て始めた小太郎の額にそっとキスをして、亜紀は布団を出た。音を立てぬよう襖《ふすま》を開き、和室を出る。

底冷えした薄暗い廊下を歩いていくと、毛布に包《くる》まり、縁側に腰掛ける謙臣を発見した。

亜紀に気づいた謙臣が、「小太郎くんは?」と振り返って言う。

「今さっき寝たところ。謙臣くんはそこで何してるの」

「夜空を見てるんだ。月が綺麗《きれい》だったからさ」

「へえ。そんな趣味あるんだ、って何月だと思ってんの。風邪引くよ」

「意外と平気だよ。よかったら亜紀ちゃんも一緒にどう?」と毛布の片側を開き、亜紀を招き入れようとした。

亜紀は少し考え、「じゃあちょっとだけ」と言って、謙臣のとなりに腰を下ろした。

毛布の中は暖かかった。彼とぴったりくっついているからだ。彼の身体に触れるのは初めてかもしれない。

「っていうか別に全然綺麗じゃないじゃない」

夜空に浮かぶ三日月は発光も弱く、それでいて怪しげな雲を纏《まと》っていた。

「ぼくはああいう感じの月が好きなの。情緒があるっていうかさ」

「ふうん。やっぱ変わってるね」

「亜紀ちゃんの方こそ。ぼくの知る限り、円錐《えんすい》の体積の求め方がわからない大人は亜紀ちゃんだけ」

「もう」と、亜紀は頬を膨らませた。「どうせわたしはお勉強ができませんよー」

休校中、学校から出された小太郎の課題を見てくれているのは謙臣だった。ちなみに亜紀は小太郎からも先日、「けんけんは教えるのが上手。ママとちがって」と嫌味を言われた。

「亜紀ちゃん、眠れなかったの」

「うん。だからホットミルクでもいただこうかなって」

「じゃあここを出たら一緒に飲もっか」

「うん」

亜紀は首を傾けて、謙臣の肩に頭をちょこんと乗せた。自然とそうしていた。その体勢のまま、先に広がる闇を薄目で見つめる。

「ほんと、ありがと」亜紀はつぶやいた。「わたしと小太郎を救ってくれて」

「何？　急に改まって」

「あなたがそばにいてくれてよかった。もしいなかったら、わたし、心が壊れてたかもしれない。ううん、きっと壊れてた」

謙臣が小さく頷《うなず》く。

「だから、本当に、ありがとう」

口にしてみて、改めて感謝の念が込み上げた。この人は恩人だと心から思う。

それからしばらくつづいていた沈黙を謙臣が破った。

「亜紀ちゃんさ、アモーレの仕事、辞めたらどう？」

「働かなかったらどうやって食べていくのよ」

「うちにいれば困らないでしょ。一生」

「…………」

「親父だって亜紀ちゃんがいてくれて助かってるみたいだし、ね、そうしなよ」

「……もう少し、考えさせて」

これはプロポーズの言葉として捉《とら》えてもいいのだろうか――。

きっと、いいのだろう。

ただ、自分はこれを受け入れていいのだろうか――。

きっと、これもいいのだろう。

謙臣の年齢が一回り離れていること、自分が子持ちであること、そうした障害はすべて取っ払って素直に彼の胸に飛び込めばいい。

考えてみればどれも瑣末《さまつ》なことだったのかもしれない。臆病《おくびょう》な自分への言い訳にしていたのかもしれない。

正直、今この家を出て行くことも、謙臣と離れることも考えられない。想像しただけで心細くてたまらなくなる。

今、自分は謙臣と聖正寺に守られて、かろうじて暮らせているのだ。

亜紀は自身の腕を謙臣の腕に絡めた。

すると、

「さ、そろそろ行こうか」

と、謙臣がさっと毛布を剝《は》いで、膝《ひざ》を立てた。

なんだか避けられたようで、亜紀はちょっぴり気分を害した。

16

長過ぎた二月を終え、卒業シーズンの三月を迎えた。

祐介は今朝、長い入院生活を終え、ようやく病院から解放された。お天道様もそれを祝福するように晴れ空を用意してくれた。とはいえ、あまり晴れやかな気分ではなかった。

不自由なのはこの両目だけではなくなってしまったのだ。かろうじて歩行はできるようになったものの、まだ牛歩の歩みだった。松葉杖《づえ》を用いたいのだが、この両腕もまた自由が利かない。もっとも、奇跡的に骨折している箇所はなかった。だが全身に打撲と切り傷、なにより火傷《やけど》が酷《ひど》かった。とりわけ右の膝《ひざ》から太ももにかけては悲惨で、医師からはケロイドの可能性を示唆された。

また入院中、尿瓶《しびん》を与えられていたのだが、肝心の尿意が鈍感になっていて、祐介はこの歳になって何度か失禁をした。

こうした不自由な生活の中で、祐介は改めて健常者に対して羨望《せんぼう》の念を抱いた。視覚はもちろん、手足を思い通りに動かせるというのは何にも代えがたいものだ。きっと自分はオムツを交換されているときの感情を一生忘れないだろう。

「何も退院した足で学校へ行くこともないんじゃないか」

運転席でハンドルを握る兄の風介が呆《あき》れたように言った。彼はつい先ほど、病院から退院する弟を車で迎えに来てくれたのだ。

この車は今、旭ヶ丘小学校へ向かっていた。事件のあと長らく休校となっていたのだが、今日からようやく学校再開となったのだ。

これには反対意見も多くあったと聞くが、義務教育上、いつまでも休校しておくわけにもいかないという判断だろう。

「みんなに一言お礼を言いたいんだ。まさかおれにまであんなことをしてくれるなんて思ってもみなかったから」

五日前、祐介の病室に千羽鶴が届けられたのだ。これは自宅待機となっている六学年の児童たちが家で手分けして折ったものだと聞かされた。祐介は涙こそ流さなかったものの、自然と目頭が熱くなった。

「千羽鶴ねえ」と、皮肉屋の風介が鼻を鳴らす。「ただ、学校に行ったところで授業なんかできるのか。そんな状態で」

「教壇には立たないさ。みんなへの挨拶《あいさつ》と、少しだけ話をさせてもらったらそれで帰る」

「なんの話をすんだよ」

「不安な日々がつづいているけど、卒業までみんなはやるべきことをきちんとやろうって、そういう話」

「それはそれはご立派なことで。教師の鑑《かがみ》だな」

「どうも。ただ兄貴」

「ん?」

「おれ、教師をやめるよ。今の学年を送り出したら、少し休んで、そこから何かしら別の仕事を探そうと思う」

これに対して、風介はうんともすんとも言わず、代わりに鼻歌を歌い出した。

それからしばらく調子外れな鼻歌が車内に響き、やがて信号に捕まったところで、「これを機におまえも身体を鍛えてみたらどうだ」と、いきなり関係ない話を放り込んできた。「リハビリの延長線上にあるのが筋トレだぞ」

祐介は鼻から息を漏らした。この人はどうしてこうなのか。

「遠慮するよ。あいにくマッチョに憧《あこが》れはないんだ」

「おまえ、何が楽しくて身体を鍛えているのかと、前におれに質問してきただろう」

祐介は眉《まゆ》をひそめた。「いつ?」

「三週間くらい前だ。ちなみにおれは答えてやらなかったんだがな」

「覚えてないよそんなの」

「今答えてやろうか」

「いい。たいして興味があったわけじゃ――」

「才能が不要だからさ。正しくトレーニングすれば誰であろうと筋肉が肥大するだろう。そこにセンスなんてものはいっさい要らない。この平等さこそがおれを魅了してやまない理由だろうな」

ここで信号が青に変わり、再び車が動き始める。

「興味がないって言ってるのが聞こえなかったのか」

「おれは子どものころ、虚弱体質だった。その上、運動神経はおまえとちがってゴミレベルだ。こっちは大真面目に走ってるのに、おまえは地球に何か恨みでもあるのかと教師から笑われて、幼心にショックを受けたよ」

「嘘つけよ。そんなタマじゃないだろう」

「本当だ。こう見えておれはお体裁屋なガキだったのさ。大縄跳びなんて目も当てられんくらい悲惨だったな。おれがすぐに引っ掛かるもんだから、回数がまったく伸びんだろう。クラスメイトたちからは冷たい目で見られるし、教師からは真面目にやれと怒鳴られる。みんなの前でおれだけ個人練習をさせられるんだぜ。それでも一向におれにはジャンプするタイミングが摑《つか》めない。なぜそんなことができないのかと言われてもできないもんはできないんだ。結局そんなおれに教師はまた怒る。まあこの教師を心の底から恨んだよ。それと親父をな」

「親父を？」

「ああ。虚弱体質も運動音痴も、完全に父親譲りだったからな。おまえは母ちゃんの方に似たんだ。で、おれはダメな方の遺伝子を受け継いじまったばかりにこんな惨めな思いをさせられて、なんてかわいそうな子どもなんだって、自らに同情したさ」

「ふうん」

「そうしておれは運動が大嫌いになった。小学生にしてあらゆるスポーツと縁を切ったんだ。なぜなら血の滲《にじ》むような努力をしたところで、おれの運動能力が大きく向上することはないと悟ったからだ。せいぜいクラスで一番足がトロいのが、二番になるだけ。縄跳びだって三回が五回になるだけ。だったら努力するだけ無駄だと思った」

「それで？」

「だから今、筋トレに励むんだ」

「いきなり話が飛ぶじゃないか」

「要するに筋トレはおれのコンプレックスに最適なのさ。もちろんおれは今走ったって遅いし、縄跳びだって跳べない。そうしたセンスを要するものはからきしだが、この肥大させた筋肉のおかげで、そこらの一般男性よりは重いものを持ち上げられる。そんなものと思うかもしれんがおれにとっては何よりの自慢だ。もしも筋トレに出会ってなかったらおれは肉体的コンプレックスを死ぬまで持ちつづけていたことだろう」

「なるほど」

「とどのつまり、学校や社会において、できないものをできるようにさせようとする無理強いは、本人に劣弱意識を植え付け、性格を歪《ゆが》ませるだけの愚かな行為だってことだ。おれを見ててそうは思わないか」

これは大いに納得できたので深く頷《うなず》いた。

「そのような愚かな行為をしないためには指導者及びリーダーが、努力は才能に勝らないという現実を大前提として知っておかなくてはならないんだ。足が遅い者は速い者に比べてトレーニングが足りていないわけじゃない。テストで点数が低い者は高い者に比べて勉強をしていないわけじゃないし、太っている者は痩《や》せている者に比べてだらしないわけじゃない。大概が親から受け継いだ遺伝によってそうなってるんだ」

「また極論を。全部が全部じゃないだろう。勉強に関しては本人の努力が足りてない場合だってあるさ」

「だから大概と言っているだろう。そういう大前提を知っておけってことだ——で、だ。そんな大前提を熟知しているおれこそが教師に相応《ふさわ》しいと思わないか」

祐介は眉をひそめた。「なんだよ。教師になりたいのか」

「相応しいと思うのか、思わないのか、どっちだ」

「まったく思わないね」

「それはどうしてだ」

「あなたは知識はあっても根本的に他人に興味がないだろう。たとえばクラスで何か厄介な問題が起きても、その現象をおもしろがりはするものの解決しようとはしないだろうし、そもそも悩みを抱えている子どもに寄り添えるようなまともな大人じゃない」

「言ってくれるじゃないか」と風介が愉快そうに肩を揺する。「だが、その通り。おれにもっとも向いていない職業は教師だ。とくに小学校の先生なんてのはもってのほかだろう」

祐介は肩をすくめた。何が言いたいのかさっぱりだ。

「おれが今述べたような知識はたしかに大事だ。だが、教育者にはそれ以上に大切なものがあるってことさ。で、おまえはその大切なものを持ってるんじゃないのか」

「………」

「先の身の振り方はもう少し考えろよ。それこそ傷が完全に癒《い》えてから」

祐介はため息をつき、リクライニングを限界まで倒して、後ろにもたれた。

「いつもいつも前置きが長過ぎんだよ」

ルーフに向けて文句を言い、目を閉じた。

「おい。着いたぞ」

兄の声で目を開けた。いつのまにか眠ってしまったようだ。時間にしたら十分程度のものだろうが。

リクライニングを戻して車窓の外を見る。旭ヶ丘小学校の見慣れた校舎が先に見えた。だが、何ヶ月もご無沙汰《ぶさた》だったような、そんな感慨が湧いた。

「まるで警察署だな」風介が皮肉な笑みを浮かべて言う。

正門前には制服警官が門番のように立っていた。こんな小学校は日本中探してもうちだけだろう。

見渡す限り児童の姿はなかった。すでに登校時間を過ぎているからだ。

「送ってくれて助かった。兄貴はこのまま家に帰るのか」と、シートベルトのロックを解きながら訊《き》いた。

「いや」

「何か予定があるのか」

「ああ。これから飯田美樹に会いに行くんだ」

祐介はドアハンドルに伸ばしていた手を引っ込めた。「なんだって」

「昨夜《ゆうべ》、おれは飯田美樹に一通のメールを送ってみたんだ。長谷川祐介の兄ですが会ってもらえませんかとな。すると快い返事が戻ってきたんで、じゃあ明日の午前中にでも――」

「ちょっと待ってくれ」祐介は運転席に向けて身体を開いた。「あれ以来おれの連絡は無視されてるのに、なんで兄貴は返事をもらえてるんだよ。そもそもどうして飯田先生の連絡先を兄貴が知ってるんだ」

「おまえが生死を彷徨《さまよ》っているときに、刑事連中がおまえのスマホを調べてたんだ。そこから何か事件の手掛かりが見つかるんじゃないかってな。で、おれもその場に同席していた――って話は前にしただろう。そこでメールの送信履歴に飯田美樹宛に送ったメールを発見したんで、一応アドレスをメモっておいたというわけさ」

何が一応なのか意味がわからない。

「なんで兄貴が飯田先生と会う必要があるんだよ」

「おまえと同じさ。この小学校の六年二組について知りたいんだ。隅々まで徹底的にな」

風介は車窓の先の校舎に目を細めて言った。

「いったい彼女にどんな内容のメールを送ったんだ。会いたいだけで返ってくるはずがないだろう」

訊くと、風介が口の片端を吊《つ》り上げた。「自分と会ってもらえないのなら、あなたが夜の街の常連だったことを周りに黙っているわけにはいかなくなる」

耳を疑った。

「それともう一つ。あなたが必死で隠している秘密もバラさざるをえないとな」

「秘密って……何も知らないだろう」

「ああ。カマをかけたんだ」

祐介は荒い鼻息を吐いた。

「もうなりふり構っていられないんだ。事件解決のためならおれはどんな汚い手も使うぞ」

「なんで兄貴が」

「おまえがやられたからに決まってるだろう。弟の仇《かたき》は兄が取る。当たり前のことだ」

「…………」

「おれは犯人を許すつもりはない。絶対にな」

「だからって飯田先生のプライベートは関係ないじゃないか」

「それはどうかな。なぜなら一つ解せないことがある。おれは最近になって知ったんだが、飯田美樹から学校宛に休職届が届いたのは小堺櫻子の失踪《しっそう》から二日後だっていうじゃないか」

「それがどうしたんだよ」

「早過ぎるだろう。いくらなんでも」

「それは小堺夫妻から――」

「わかってる。だが、それを踏まえても離脱が急過ぎる。だからおれはこう考えたんだ。もしかしたら飯田美樹は、小堺夫妻ではなく、別の人間から逃げたかったんじゃないかとな」

佐藤聖子――。

「ああ。おれはそう思ってる」

「飯田先生はどういう理由で佐藤聖子から逃げたいんだ」

「わからん。だから飯田美樹に会うんだ――さ、そろそろ降りてくれ。待ち合わせに遅刻しちまう」

祐介はやれやれとかぶりを振ったあと、助手席のドアを開けた。すると「ああ、それともう一つ」と風介が思い出したように声を上げた。

「北村透からとある男の紹介を受けた。そいつは佐藤一成の職場の同僚だったそうだ。これ以上元夫の身辺を探っても何も出てこんかもしれんが、一応飯田美樹に会いに行った足で、そのままそいつにも会ってくる――じゃあな」

下車し、その場から風介の車を見送った。そんな様子を正門に立つ制服警官が警戒の目で見ていた。


職員室に足を踏み入れると、二限目終わりの休み時間だったこともあって、多くの同僚の姿があり、全員が一斉に祐介のもとに集まってきた。そして次々に復帰を祝う言葉を述べてきた。中には「ご無事で本当に何より」と頓珍漢《とんちんかん》なことを口にする者もいたが、命があってよかったと言いたいのは伝わってきたので、「おかげさまで」と返答した。

これまで仲間意識などなかったが、自分の姿を見て涙ぐむ同僚たちを前に、祐介はほんの少し救われるような思いがあった。それと同時に彼らも、苦しい時間を過ごしていたのだということが伝わってきた。

この学校の関係者は全員が当事者であり、渦中の人なのだ。

それからほどなくして祐介は校長室に呼ばれた。

「個人的には再開には反対だったんですが、さすがにこれ以上は休校しておくわけにもいかず」

校長の田嶋が重苦しい表情で言った。彼は先週、病院に見舞いに来てくれたが、その際に「事件が収束しない限り、学校など開けやしません」と話していた。

「結局、教育委員会の連中は他人事《ひとごと》なんです」そう吐き捨てたのは田嶋のとなりに座る教頭の下村だ。「これで万が一再び事件が起きようものなら、入学する児童は一人もいなくなってしまう」

すでに多くの新一年生の子どもを持つ家庭が、旭ヶ丘小学校への入学を拒否していた。

今現在、我が校は日本でもっとも危険な小学校なのだ。ネット上では〝呪われた学校〟などというワードも飛び交っている。

「本日も在校児童の約半数が欠席しています。六学年に至っては登校したのは三クラス合わせて三十名弱、その中で二組の児童はわずか六名です」

祐介の予想を下回る数だった。約二週間後に控える卒業式は、はたして行えるのだろうか。

「ただ、長谷川先生」と、田嶋が指を組み、目を細める。「その中に佐藤日向がいるんです」

祐介は思わず身を乗り出していた。

「母親と一緒に登校してきたので、我々も驚きました。彼女は欠席するものとばかり思っていたので」

日向は莉世の事件以来、塞《ふさ》ぎ込んでしまい、長らく自宅に引きこもっていると聞いている。祐介も最後に彼女に会ったのは約三週間前だ。

「それで、佐藤日向はどんな様子でしたか」

「母親と手を繋ぎ、俯《うつむ》いて歩いてました。挨拶も返ってこなければ目も合わせてくれません」

「あんな状態だというのに、なぜ登校してこようと思ったのか」と、下村が理解に苦しむといったようすで首を傾げる。「母親に無理やり連れ出されたんですかね」

「わかりませんが、なんにせよ、児童たちの間で揉《も》め事が起きそうな気がしてなりません」

「ええ。そのリスクはあるでしょうね。おかしな噂も蔓延《まんえん》してますから」

彼らの話に相槌《あいづち》を打ちながら、祐介は昂《たか》ぶりを覚えずにはいられなかった。

はからずも願っていた機会が巡ってきた。ずっと日向と話をしたかったのだ。もちろん二人きりで。

莉世が襲われる直前、日向は彼女と喧嘩《けんか》別れをしている。その喧嘩の、本当の原因を聞かせてもらいたいのだ。

だが、これまでそのチャンスはなかった。

家を訪ねようかとも思った。だが、そこには母親の聖子がいる。電話で話すにしても、やはり聖子に会話を聞かれているかもしれない。

だとしたら彼女は本音を語ってくれない可能性がある。

となれば、この機を逃す手はないだろう。

祐介はすぐに帰るつもりだったが、放課後まで学校に残ることに決めた。誰の邪魔も入らず、日向と二人きりの時間を取れるのはそこしかない。


それから祐介は三限目を使わせてもらい、一クラスの数にも満たない六学年全員の前で、千羽鶴のお礼と、約二週間後に控える卒業式までの生活の心構えについて話した。しゃべっているうちに熱っぽくなってしまい、「みんなのことは先生が守る」などと柄にもない台詞《せりふ》を吐いてしまった。こんな満身創痍《そうい》で、どの口が言うのかと己を笑った。

「佐藤さん」

休み時間になり、日向に声を掛けた。

「放課後、少しだけ時間をもらえないかな。帰りは先生がお家《うち》まで送り届けるから」

日向は少し逡巡《しゅんじゅん》した素振りを見せたあと、「わかりました。お母さんに迎えに来なくていいと連絡しておきます」と蚊の鳴くような声で言った。

彼女は祐介が演説を打っているときも、終始俯き、机に視線を落としていた。

その後、職員室に戻ると、すぐさま下村に声を掛けられ、再び校長室に連れて行かれた。

そこには三人の刑事たちの姿があった。久しぶりの再開とあって、様子を見に来たのだろう。

彼らは祐介を認めて立ち上がり、「まさか学校にお越しになっているとは思いませんでした」と、目を丸くさせていた。

この刑事たちとは病院で、うんざりするほど顔を合わせていた。こちらとしては語れる話も早々に尽きていたのだが、彼らはまだ新しい何かを欲して、連日のように病室を訪ねて来ていたのだ。

祐介はすでに教師になった経緯から目の病気のことなど、事件とはまったく関係ないところまで彼らが望むままに話していた。それであるのに、あちらからはほとんど情報を落としてもらえないのだから、その関係は対等ではなく、健全なものとはいえない。

祐介が知りたいのは、あの爆発が木炭と硫黄《いおう》と硝酸カリウムを混ぜ合わせたお手製の爆弾によるものであったことなんかではなく、それを作った人物の正体である。

そうした事情聴取の中で、祐介は佐藤聖子の名前を——もちろん祐介自身は彼女に対して半信半疑であることを前提として——挙げていた。今回の事件が起きる数分前、倉持静香が彼女をもうすぐ追い詰められると話していたことも、莉世が疑いを抱いていたことも、すべて包み隠さずに開示しているのだが、彼らはいつも聞くだけ聞いて終わりだった。

もちろん民間人に捜査の機密事項を漏らせないのは理解できる。なぜ犯人を捕らえられないのかと、世間の批難に晒《さら》されて彼らが焦っていることも伝わってくる。〈日本警察の威信に掛けて必ず事件を解決する〉と、テレビで宣言した千葉県警本部長の顔は焦燥感と悲愴《ひそう》感に満ちていた。警察は日に日に追い詰められているのだ。

だからこそ一連の事件の関係者であり、被害者でもある自分と相応の情報を共有して然《しか》るべきではないのか。現時点で警察は誰を容疑者として考えていて、その人物とはどこまで接触できているのか、その尻尾《しっぽ》は手の届くところにあるのかないのか、そうした捜査状況を自分が把握していれば、それこそ新しい何かが見つかるかもしれない。

祐介がこのように理論立てて迫ると、若い刑事が「……慎重にならざるをえない相手なんです」と弱った顔で吐露した。

「おい」と、すぐさま上司の刑事が叱責《しっせき》する。

「その慎重にならざるをえない相手とは？」祐介は身を乗り出して訊いた。

だが、刑事たちは視線を逸《そ》らし、口を真一文字に結んだ。

「あんたら、本当に犯人を捕らえる気はあるのか」

ついそんな言葉が口をついて出ていた。

「だから犯人に舐《な》められるんじゃないのか。あんたらの体たらくが犯人をのさばらせているんだ」

「は、長谷川先生」と、横にいる田嶋が狼狽《ろうばい》して言った。

祐介はそれを無視して語を連ねた。

「警察は烏合《うごう》の衆か。いい加減にしてもらいたい」

彼らは膝の上に置いた拳《こぶし》を震わせ、下唇を嚙《か》み締めていた。

祐介は立ち上がり、挨拶もせずに校長室をあとにした。バンッと力任せにドアを閉めたからか、職員室にいる同僚たちがぎょっとして祐介を見ていた。

視線を集める中、祐介は痛みを堪《こら》えて、大股《おおまた》で自分のデスクへ向かった。自分でも持て余すほどの激情に駆られていた。

どうやら命の危険にさらされた事実は、この肉体以上に心に深い傷を負わせていたようだ。

自分はもう少しで、死んでいたのだ。

17

晴天で本当によかった。今日ばかりは晴れていてほしかったのだ。

亜紀は聖正寺を出発してすぐ、

「ねえ、本当に行くんだよね」

と、ハンドルを握る亜紀が助手席の息子を一瞥《いちべつ》して訊《き》いた。

「ママ、しつこいって」と、小太郎はうんざりとした顔を見せる。

長らく休校していた旭ヶ丘小学校だが、三月二日の今日から再開となった。

もっとも六学年の子どもを持つ家庭の多くは、このまま約二週間後の卒業式まで我が子を休ませるのだという。

もちろん亜紀も横に倣ってそうさせるつもりだった。

だが、小太郎がこれを拒否した。「だって倉持さんは通いたくても通えないんだよ。だったら通えるぼくが休むわけにはいかないじゃん」と殊勝なことを言うのである。

倉持莉世は未《いま》だ昏睡《こんすい》から醒《さ》めず、入院したままだと聞いている。小太郎の願いが込められた千羽鶴は奇跡を起こしてくれなかったのだ。

「そういえば長谷川先生、今日退院じゃなかったっけ？」

「うん。そうみたい」

「大丈夫なのかな」

「さあ。わかんない」

「まあ、こうして退院させてもらえるんだから平気なのかな」

そんな会話を交わしつつ、国道16号線に入る。しばらく車に揺られていると、穏やかな陽気も手伝ってあくびを連発した。

「ママ眠そうだね」

「少しね。昨日ちょっと寝るのが遅くなっちゃったんだ」

「知ってる。声が聞こえてたもん」

「ほんと？」

「うん。なんかみんなでしゃべってるなあって」

昨夜は小太郎を寝かしつけたあと、謙臣と永臣と三人で初めて酒を飲んだ。亜紀とはちがい、二人は飲める体質らしく、日本酒を水のように流し込んでいた。そんなわけもあって、長い夜になってしまったのだ。

「なんの話をしてたの？」

「いろいろ。昔の思い出話とか、そういう感じ」

謙臣の幼少期の頃のエピソードを永臣がおもしろおかしく話し、それに対して謙臣がムキになって否定するという、いつもの父子の掛け合いが一晩中繰り広げられていた。ただ終盤は謙臣の亡き母の話になり、ちょっぴりしんみりしたムードにもなった。

「ねえ、今日のお迎えってけんけん？」

「ううん。だって今日はお昼で終わりでしょ。謙臣くんはその時間、まだ仕事だもん」

「じゃあママは一旦《いったん》帰ってからまた来るの？」

「まさか。久しぶりに会社に顔を出して、そこで時間を潰《つぶ》してようかなって」

「何しに？」

「だから時間を潰しに。デスクの整理とか、いろいろしたいし」

本当は手土産を持って、退職届を提出しに行くのだ。

亜紀はその旨をすでに会社に伝えており、退職を認められているのだが、息子にはまだ話せていなかった。

なぜなら自分が結婚相談所の仕事を辞めて、聖正寺で正式に永臣の手伝いをするということは、今の暮らしがこの先もつづくことを意味するからだ。

そうなれば申し訳ないが、小太郎には成田市の中学校に通ってもらわなきゃいけなくなる。亜紀はこれをいつ彼に切り出そうか、ここ数日ずっと悩んでいる。

「今はこんなお天気だけどさ、夜は大雨だってよ」

ややつづいていた沈黙を嫌がり、亜紀はそんな話題を振った。テレビの天気予報でキャスターがそのように話していたのだ。

「ふうん。雨じゃなくて雪が降ればいいのに」

「積もったら大変じゃない」

「うれしいじゃん」

「いいね。子どもはお気楽で」

「でしょ。ってことで、子どもは寝るね。おやすみ」

そう言って小太郎はリクライニングをめいっぱい倒した。スイッチを切ったかのように、すぐに寝息を立て始める。

亜紀は気合いを入れて運転に集中した。息子の寝息を聞いていたら、こちらの眠気まで高まってきてしまったのだ。居眠り運転をして、事故なんて起こしたら洒落《しゃれ》にならない。

旭ヶ丘小学校に到着したのは、それからおよそ一時間後だった。

正門前には多くの先生方の姿があった。また、やってくる児童には保護者が漏れなく付き添っていた。自ら送迎できるからこそ、親は我が子を登校させる判断をしたのだろう。

寝ぼけ眼の小太郎が「じゃあね」と言ってドアを開ける。

「こら。忘れ物」と、亜紀は息子に彼の携帯電話を手渡した。

莉世の事件以来、児童は携帯電話の持ち込みを認められているのだ。

車を降りた小太郎がランドセルを揺らして正門に向かって駆けていく。

亜紀はその背中を見送ってから、アモーレ松戸営業所に車を走らせた。あそこへ行くのはおそらく今日が最後になるだろう。まさかこんなふうにリタイヤすることになるなんて、ついこの間まで思ってもみなかった。


亜紀はラゲッジルームから用意していた手土産を取り出して、営業所の建物に入った。するとそこに多くの同僚たちの姿があったので驚いた。聞けば事前に亜紀が退社の挨拶《あいさつ》に来ることを知らされていたらしい。本日シフトが休みの者まで駆けつけてくれていた。

みんなから「さみしくなるわ」と、温かい言葉をかけられて亜紀は涙を堪《こら》えられなかった。

正社員として九年間、一生懸命に働いてきたのだ。ある意味、ここは自分の青春の場所だった。いいことも、そうでないことも、たくさんの思い出がここにはある。

「わたし、あの女のこと、絶対に許せない」

そう言って一緒に泣いてくれたのは稲葉敦子だった。彼女はラフな私服姿だった。彼女もまたシフトが休みの一人だ。

亜紀は誰に対しても、退職理由をきちんと伝えていないが、誰もが江頭藤子のせいだと認識していることだろう。

「ねえ、平山さん。今さらだし、この場で言うことじゃないかもしれないけど、本当に辞めないとダメなの？　江頭さんを退会させたらそれで済む話じゃないの？」

「まあ、あの人のことも当然あるんだけど……ほら、今うちの息子の学校が大変なことになってるでしょ。そういうこともいろいろ考えて、それで」

「ああ、そうなのか」と、稲葉が納得の顔を見せる。「でも次の当てはあるの？」

チラッと稲葉の背後にいる謙臣を見た。この場には当然、本日出勤の謙臣もいる。

「いや、まだなんだけど。ちょっと落ち着いてから探そうかなって」

亜紀がそう答えると、彼はさりげなくウインクを飛ばしてきた。

謙臣との関係は周囲に秘密にしている。できることなら今後もバレたくない。

様々な要因が複雑に絡み合った結果、こういうことになったわけで、はじめからこういうつもりではなかった——このように伝えても、亜紀が一回り歳下の男をたらし込んだとしか思われないだろう。

それからほどなくして本格的に始業となり、謙臣を含めたアドバイザーたちは外回りに出掛け、所内ではオバサマたちのテレアポが始まった。

亜紀は自分のデスクの整理を始めた。入社したときに買い揃えた文房具などを鞄《かばん》に詰めていると、再び感傷的な気分になった。

あのときは離婚して間もない頃で、この仕事をがんばって息子を育てていくんだと意気込んでいた。

実際にがんばってきたと思う。自分なりに精一杯やったのだ。わたしが結びつけた会員が数年後、夫婦揃って出産の報告に来てくれたときは感激したし、心からこの仕事を誇りに思った。

「すごくわかる。そういう瞬間だよね、うちらが報われるのって」

となりで椅子に座っている稲葉が同意してくれた。彼女は休みなので最後まで亜紀を見送ってくれるつもりのようだ。

いや、自分に話したいことがあるのかもしれない。

そこに思いが至って、亜紀は「ねえ。あっちでお茶しない?」と彼女を応接スペースに誘った。パーティションで仕切られただけの簡素な場所だが、あちこちで電話がなされているので、大きな声でしゃべらなければ聞こえないだろう。

引きつづき仕事の思い出話に花を咲かせた。お互いに、「ああ、あったあったそんなこと」と言い合い、話題は尽きなかった。また、彼女も亜紀をライバルとして意識していたと聞かされ、うれしくなった。

「わたし、平山さんのおかげでがんばってこれた」

「わたしもまったく同じ。稲葉さんのおかげでがんばれた」

本当にそうだ。同期の彼女の存在があったからこそ、数字にこだわれたのだ。

亜紀は時計を一瞥したあと、「ねえ、稲葉さん」と、意を決して本題に入ることにした。

「小木所長とのこと、訊いてもいい?」

そう切り出すと、「やっぱり、気づいてたんだ」と、稲葉は観念したように薄く笑んだ。

「なんとなく平山さんにはバレてるかなあって思ってたの」

亜紀は判断に迷った。小木からは、彼が明かしたことは秘密にしてほしいと頼まれている。義理を考えたら守る必要もないが、とりあえずこのまま彼女の話を聞くことにした。

「もうずっと前から旦那《だんな》との関係は冷え切ってたの。去年、下の子が一人暮らしを始めるって家を出て行ってから、旦那と二人きりになっちゃって、わたしのこの先の人生、この人とずっと暮らさなきゃならないのかと思ったら心底気が滅入《めい》っちゃって……そんなときに小木が現れたんだ」

亜紀は彼女のしゃべるペースに合わせて相槌《あいづち》を打った。

「あの人、別にカッコよくないじゃない。髪も薄いし、お腹も出てるし。けど、話がおもしろいし、同業だからこっちの苦労もわかってくれるし、何よりまめに連絡をくれて、そういうの久しくなかったからうれしくてさ」

引きつづき相槌を打ったが、本当は首を傾げたかった。小木の話をおもしろいと思ったことはないし、彼に苦労をわかってもらったこともない。

「でね、あっちも奥さんと上手《うま》くいってないって言うし、わたしと一緒になりたいって言ってくれるから、素直に信用しちゃって……だって、夫婦の不仲エピソードをそれらしく話すんだもん。ああうちと一緒だと思って、それなら本当に奥さんと離婚してくれると思ったんだ」

やっぱり小木は口八丁で稲葉を唆したのだ。どうにかあの男を懲らしめてやりたい。

「けど、わたしが本当に旦那に離婚を持ち掛けると思ってなかったんだろうね。急に態度が変わってさ、早まらないでくれとか言い出して……こっちはもう、旦那に離婚を了承してもらっちゃってるから後戻りできないし、まあ別にそれもしたくないんだけど、とにかくほんとに最低最悪」

慰めの言葉を探したが見当たらなかった。厳しい見方をすれば彼女にも落ち度はあったのだろう。見切り発車が過ぎたのだ。

「でも、もう平気。すっかり冷めたから」

「どうして？」

「あっちの奥さんから直筆で手紙が届いたの。お願いだからうちの旦那と縁を切ってくれって。今なら慰謝料も請求しないからって。もし別れてくれないなら自殺するとか、脅迫めいたことまで書かれてあってさ」

「自殺って……そもそも奥さんにバレてたんだ？」

「って思うじゃん」稲葉が鼻を鳴らした。「全部小木が書いてたの。奥さんのフリして」

「ウソでしょう」

「ほんと。なんか違和感あったから、小木が仕事の書類に書いた文字と照らし合わせてみたら完全に一致したの」

稲葉はそう言って肩を揺すった。

「この男こんな小細工までするんだと思ったら、一気に冷めちゃった」

でもある意味、小木の作戦は正解だったのかもしれない。結果的に稲葉をあきらめさせることに成功したのだから。

「ただ、怒りは冷めてないんだ。まったく」

稲葉の顔が険しくなった。

「あの男の家庭をめちゃくちゃにしてやりたい。そのためならわたし、どんなことでもしてやろうと思って」

亜紀は唾《つば》を飲み込んだ。そして確信した。小木の自宅に嫌がらせをしているのは彼女なのだと。

「でも稲葉さん、気持ちはわかるけど、そういうことは自分が不幸になるだけだから——」

ここで所内の空気が一変したのを感じ取った。オバサマたちの電話の声が一瞬、ぴたっと止んだのだ。

そして次の瞬間、亜紀の全身がぞわっと粟立《あわだ》った。

聞き慣れた、それでいて不気味な声を鼓膜が捉《とら》えたのだ。

バッと立ち上がり、パーティション越しに出入り口の方を見る。長い黒髪の女が立っていた。

江頭藤子――。

目が合った。その瞬間、亜紀は蛇に睨《にら》まれた蛙のような状態になってしまった。

「あら。平山さん」

と、彼女はうれしそうに笑み、標的に向かって一直線に進んできた。

「江頭さま」と、稲葉が亜紀を守るように立ちはだかる。「平山は今日をもちまして退社することに――」

「ええ。存じ上げております」

どうしてそのことを――。

「昨日こちらにお電話を差し上げたときに、おたくの所長さんがご丁寧に教えてくださったんです」

遠くの小木を見た。青ざめた顔でかぶりを振っている。そういうつもりで言ったんじゃないと意思表示していた。

「ご本人はここにお越しにならないと聞いていたけれども、そんなことないだろうと思って来てみれば案の定――どうぞこちらを。長い間ごくろうさまでした」

江頭藤子がデパートのロゴの入った紙袋を差し出してきた。

「……何のつもりですか」

「はい？」

「要りません。帰ってください」

亜紀は顔面を震わせて告げた。彼女もまた、目を剝《む》いて亜紀を睨みつけている。

「ねえ。わたしの勝ちよね」

江頭藤子がぽつりと言い、亜紀は小首を傾げた。

「わたしが辞めるか、あなたが辞めるかの根比べ。わたし、誓ったの。いくら汚い手を使われようとも、絶対にあなたに屈しないって」

「汚い手？　なんのこと」

江頭藤子が鼻を鳴らす。「この期に及んでまあ。自分の胸に手を当ててよく考えてみなさいよ」

本当に意味がわからず、亜紀は眉《まゆ》をひそめた。

「しらこい顔をしちゃって」

「黙れ犯罪者」

反射的にそんな言葉が飛び出た。となりの稲葉が目を丸くして亜紀を見ている。

「犯罪者はあなたの方でしょう」江頭藤子の目つきがさらに鋭さを増した。「あなた、うちに何度も無言電話を掛けてくれたわよね」

「は？」

「は、じゃないわよ。この卑怯者《ひきようもの》」

「卑怯者って……」

「卑怯者じゃなかったら人間のクズね」

次の瞬間、亜紀は我を忘れて、江頭藤子に摑《つか》み掛かっていた。稲葉が慌てて「やめて平山さん」と仲裁に入る。ほかの者も次々に駆けつけてきた。

「自分でしたことをわたしになすりつけてなんのつもりだ。こっちはすべてあんたの仕業だって、全部知ってるんだから。映像にだってあんたの姿が映ってるんだから」

江頭藤子の髪の毛を引っ張って叫んだ。あっちもまた亜紀の髪を摑み上げている。

「意味不明なこと言うんじゃないよ。頭おかしいんじゃない」

「おかしいのはあんただっ」

「平山さんお願い。お願いだからやめてっ」

「あんたなんか結婚できるわけない。あんたなんか一生独り身だ」

「結婚が何よ。子どもを産んだからって勝ちだと思ってんの？　どうせろくでもない息子なんでしょう」

小太郎のことを言われて、いよいよ怒りが最高潮に達した。亜紀は力任せに江頭藤子を押し倒した。

「もし息子に手を出したら、あんたを殺してやるから」

亜紀は彼女の顔面の前で宣告した。


「ご迷惑をお掛けしました」

亜紀は警察官に深々と頭を下げてから、営業所の駐車場に停めてある車に乗り込み、旭ヶ丘小学校へ向かった。

同僚たちの見送りはなかった。稲葉もすでに帰宅している。もっともそっちの方がありがたかった。最後の最後にこんな醜態を晒《さら》してしまい、もうみんなに合わせる顔がない。

この場に警察を呼んだのはまさかの江頭藤子だった。

その後パトカーに乗って駆けつけた二名の警察官相手に、互いに己の正当性を主張し、互いにこの女を逮捕してほしいと訴えた。

警察官は興奮する中年の女二人に埒《らち》が明かないと見たのか、江頭藤子はパトカーに乗せられ、亜紀は自分の車の中でそれぞれに調書を取られた。

担当してくれた警察官は亜紀の肩を持ってくれた。これまで江頭藤子に受けた被害の相談の記録がしっかり残されていたからだ。

だが、途中でおかしなことになった。江頭藤子もまた、警察に同様の被害の相談をしていたことがわかったのだ。

だからこそ江頭藤子は、自分を攻撃してくる相手に真っ向から挑むつもりで、度々亜紀の前に姿を現していた――彼女はそう主張していると警察官は説明した。

そして、「つまりはお互いにやり合っちゃったってことなのかなあ」と、そんなふうにまとめられそうになったが、冗談じゃない。こちらは何もしていないのだから。

なぜ江頭藤子がそんな虚言の相談を警察に持ち込んだのかは知らない。亜紀から訴えられた際に自分も同じことをされていると対抗するためだろうか。

その意図は不明だが、いずれにせよ、あの女は大嘘つきだ。

だが、もういい。もうどうでもいいのだ。

わたしはこうして仕事を辞め、あの女との縁は完全に切れたのだから。

亜紀は信号待ちの車内で、旭ヶ丘小学校に二度目の電話を掛けた。学校には一時間ほど前にも電話を入れており、諸般の事情で迎えが遅くなるため、それまで息子を待機させていてほしいと伝えていた。

予定では十二時過ぎに学校へ行き、小太郎をピックアップするはずだった。すでに時刻は十三時を過ぎている。

「六年二組の平山小太郎の母です。長谷川先生をお願い致します」

事務職員の女性に伝えると、〈少々お待ちを〉と一旦電話が保留となった。

先ほど電話をした際、長谷川が出たので驚かされた。今日退院したばかりだというのに、彼はさっそく職場に出てきていたのだ。そのとき身体の具合を訊《たず》ねると、彼は〈おかげさまで〉とだけ答えていた。

ここで保留が解かれ、再び事務職員が出た。

〈申し訳ありません。長谷川先生はただ今席を外しておりまして、ご用件がありましたら伝言を致しますが〉

「そうですか。息子のお迎えですが、あと二十分ほどで到着するとお伝えいただけますか」

〈あれ？　平山くんなら先ほど帰りましたよ〉

「へ？　どういうことですか」

〈つい先ほど弟さんがお迎えにいらして、一緒に。ご存知なかったんですか〉

「あ、いや、ええと……ごめんなさい。連絡が行きちがってたみたいで。それでは失礼します」

一瞬混乱したが、少し考えて状況を理解した。警察官から調書を取られている際、謙臣から何度か着信があったのだ。応答はしなかったが、おそらく亜紀が乱闘を演じたことを聞きつけて、心配して出先から連絡をくれたのだろう。

だからきっと、彼は身動きの取れない亜紀の代わりに小太郎を迎えに行ってくれたのだ。そのことを伝えるための連絡でもあったのだろう。

信号待ちで改めてスマホを確認してみると、謙臣からＬＩＮＥが届いていた。

《今日の小太郎くんのお迎えはぼくが行くよ》

やはり、そういうことだったのだ。

だが、彼は仕事はどうしたのか。次のアポだって入っていたはずだ。

さっそく謙臣に電話を入れると、〈体調不良を理由に強引に早退したんだ〉と彼は笑った。電話の向こうではやたらとでかいBGMが響いている。

〈小木さんから、おまえ何度目だって怒鳴られちゃった〉

「当然よ――って、今回はわたしが悪いんだけど」

〈え、なんで〉

「なんでって、わたしがああいう状況だったから、小太郎を迎えに行ってくれたんでしょ」

〈はあ。ああいう状況？〉

知らないのか。だとしたら彼はどうして急に小太郎を迎えに行ったのか。

〈一件目の家で客と揉《も》めちゃってさ。それで気分悪くなって、今日はもうやってられないなあって〉

「は？　そんなことで？」

〈そう、そんなことで。それより亜紀ちゃんはどうしたの？　何かあったわけ？〉

「それは……また家に帰ってから話す――ねえ、小太郎そこにいる？」

〈そりゃいるよ。っていうか、この声聞こえてるよ〉

「小太郎。久しぶりの学校はどうだった？」

訊くと、息子は〈うん……まあまあ〉と、曖昧《あいまい》な感想を口にした。どことなく元気がない感じがした。

〈……ママ、何時頃帰ってくるの〉

「二人とそんなに変わらないと思うよ。じゃあまたあとでね」

そう告げ、電話を切った。

このまま話をつづけてもよかったのだが、亜紀は少しだけ一人の時間がほしかった。まだ興奮が冷めないからだ。

営業所での出来事を思い返す。改めて憎悪と、恥ずかしさが込み上げてきた。

あんなふうに人前で、しかもこちらから相手に摑み掛かったのは初めてだった。

もちろん達也から暴力を振るわれた際、反撃することはあった。だが、それはあくまで仕返しだった。けっして亜紀から手を出したことはない。

ただ、今回ばかりは仕方ないと思う。これまで散々あの女にやられたのだ。だから今日のこともやり返しただけだ。

そんなことを考えて車に揺られていると、亜紀はふと、ああ、と思った。

もしかしたら、小太郎の気質は父親の達也ではなく、母親の自分に似ているのかもしれない。

今さらながらそこに思いが至り、亜紀は妙に合点がいってしまった。

18

正午過ぎ、職員室の電話が鳴った。事務職員の女性が別の電話に出ていたので、祐介はデスク上の受話器に手を伸ばした。

相手は平山小太郎の母の亜紀だった。退院直後ということもあり、あれこれ訊《き》かれるかと思ったが、〈お加減はいかがですか〉と言われただけで、「おかげさまで」と答えたらそれ以上はなかった。彼女はどことなく余裕のない様子だった。

肝心の用件は、息子のお迎えが遅くなるとのことだったので、祐介は了承し、電話を切った。

それから祐介は時刻を確認し、荷物をまとめて、六学年の教室がある三階に向かった。人数が少ないこともあって、帰りの会も三クラス合同で行われており、それがもうじき終わる頃なのだ。

佐藤日向と話をする場所はどこがいいだろうか。なるべく人目につかない方がいい。となると、二階の一番端に位置する空き教室がいいだろうか。

児童たちは一組の教室に集められていた。教壇には渡辺と湯本が並んで立っていて、児童たちに向かって話をしている。

祐介は廊下に立ち、しばらくそんな様子を眺めていたが、ふと颯介のことが気になり、鞄《かばん》からスマートフォンを取り出した。兄は今、飯田美樹に会いに行っているのだ。

はたして颯介から着信が五回も入っていたので驚いた。階段まで移動して電話を折り返す。

〈寝てたのか〉

彼は弟が家にいるものと思っていたようだ。挨拶《あいさつ》だけ済ませたらすぐに帰ると伝えていたからだろう。

〈まだ学校？　だったらどうしておれの電話に出ない。なんべんも掛けたんだぞ〉

「いろいろとやることがあったんだよ。刑事たちにも捕まってたし」

〈ほう。刑事連中も学校に来てるのか〉

「もう帰ったけどね」

そんなやりとりのあと、祐介はこれから佐藤日向と面談すると兄に伝えた。

〈日向と？　登校してきてるのか〉

「ああ――で、そっちはどうだったんだ。飯田先生とは会えたのか」

そう訊《たず》ねると、颯介は一つしわぶいた。

〈会った。で、いろんな話を聞かせてもらったさ。かなり強引な手を使ってな。本当に長谷川先生のお兄さんですかって疑われちまったよ〉

不安な気持ちが膨らんだが、「それで」と先を促した。

〈あまり時間がないから簡潔に説明するぞ〉

彼は今、喫茶店におり、北村透から紹介された男を待っているのだそうだ。

〈おまえが湯本から聞いた通り、飯田美樹はとあるホストに入れ込んでいた。当然、公務員の薄給じゃ通えんから彼女は夜のアルバイトを始めたそうだ〉

「夜のアルバイト？」

〈ああ、収入を隠せる副業といえば業種は察しがつくだろう〉

「まさか……」

〈昼は先生、夜は風俗嬢、そうした生活の中で、彼女は心身のバランスを保てなくなり、薬物に手を出した。莉世のほざいた戯言《たわごと》は当たってたんだ〉

「………」

〈さて、ここまでなら何も問題はない〉

「大アリだろう」

〈本当の問題は小堺櫻子の事件当日にある〉

あの日、小堺由香里から娘が帰ってこないと連絡を受けた飯田美樹は、学校をあとにして櫻子の通学路を歩き、彼女のことを捜索した。

やがて飯田美樹は、のちにこの場で事件が起きたであろうと推定された路地に出た。

〈そこで彼女はとある人物を見かけた〉

「誰？」

〈佐藤聖子だ〉

祐介は息を呑《の》んだ。

〈飯田美樹は佐藤聖子に声を掛けた。そのとき、佐藤聖子は地面にしゃがみ込んで何かを拾い集めていたらしい〉

「何かって」

〈彼女もはっきりと確認したわけじゃないようだが、黒いビー玉のようなものがチラッと見えたと言っていた〉

　黒いビー玉——。

〈飯田美樹にはどういうわけか佐藤聖子が焦っているように見えた。だから自分がこの場にいる目的を告げる前に、『何をなされているんですか』と佐藤聖子に訊ねた。すると、このような返事が返ってきた〉

　——あんたがヤク中だとバラされたくなければここで見たことは誰にも言うな。

〈佐藤聖子がなぜそのことを知っていたのかはわからない。だがこれで、あの女が小堺櫻子の事件に関わっていることは決定的になった。さすがのおまえでも、これ以上あの女の肩を持てないだろう〉

　めまいを覚え、祐介は階段に腰を下ろした。

〈また、飯田美樹はこうも言っていた。事件の翌日の夜、自分もまた攫《さら》われそうになったと〉

　————？

〈帰宅途中、ふいに車が横につけてきて、いきなり後部ドアが開き、中に連れ込まれそうになったそうだ。飯田美樹が必死に抵抗したため、結局未遂に終わったらしいが、彼女はこれをきっかけに休職して身を隠すことにした。もちろん佐藤聖子に殺されないためにな〉

　いろんな情報が一気に入ってきて処理が追いつかなかった。

〈祐介。聞いてるのか〉

「ああ。そのとき飯田先生は犯人の顔を見てないのか」

〈一瞬の出来事だったのと、犯人は覆面をしていたらしい。だがこのことから——〉

ここで祐介は背後を振り返った。児童たちが教室からぞろぞろと出てきたのだ。

「すまん兄貴。またあとで掛ける」

〈ああ。こちらもちょうど待ち人がやってきたところだ〉

電話を切り、立ち上がった。児童らとすれ違いざまに挨拶を交わし、教室に向かう。

佐藤日向は一人椅子に座ったままだった。祐介が目配《めくば》せをすると、彼女は立ち上がり、ランドセルを背負って廊下に出てきた。

ほかの児童たちの流れとは逆方向に向かって廊下をゆっくり進んだ。

「ごめんね。まだ早く歩けないんだ」

日向は祐介の顔を見ず、ずっと俯《うつむ》いていた。何も答えたくないし、何も訊かれたくない。そんな態度に見えた。

彼女はどこまで継母《ままはは》の正体を知っているのだろう。

実際のところ日向も聖子に対し、薄々疑いを抱き始めているのではないか。祐介はずっとこのように考えていた。

莉世がどのように話したのかわからないが、彼女から母親の正体が明かされた際、日向は激怒したことだろう。だがこれをきっかけに母親に対して疑いの気持ちが芽生えてしまった。

自分に良くしてくれる継母のことを信じたい、だが、疑いの気持ちも拭《ぬぐ》えない。

今、日向はその狭間《はざま》で揺れているのではなかろうか。

空き教室に入り、ドアを閉めた。廊下から覗《のぞ》かれても自分たちの姿が見えないように、死角となる席で向かい合った。

「時間を取ってくれてありがとう」

まずは礼を告げた。

「お母さんには先生が佐藤さんを家まで送っていくと伝えてくれたかな」

「はい。ただ、そうやってお母さんにメールをしたら、予定通り迎えに来るって返ってきました。長谷川先生が大変だろうからって」

となると、このあと聖子と対面することになるのか。

「お母さんはもう向かってるのかな」

「たぶん」

だとするとあまり時間はない。

祐介は居住まいを正し、「佐藤さんに一つ、教えてもらいたいことがあるんだ」と切り出した。

「倉持さんが襲われる直前、佐藤さんは彼女から悪口を言われたということだったよね。それで怒って自宅に引き返したと」

「……はい」

「具体的にその悪口とはどういうものだったんだろう」

「……もう、警察の人たちに、たくさん話したので」

「改めて先生にも聞かせてもらえないかな」

だが、彼女は答えなかった。俯き、机上の一点にジッと目を凝らしている。

祐介は黒板のとなりの壁掛けの時計を一瞥《いちべつ》した。

「じゃあ、先生の想像を聞いてもらってもいいかな。倉持さんから言われたのは、佐藤さん自身のことじゃなくて、本当は佐藤さんのお母さんのこと――」

「長谷川先生」日向がバッと顔を上げた。「お母さんはいい人です」

祐介は中指を使って遮光眼鏡を持ち上げた。

「わたし、お母さんによくない噂があるのは知ってます。でも、お母さんはいい人です。絶対」

彼女は自分に言い聞かせるように言った。

祐介はちがう角度から切り込むことにした。

「小堺さんの事件のときも、佐藤さんは彼女と一緒に下校していたよね。佐藤さんは小堺さんと別れたあと、自宅に帰ったそうだけど、そのときお母さんは家にいたのかな？　不在だったんじゃないかな？」

「……どうして、そんなことを訊くんですか」

話すべきか否か悩み、前者を選んだ。

「これは警察も、誰も知らないことだけど、事件直後の事件現場で飯田先生が佐藤さんのお母さんを見掛けたそうなんだ。そこで佐藤さんのお母さんは黒いビー玉のようなものを拾い集めていたらしい。この話を佐藤さんは知ってる？」

彼女は目は丸くさせている。それこそビー玉のように。

「知ってるんだね」

「……長谷川先生はいつ、誰からそのことを聞かされたんですか」

「聞いたのは本当に今さっき。教えてもらったのは――」一瞬、思考を巡らせた。「飯田先生から」

そう告げると日向はずっと目を細めた。

「じゃあ今そのことを知ってるのは飯田先生と、長谷川先生だけということですか」

「そういうことになる」

そう答えると、彼女は担任教師から視線を外した。

「佐藤さん。先生はまだ付き合いが浅いから、佐藤さんのお母さんがどういう人かわからない。ただ、あなたのことが心配なだけだ」

彼女は反応しなかった。身動きをせず、ずっと虚空に目を凝らしている。

「本当は佐藤さんもお母さんのことを——」

ここでスラックスのポケットに入れているスマホが震え出した。机の下でサッと相手を確認する。またも颪介だった。

教室内が静かなため振動音が聞こえたのだろう、「どうぞ」と日向は言い、自身は立ち上がった。

「どこへ？」

「お手洗いです」

日向はゆったりした足取りで教室を出て行く。

祐介はその背中を見送ってからスマホを耳に当てた。

「もしもし。これから日向と話をすると言ったろう」

〈祐介。よく聞け〉

兄の第一声は重々しかった。

〈佐藤一成に娘はいない〉

「どういうことだ」

〈聖子との結婚は彼にとって再婚ではなく、初婚だったんだ〉

「それってつまり……」

〈ああ。日向は佐藤一成の娘じゃなかったんだ。同僚の男は佐藤一成から子持ちの女と結婚すると聞かされていたらしい〉

「……待ってくれ。じゃあ日向は莉世と同じように養子だってことか」

〈もしくは聖子の実の娘かもしれない〉

「……まさか」

〈わからん。だが、可能性はゼロじゃない〉

祐介は額に手を当てた。

〈取り急ぎこれだけ伝えたくて連絡した。おれも相手を待たせてるから、別れたらまた電話をする〉

「……ああ」

〈祐介。気をつけろ。前にも話したが、反社会性パーソナリティ障害の遺伝率は極めて高い。おまえの目の病気なんかより遥《はる》かにな〉

祐介の脳裡《のうり》で、先ほど校長室で若い刑事が漏らした一言が蘇《よみがえ》った。

――慎重にならざるをえない相手なんです。

あれはまさか、容疑者が小学生だから……そういう意味だったのだろうか。

〈わかったな。気をつけろ〉

電話が切れた。息苦しさを感じ、祐介は意識的に深呼吸をした。

そのとき、ふと背後に人の気配を感じた。

だが祐介は振り返ることができなかった。

その前に頭に衝撃を受け、意識が吹っ飛んでしまったからだ。

19

小太郎の様子が明らかにおかしかった。

帰宅した亜紀が改めて「久しぶりの学校はどうだった？」と質問をしても空返事が戻ってくるばかり、じゃあ「何かあったの？」と訊《たず》ねても、これまたはっきりとしたことを言わない。

いったい息子はどうしてしまったのだろうか。

西の空が真っ赤に燃え始め、それも尽きると、おもてはぐっと気温を下げ、しんしんと冷え込んだ。とりわけ聖正寺は小高い山の中腹にあり、平地よりも寒いのだ。

亜紀は台所に立ち、夕飯の準備に取り掛かっていた。帰り道に渋滞にハマってしまった影響で、今夜は夕飯の時間が少し遅くなってしまいそうだ。

亜紀が葱《ねぎ》を刻んでいると、傍らに立つ永臣が「これ、亜紀」と言って、まな板を指差してきた。

「大きさがまるで均等でない」

「……はい」

「どれ、貸してみなさい」

と、永臣が包丁を手にする。すると彼は慣れた手つきで小気味よくまな板を叩《たた》いた。まるで料理人のような手捌《てさば》きはいつ見ても圧巻だ。

そうして刻まれた葱は均一で美しかった。こうもちがうものかと亜紀は嘆息を漏らした。

「料理は真心。日々精進」と、永臣が微笑んで、包丁の柄を差し出してくる。

「はい。勉強します」再び包丁を握り、料理を再開した。

ほどなくしてみんなで食卓を囲み、夕食が始まった。

今夜の献立は、さよりとさわらの刺身、しいたけと海老《えび》のすり身揚げ、茄子《なす》のみぞれ煮、豆腐と水菜のサラダ、葱と油揚げの味噌《みそ》汁、どれも手の込んだものではないが、小太郎と二人で暮らしていたときのようなお手軽時短レシピは当分使えないだろう。

けっして叱られることはないが、土生家ではいかなる手抜きも許されない。

「あ、そういえば明日の午前中は檀家《だんか》総代が訪ねてくるんですよね」

亜紀が箸《はし》を止め、となりの永臣に訊ねた。

「いいや。体調が優れんとの連絡を受けてな。また次の機会にお越しいただくことになった」

「あら、そうだったんですか」

「どうせまた寄進の要求だと思ったんだろ。あはは」と謙臣が口を挟む。

「馬鹿息子。醬油《しょうゆ》を取れ」

小太郎の箸が進んでいないのが気になった。ふだんだったらこうした会話に加わってくるのだ。

「檀家総代といえば八年くらい前だったかなあ、客殿の修繕費をまけてくれって、まだ十代のぼくに泣きついてきたことがあったっけ。檀家衆から自分が吊《つる》し上げられちゃうからって」

「そういう立場なの？　総代って」

「そりゃそうさ。檀家の代表なんだから。笑えるのがさ、その人会うたびに自分が死んだら戒名代は百万で収めてくれって言うんだよ。そんなのぼくに言われてもって感じじゃない」

「おい。黙って食え」

「生臭坊主を相手にしたら最後。死んでも金を取られるのさ」

謙臣は愉快そうに笑い声を上げ、永臣はやれやれとかぶりを振る。

この辺りの台所事情について亜紀はさっぱりわからない。だが、これからはこういうところも少しずつ学んでいかねばならないだろう。

「あれ？　なんか聞こえる」と謙臣。

耳を澄ますとたしかにうっすらと振動音が聞こえた。台所で充電していた自分のスマホがバイブレーションしているのだとすぐにわかった。

「すみません。失礼します」

亜紀は一言詫《わ》びて席を立った。

床に置いてあるスマホを手に取る。液晶画面には旭ヶ丘小学校と出ていた。

すでに十九時を回っているというのになんだろう。学校からの着信というだけで胸騒ぎがしてしまう。

「もしもし」

と、応答すると、相手は教頭の下村だった。

ふだん話をしない人物だけに緊張を覚えた。また、あちらはあちらでどこか余裕がない雰囲気が伝わってきた。

「息子ですか？　ええ、いますけど」小太郎の方を見て言った。彼も箸を止め、母親に視線を注いでいる。

下村は小太郎に訊《き》きたいことがあるというのだ。

「あの、どういったご用件でしょうか」

〈実はちょっと……長谷川先生と連絡がつかなくてですね〉

「長谷川先生と？」

〈ええ。先ほど同居されているお兄さんから、弟と連絡が取れないと学校にお電話がありまして……〉

よくわからない話だった。

〈わたしも長谷川先生の携帯電話に掛けてみたんですが、なにやら電源が落ちているようでして、これはどうしたものかなと〉

「あの、わたし、お昼くらいに長谷川先生と電話でしゃべりましたけど」

〈ええ。わたしも昼辺りまでは職員室で彼の姿を見ているんです。どうやら長谷川先生は放課後にとある女子児童と面談をしていたようなんですね。ただ、先ほどその女子児童に確認したところ、長谷川先生とは学校で別れたとのことでして――〉

亜紀は、はい、はいと小刻みに相槌《あいづち》を打った。

〈ところが、その後の消息が摑《つか》めずにいるんです。あ、ただ何かこう、よくないことがあったんじゃないかとか、けっしてそういうことを思っているわけではないんです。長谷川先生は大人の男性ですし、数時間程度連絡がつかないからって、心配するほどのこともないだろうとは思うのですが、なんにせよお兄さんがものすごい剣幕なもので……すみません。これは余談でした〉

「いえ。でもやっぱり、今日退院されたばかりですし、ご家族が不安になるのも当然かと。ただ、どうしてうちの息子に？」

〈平山くんも放課後、学校に残っていたと職員たちから聞きまして。だとしたら長谷川先生の姿を見ていないものかなと。それで念のため、こうしてお電話を差し上げた次第なんです〉

「ああ、そういうことですね。今代わりますので少々お待ちください」

亜紀はスマホの送話口を手で塞《ふさ》いで食卓に向かい、「電話は教頭先生から。長谷川先生と連絡が取れないんだって。小太郎が最後に長谷川先生を見たのはいつ？」と矢継ぎ早に息子に訊ねた。

小太郎は目を丸くしている。だが、やがて何か思い当たる節があったのか、彼は口を半開きにし、その状態で固まった。

「小太郎？」

みるみる顔が青ざめていく。その唇は微《かす》かに震えていた。

「ちょっとどうしたのよ」

だが、小太郎はうんともすんとも言わなかった。

亜紀は息子の肩に手を置いて、「ねえ」と軽く揺さぶった。

「教頭先生を待たせてるの。しっかり答えて」

「……帰りの会が終わって、廊下に出たときにすれちがったけど。そのときさようならって挨拶《あいさつ》した」

「それが最後？」

小太郎が頷《うなず》く。

「じゃあそれを教頭先生に改めてお話ししてあげて」そう言って、亜紀はスマホを差し出した。

受け取った小太郎が「もしもし」と緊張の面持ちで応答し、今話した通りのことを説明した。

小太郎が話を終え、スマホが亜紀に返ってくる。

〈夜分に大変失礼しました。変なふうに騒ぎになってもいけないので、このことはほかの保護者には他言無用でお願いできれば〉

「わかりました。でも、本当に心配ですね。なにより、今はこういうような状況ですから」

〈まあ、そういうことではないと思うんですけど……。ただ単に携帯電話の充電が切れてるだけとか。それに、まだこれくらいの時間ですし〉

何を呑気《のんき》なことを。どうしてそんな悠長に構えていられるのかわからない。

いや、ちがうのかもしれない。きっと、そうではないと自分に言い聞かせているのだろう。教頭も不安に駆られているからこそ、願いを込めてこうした発言をしているのだ。

「あの教頭先生。長谷川先生の状況がわかったら、一応わたしにも教えていただけますか」

長谷川は一度事件に巻き込まれ、被害に遭っているだけに、その身を案じずにはいられなかった。

電話を切った。この時点では三人とも箸を置いて亜紀に視線を送っている。亜紀は「お騒がせしました」と言って、再び席に着いた。

「なに、あの色眼鏡の担任、行方不明なの」謙臣が訝《いぶか》るような眼差《まなざ》しで訊いてきた。

「行方不明かどうかはまだわからないんだけど、連絡がつかないみたい」

「警察には？」

「あ、聞いてない」

「そこ大事なところじゃん」

「そんなこと言われたって……」

「しているさ」永臣が口を挟んだ。「これまでの経緯を考えれば通報しないわけがない」

「まあそうだよな」と、謙臣がむずかしい顔をして腕を組む。「けど、どうしたんだろうな。心配だな」

全員が押し黙った。

沈黙が食卓を支配する中、

「……けんけんって、長谷川先生に会ったことあったっけ」

俯《うつむ》き加減の小太郎がボソッと言った。

視線が小太郎に集まる。

「なんだって」と謙臣。

「……だから、けんけんは長谷川先生に会ったことあったかなって」

小太郎は俯いたまま口を動かしている。

「いや、ないけど」

「……じゃあ、なんで長谷川先生が色眼鏡を掛けてることを知ってるの」

「何を言ってるんだよ」と謙臣が吹き出す。「ほら、学校で開かれた会見のときの映像に映ってただろう。そのあとワイドショーなんかでも散々流れてたしさ。有名人じゃん。あの先生」

「……そっか。そうだったね」

やっぱり今日の小太郎はおかしい。変だ。

夕食後、台所で食器を洗っていると、小太郎がやってきて風呂《ふろ》に入ろうと誘われた。夕方前におもてから取り込んだ洗濯物をまだ畳めていなかったので、「その後でね」と伝えると、そっちを後回しにしてほしいと切迫した表情で訴えられた。理由を訊ねると、それも風呂の中で話すからと言うので、亜紀は息子の望み通りにすることにした。

永臣に一言断り、寝間着を持って小太郎と共に風呂場に向かった。家長を差し置いて一番風呂をいただくのは気が引けたが、彼はこうしたところに拘《こだわ》らない人だ。

脱衣所で衣服を脱ぎながら、「あと何回一緒に入れるだろうね」と小太郎に声を掛けた。数日前、中学生になったら風呂を共にするのはやめようと二人で取り決めたのだ。小太郎よりも自分の方が寂しさを覚えてしまいそうだ。

浴室ではシャワーでさっと身体を流してから、早々に湯に浸《つ》かった。この家の浴槽は檜《ひのき》で造られており、二人同時に入っても余裕があるくらい広い。

湯煙が壁に備えられている小窓へ吸い込まれるようにして外に出ていく。それがまた風情があって、亜紀はとても気に入っていた。

こうした場所で息子と身体を温めるなど、少し前まで考えられなかった。人生はつくづく何があるかわからない。

「ねえ、いい加減しゃべってよ」

亜紀は焦《じ》れて言った。こうして誘ってきたくせに、小太郎はここまでほとんど口を利いてくれずにいたのだ。

向かい合う小太郎が意を決したように神妙な顔で見つめてくる。

そして、「ママ。お風呂を出たら逃げよう」と、ささやいてきた。

「へ？　何？」

「ここから逃げよう」

意味がわからない。

小太郎は困惑する母親の手を取って、「よく聞いて」と顔を近づけてくる。

「学校からの帰りの車の中で、一瞬、人の声がしたんだ」

「声？」

「うん。ちっちゃかったけど、たしかに人の声が聞こえたんだ」

「どこから」

「だから車の中。後ろの荷物とかを積むところから」

「誰の」

「だから人のだって。そうしたらけんけんが急に音楽のボリュームを上げたんだ」

「ボリューム……ああ」

たしかに電話で話していたとき、謙臣の車のBGMはやたらと大きかった。

「車に積まれてたのは……ぼくはたぶん、長谷川先生なんじゃないかと思う」

亜紀は小首を傾げた。

「ママ、意味わかってる？」

「ええと、どうしてここで長谷川先生が出てくるの？」

小太郎が苛立《いらだ》ったように鼻息を吐く。

「長谷川先生がいなくなったのは、けんけんに攫《さら》われたからだよ」

この段でも亜紀には息子の話がよく理解できなかった。

「今日の放課後、待機教室でママのことを待ってるとき、事務職員の先生から声を掛けられたんだ。今日のお迎えはお母さんの弟さんが来てくれたんだねって」

「うん」

「ママが迎えに来るって聞いてたから変だなと思ったけど、とにかくぼくはすぐに出れる準備をしたんだ。だけど、けんけんは全然ぼくのところにやって来なかった」

「それで」

「事務職員の先生も不思議がってた。弟さん、十分以上前に来たのに何してるんだろうねって。あとでけんけんに聞いたら、待機教室の場所がわからなくて校舎の中を彷徨《さまよ》ってたって言ってたけど、嘘だと思う」

「じゃあ何をしてたのよ」

「だから長谷川先生を攫って車に積んでたんだよ」

「はあ」つい気の抜けた声が漏れてしまう。

「ママ、真面目に聞いてよ」

「だって、ママには小太郎が何を言ってるのかわかんないんだもん」

「なんでわからないんだよ。犯人はけんけんなんだって」

大きい声を出してしまったことを後悔したのか、小太郎が磨りガラスのドアを睨《にら》んだ。

「犯人……謙臣くんが」

「そう」

亜紀はまじまじと息子の顔を見つめた。どうやら冗談を言っているわけではなさそうだ。

ただ、何かを履き違えてしまい、ねじ曲がった妄想に囚《とら》われてしまったのだろう。

「まあ、小太郎。まずは落ち着こうよ」

「ぼくは落ち着いてるって」

「じゃあ訊くけど、なんのために謙臣くんが長谷川先生を攫わなきゃならないの」

「知らないよそんなの」

「だいいちふつうに考えてさ、大人の男の人を学校からこっそり連れ出して、車に押し込められるわけないよね」

「ううん、そんなことない。だってあのとき、学校に残っている児童はぼくと佐藤さんだけで、先生たちはみんな職員室に集まってたんだから。校舎の中はほとんど誰も歩いていなかったし、それに、おもてに出られるところなんていくらでもあるんだよ」

「けど長谷川先生だって抵抗するでしょう」

「抵抗できない状態だったら？」

「………」

「やっぱり犯人はけんけんだ」

「だからちょっと待ってよ。大人の男の人を一人で運ぶなんて不可能だって」

そう告げると、小太郎はゆっくりかぶりを振った。

「一人じゃない。あのとき、学校には佐藤さんのお母さんもいたんだ」

「聖子さん？」

小太郎が頷く。「ぼくが待機教室でけんけんを待っているとき、となりには佐藤さんがいた。そこに佐藤さんのお母さんが迎えにやってきたんだけど、お手洗いに行きたいから待っててと佐藤さんに言って、しばらく戻ってこなかった。きっとその間に二人で協力して――」

「小太郎」と、亜紀は呆《あき》れたように名を呼んだ。「何をどうしたらそういうことになっちゃうのかわからないけど、おかしいよね。よく考えてみなよ。謙臣くんと聖子さんはあかの他人でしょう」

「そんなのわからないいじゃん。他人じゃないかもしれない」

「そんなわけ――」

「ママの方こそよく考えてよ。どうして急にけんけんがぼくを迎えに来たのかって。だってママが会社で揉《も》めてたことをけんけんは知らなかったんでしょ。おかしいじゃんそんなの」

「………」

「きっとどうしても学校に行かなきゃいけない理由ができたんだよ」

「ねえ小太郎」

「ママは信じたくないだろうけど、けんけんは——あいつは悪い人なんだよ」

亜紀はふー、と長い息を吐いて、一旦《いったん》息子から視線を外した。

いったいこの子はどうしてしまったのか。きっと不安定な日々が小太郎を狂わせてしまったのだろう。

謙臣が悪い人——そんなことがあるわけがない。

浮遊している湯煙を薄目で見つめながら、亜紀はもう一度、ふーと息を吐いた。

湯煙はゆるやかな流れに乗って小窓へと吸い込まれてゆく。亜紀がその先へ目を凝らしたときだった。

え——？

驚きのあまり、悲鳴すら上げられなかった。

開け放たれた小窓の向こう、湯煙の中に、冷たい目で自分たちを見下ろす永臣の顔があったのだ。

20

後頭部に疼痛《とうつう》を覚えて意識を取り戻したとき、祐介は車に揺られていた。トランクルームの中にいた。

手足はガムテープで拘束され、身動きはまったく取れなかった。

祐介は朦朧《もうろう》とした意識の中で声を上げた。もっとも口もガムテープで塞《ふさ》がれていたため、呻《うめ》き声が漏れた程度のものだ。それでも祐介は声にならない声を上げつづけた。

すると、その声を掻《か》き消すためだろうか、BGMの音量が一気に上がった。

やがて車は停車し、エンジンが切れた。だが、祐介が降ろされることはなかった。

それからどれくらいの時間を経ただろうか、突然トランクルームのドアが開けられた。

おもてはすでに日が落ちていたが、祐介には眩《まぶ》しいくらいに感じられた。大げさではなく、月明かりが太陽光のように眩しく感じられ、直視できなかったほどだ。

その先に一人の若い男がいた。知らない顔だった。

彼は祐介と目が合うと、「ああよかった。ちゃんと生きてる」と穏やかな微笑を浮かべた。

彼は華奢《きゃしゃ》な身体に似つかわしくない力の持ち主だった。「よいしょ」の掛け声で祐介の身体を抱き抱えると、そのままリヤカーに乗せた。

祐介は抵抗をしなかった。声も発さなかった。この状況、状態で何をしたところで意味をなさないと思ったからだ。

その代わり、引かれていくリヤカーの上で、祐介は頼りない視力を駆使して外の情報を集めた。

そうして、ここが菩薩寺《ぼさつじ》だとわかった。本堂と客殿が二つ並んで建っており、少し離れた場所には庫裡《くり》があった。その三つの建物の右手側には階段上に墓地が広がっていた。

祐介が連れて行かれたのは本堂の裏手にぽつんと建つ、面積にして五平方メートル、高さは二メートルほどの古い木製の物置小屋だった。

南京錠《なんきん》が外され、観音開きの扉が開けられた。

目を疑った。

中に平山亜紀と小太郎がいたからだ。

「……長谷川先生」

亜紀が泣きじゃくった顔で言った。

彼らは寝間着姿に裸足《はだし》だった。そしてロープで手を拘束されていた。

困惑する祐介の身体を男が持ち上げ、中に運ぶ。

男は「はい。お仲間だよ」と言って、二人の前に祐介を下ろした。

「あ、お話ししたいですよね」

祐介の口を覆っていたガムテープが剝《は》ぎ取られる。

「叫ぶも暴れるもお好きにどうぞ。誰にも聞こえませんから」

「……おまえは誰だ」

「二人に聞いてください」

男は爽《さわ》やかな笑顔で言い、外へ出た。

「ぼくたちはこれから家族会議に入りますから。三人でどうぞ仲良く」

扉が閉められ、光が途絶えた。

21

浴室の小窓から顔を覗《のぞ》かせていた永臣は無言でその場を去った。

亜紀と小太郎が顔を見合わせて戸惑っていると、磨《す》りガラスのドアに人影が浮かび上がった。

シルエットで謙臣だとわかった。

ガチャとドアが開く。そしてゆったりとした動作で浴室に入ってきた彼の手には出刃包丁が握られていた。亜紀や永臣が台所で使っていた物だ。

亜紀は頭の中が真っ白になった。目から入ってくる情報を脳が受け止め切れずにいる。

謙臣は浴槽に向き合う形で檜《ひのき》の風呂《ふろ》椅子に座った。そしていつもの爽《さわ》やかな笑顔をこちらに向けてくる。

「全部聞こえたよ。小太郎くんって意外と賢いんだ」

小太郎は反応しなかった。母親に抱きつき、ひたすら身体を震わせている。

「どうも様子がおかしいと思ってたら、やっぱり気がついちゃってたのか」

ねえ、これなんなの――。

いったいどういうことなの――。

思うだけで、どちらも言葉にはならなかった。

「あーあ。なんだよなあ。せっかく――」

湯煙に包まれた謙臣が右手に持った出刃包丁の腹を左の手の平にぺちん、ぺちんと打ちつける。

「いい具合にきてたのになあ。結局――」

ぺちん、ぺちん。

「聖子と日向のせいですべておじゃんだ」

ぺちん、ぺちん。

亜紀は心臓の鼓動が駆け足になっていくのを感じた。徐々に脳が現実を受け入れ始めたのだ。

「……聖子、日向って」

恐るおそる言葉を発した。

「聖子はぼくの妹、日向はぼくと聖子の娘」

――？

「日向がね、転校先のクラスに気に食わない女がいるって言うわけ。自分をいじめてくるブスがいるって。そうしたら親父が怒り出しちゃってさ、だったらおじいちゃんが消してやるなんて言い出して。ほんと孫の前でいい格好したいばかりに」

ぺちん、ぺちん。

「だいたい人を攫《さら》おうってときに数珠《じゅず》をつけていく奴がどこにいんだよ。案の定千切られちまうしさ。親父ってああ見えて不用心なんだよね。数珠の回収を頼んだ聖子は聖子で担任の飯田に姿を見られちゃうし。ほんと踏んだり蹴《け》ったりだよ」

ぺちん、ぺちん。

「でもやっぱり、聖子はピンチに強いし、機転が利くね。あいつ、以前から飯田はジャンキーだって見抜いてたらしいんだ。だけど咄嗟《とっさ》にそれを持ち出せるのは——」

謙臣がなんの話をしているのか、亜紀にはさっぱり見えてこない。小堺櫻子のことを話しているのだろうか。

「……り、莉世ちゃんのことも、あなたがやったの」

「ぼく？　ぼくじゃないさ。莉世をやったのは日向」

ぺちん、ぺちん。

「莉世のことはずーっと鬱陶《うっとう》しいと思ってたんだって。だからいつかやっちゃおうと思って常に金槌《かなづち》を携帯してたんだとさ。我が子ながら末恐ろしいよ」

謙臣はそう言って肩を揺すった。

「ちなみに母親の静香をやったのはぼくだけど、仕掛けたのは親父。ただし、あれは聖子からの頼みでね。聖子のやつ、あのおばさんに相当キレてたからさ」

ぺちん、ぺちん。

「ああ、あのまま長谷川も死んでくれてれば、こんなことにならなかったのに。いや、ちがうか。そもそもここにきて飯田がまさかゲロるとは想定外だったんだよなあ。何がなんでもあの女を捜し出して息の根を止めるべきだった。ま、もう全部後の祭りか」

謙臣は自分と対話するようにぶつぶつとしゃべっている。常に顔が笑っているから不気味で仕方ない。

「……どうして長谷川先生を」

「うん？　日向がまたやっちゃったから。莉世同様に後ろからガツンとさ。日向からすると、その時点で数珠のことを知ってるのが飯田を除いて長谷川しかいないんだったら、この場で殺して黙らした方がいいんじゃないかって思ったみたいなんだよね。本人は機転を利かせたつもりのようだけど、さすがに学校の中はどうかと思うよね。慌ててぼくと聖子で対処して、丸く収まったと思ってたんだけど――」

謙臣が包丁の切先を小太郎に向けた。

「あえなく亜紀ちゃんの優秀な息子に看破《みやぶ》られちゃったってわけ」

亜紀は息子を守るように前に出た。

「あーあ。こっちはわざわざ就職までしたってのに、ひどいもんだよ」

「……あなた、どうしてわたしに近《ちか》づいてきたの」

「それね」と、謙臣は口の片端を吊り上げる。「どこから話せばいいかな――去年の秋に学校で授業参観があったでしょ。亜紀ちゃん、そこで聖子から話しかけられなかった？」

たしかに話しかけられた。

「聖子がさ、日向のクラスメイトのママに過去最高にイイ女がいるっていうわけ。お兄ちゃんも絶対に気に入るからって」

「………」

「で、その女は結婚相談所で働いてるっていうから、じゃあってちょっくら入社して近づいてみようかって、そういう流れ」

ぺちん、ぺちん。

「それに、ついでに言っとくと、亜紀ちゃんの自宅にちょっかいだしてたのはぼくたちね」

――――?

「悪戯《いたずら》電話とゴキブリと血糊《ちのり》はぼく、江頭藤子の格好をして現れたのは聖子」

「え……」

「スケープゴートって言うんだっけ、ほんとあの女はよくやってくれたよ。まさかあんなに活躍してくれるとはさ。ちなみにあの女の自宅にも同じような嫌がらせをしたんだ。より亜紀ちゃんへ矛先が向くようにね。ただ、まさかここまでこっちの思い通りに動いてくれるとは思わなかった」

「……なんで。なんでそこまでして」

「亜紀ちゃんにあの家を出てもらいたかったから。ここで暮らしてもらうために」

「……そんなことで」

「そう、そんなことで。でもね、ぼくたちにとって亜紀ちゃんは――」

「おい。馬鹿息子」

永臣の声が上がった。擦りガラスに彼のシルエットが浮かび上がる。

「いつまで無駄口を叩《たた》いている。早く服を着せておもてに連れ出せ。いつ警察がここを訪ねて来ないとも限らないんだ」

「誰も来ないって。こんな夜更けに」

「わからんだろう。いいから早く連れ出せ」

「はいはい。でも、どうするんだよ。二人とも殺すの？」

「それをみんなで知恵を絞って考えるんだろう。聖子も今こっちに向かってる」

そう言い残し、永臣は姿を消した。

「というわけで、風呂を出て服を着てもらえるかい」

謙信は並びのいい歯を覗かせて言い、ウインクをしてきた。

22

先ほど降り出した雨は徐々に激しさを増してきている。

いったい今何時だろうか。人はこうした環境下に置かれると時間の感覚を失ってしまうらしい。

肝心の生への道筋だが、いくら考えても妙案は浮かばず、逆に諦念《ていねん》が芽生えてきてしまっていた。

冷静になればなるほど、自分たちが助かる道はなさそうに思え、ならばいかにして楽に死ねるかなどと気弱な考えが押し寄せ、絶望に飲み込まれそうになる。

自分たちが今ここに至る経緯は先ほど平山亜紀から教えてもらった。それは簡単に受け入れられるようなものではなかった。

これまで身の回りで起きたすべての不幸は繋《つな》がっていた。すべてはこの凶悪な一族によってもたらされたものだった。

——彼らは他者の痛みに共感できない。

——彼らにはふつうが通用しない。

兄はいつだって警鐘を鳴らしていた。

世の中には常人でない者がいることを身を以《も》って知った。本当の恐怖を思い知った。

今、自分たちは背中を壁にもたせ、並んで冷たい床に座っていた。祐介と亜紀とで小太郎を挟み、三人でせめてもの暖を取っている。手足はかじかんでいて、すでに感覚を失いつつあった。だが、薄着で裸足《はだし》の彼らより、自分はまだましだろう。

そのぶん祐介には頭に疼痛《とうつう》があった。日向に殴られた箇所がじんじんとしていて熱を放っている。さほど出血はしていないそうだが、大きな瘤《こぶ》になっているのが触らなくてもわかった。

「……ぼくたち、殺されるのかな」

となりの小太郎がぽつりとつぶやく。

「……全部ママのせい」

亜紀が洟《はな》をすすって言った。

祐介は何も言わなかった。安易な励ましは逆効果だと思った。どう足掻《あが》こうがどうにもならない状況なのだから。

しばしの沈黙のあと、「長谷川先生。ごめんなさい」と、小太郎がふいに詫《わ》びてきた。

「……お母さんから長谷川先生は目の病気だって聞いたんです。ぼくら、陰で先生の眼鏡のこと笑ってたから」

「別にいいさ、そんなこと」祐介は吐息を漏らした。「本音を言うと、先生は六年二組の担任を任されたとき、みんなと仲良くなろうとなんて思わなかった。どうせ二ヶ月程度の関係なんだから、みんなのことを深くは知ることができないし、だったら先生のことも知ってもらわなくていいって。だから目の病気のことも――」

祐介はふいに言葉を飲み込んだ。

「平山くん。ちょっと立ち上がってくれないか」

「え」

「先生の眼鏡を外してくれ」

小太郎が立ち上がった。彼の後ろ手が祐介の頭頂部に触れた。

「もう少し下――そう、そこ。摑《つか》んで」

眼鏡が外された。

「これをどうすればいいですか」

「床に落として踏み潰《つぶ》して」

「え？」

祐介の遮光眼鏡のブルーレンズはプラスチック製ではなく、ガラスでできていた。ゆえに少しの衝撃で割れる。

「それをどうするの」と、訊《き》いてきたのは亜紀だった。

「割れたガラスの破片でぼくの手を拘束してるガムテープを切ってほしい」

ロープで手首を結ばれている二人とはちがい、祐介の手首を拘束しているのは布ガムテープだった。ぐるぐる巻きにされているが、鋭利なガラスを用いればなんとか切れるはずだ。

「小太郎。ママがやる」

亜紀が立ち上がったのが気配でわかった。なぜならほとんど見えないのだ。ほどなくしてバリッという音がした。眼鏡が破壊されたのだ。

亜紀が再び座りこむ。

「なるべくいいやつを探し当てて」

「摑みました。大きくて、尖《とが》ってるやつ」

「じゃあぼくと背中を合わせて」

亜紀と背中を合わせた。指が触れ合う。

ここから闇の中の細やかな作業が開始された。祐介の手首が合わさった箇所で、ガラス片を持った亜紀の指が数センチ間隔で小刻みに上下する。

「痛っ」

「ごめんなさい」

「構わないからつづけて」

おそらく自分の手首は傷だらけだろう。亜紀も指を切っているかもしれない。だが、そんなのは瑣末《さまつ》なことだ。

「ママ、変わろうか」

「ううん。もう少しで切れそうなの」

祐介にもその感覚があった。締めつけが微妙に緩んできているのだ。

それから十数分後、「よしっ」と祐介は声を上げた。ガムテープが切れたのだ。

手首を揉《も》んだ。血なのか汗なのか、ぬるっとした。それも分別できないほど暗いのだ。

ここからは早かった。祐介もまたガラスの破片を用いて、今度は自身の足の拘束を解いた。

つづいて亜紀と小太郎を拘束しているロープを解《ほど》き、二人の両手を自由にした。

三人で抱き合った。暗闇の中、きつく抱きしめ合った。

しばし肉体の自由のよろこびを分かち合ったあとは、話し合いを始めた。

自分たちが生き残るための、緻密《ちみつ》な作戦会議だ。

「いつになるかわからないけど、この扉は必ず開くときがくる。そのとき、我々の両手がまだ不自由な状態であると奴らに思わせよう。いいかい、芝居をして相手を油断させるんだ」

「うん」「はい」と、平山親子が相槌《あいづち》を打つ。

「その隙を突いてぼくが奴らに襲い掛かる。それと同時に二人は山門に向かって走るんだ」

「うん」「はい」

「ここで追手が来たときのことを想定しておこう。この扉が開いたとき、相手が一人だったらぼくがそいつの動きを止めるからいいけど、複数いた場合は誰かが二人の後を追ってくるはずだ。そう考えたときにもっとも厄介になるのは若くて体力のある謙臣だ。だからその場合、ぼくは謙臣をターゲットにする。二人はなんとか追っ手を振り切ってくれ」

「……大丈夫かな」と小太郎。

「大丈夫さ。きみはかけっこが得意だろう」

「そうじゃなくて、長谷川先生が。あいつ、包丁持ってるよ」

「そんなの平気さ。こう見えて先生は昔野球で身体を鍛えてたからね。相手が武器を持ってようとやられないさ」

「でも……」

自分を奮い立たせるつもりでそう言った。本音はもちろん怖くてたまらない。

だが、反抗しなければ死を待つだけだ。それなら戦うほかない。

「大丈夫。今日学校で言っただろう。みんなのことは先生が守るって」

「……うん」

「だから先生のことは気にしなくていい。それよりも二人は走ることに集中して。いいね」

「うん」「はい」

「それで、山門を出て、もっとも近い隣家はどれくらい離れてるのかな」

「二百メートルくらい」亜紀が答えた。「道を下っていったところに民家があります」

「じゃあそこに駆け込んで助けを求めて」

「わかりました。すぐに警察に通報しますから」

「お願い——しっ」

二人には見えないだろうが、人差し指を唇に当てた。

耳を澄ませる。雨音の中に濡《ぬ》れた玉砂利を踏む、微《かす》かな足音を鼓膜が捉《とら》えた。こちらに迫ってくる。

「きた」

場の緊張が一気に高まった。

「ロープを取って、手を後ろに回して」

祐介は二人にささやきながら、自らも拘束状態に見せかける準備をした。

ほどなくして南京錠《なんきん》が外される音がした。

*

「きた」

闇の中で長谷川が言い、亜紀はごくりと唾《つば》を飲み込んだ。

身体は冷え切っているはずなのに、急に汗が噴き出してきた。

「ロープを取って、手を後ろに回して」

その指示を実行する前に亜紀は息子を抱きしめ、彼の耳元で「大丈夫。絶対にママが守るから」とささやいた。

南京錠が外される音。つづいてギィーという観音開きの扉の音。徐々に闇が和らいでいく。

その先に一本の黒い傘が見えた。傘の下にいるのは若い男と女だった。

謙臣と聖子――。

実際に目の当たりにすると衝撃を受けた。

こうして並んで見てみれば二人はよく似ていた。そっくりな兄妹《きょうだい》だった。

謙臣は相変わらずニコニコしていた。対照的に聖子は不快そうだった。汚物でも見るような眼《まな》差《ざ》しでこちらを見下ろしている。

カタカタ。歯がぶつかるような音が鳴った。小太郎から発せられたものだった。

そうだ。わたしは何がなんでもこの危機を乗り越えなきゃならない。命に代えても我が子を守らなきゃいけない。

「平山さんと小太郎くんに、元旦那《だんな》さんから伝言を預かったの」

と、聖子が抑揚のない口調でしゃべった。

「二人に愛してると伝えてくれって」

「……あの人のことも殺したの」

「だって、見られちゃったんだもの」

亜紀は目を閉じた。

数秒後、瞼《まぶた》を開いたとき、視界は揺れていた。身体が震えているからだ。

ただし、恐怖によってではない。怒りに打ち震えているのだ。

聖子を睨《にら》みつける。彼女は白いダウンコートを着て、肩からポーチを斜め掛けしていた。そして足元はヒールのあるロングブーツを履いていた。

よかった。あれではどうやったって速くは走れない。

「おれたちをどうするつもりなんだ」

長谷川が冷静に訊いた。

「先生には生きていてもらいますよ。もう少しだけね」

謙臣が穏やかに言った。その手にはやはり出刃包丁が握られている。

「家族みんなでいろいろと考えたんですけど、やっぱり当初の予定通り、先生には犯人になってもらおうかなって。もともとその役割を担ってもらおうと思って、生かして学校から連れ出したんですけどね」

「おれが犯人？」

「そう、犯人。小堺櫻子を誘拐し、殺害した犯人。倉持莉世も倉持静香も、相川達也も、みーんな先生の犯行なんですよ」

謙臣が出刃包丁の切先を長谷川に向けた。

「もちろん、亜紀ちゃんと小太郎くんのこともね。で、最後に先生には自殺してもらって、おしまい。ちゃんちゃん」

「おれにすべて擦《なす》りつけるつもりか。無理があるだろう」

「そうかなあ。ぼくはこれほど美しい終幕もないと思うけど。だってあなたは逆ギレ先生なんだし。世間の先生への認識は変人で、ヤバいヤツなんですよ。すべてはあのおかしな担任の仕業だった――最高に収まりのいい、素晴らしいエンディングでしょ」

「動機がないだろう」

「要りませんよ、そんなもの。逆に動機が謎に包まれているからこそリアリティがあると思いませんか」

「警察の目はごまかせないさ」

「心配ご無用。だって、これまでだってずーっと平気だったんだから――なあ、聖子」

謙臣がとなりに立つ聖子に視線を向けた。

「それよりお兄ちゃんさ、さっきから自分の手柄みたいに話してるけど、この男を生かしたまま攫《さら》おうって提案したのも、罪を着せることを考えたのも、全部、わたしだからね」

聖子も謙臣を見た。

「わかってるさ。あの場面でこんなことを思いつくおまえはやっぱり天才だよ」

二人が相合傘の中でうっとりと見つめ合った──その瞬間だった。

長谷川が敏速に動いた。レスリングのタックルのように謙臣に飛び込んでいく。

傘が宙に舞った。謙臣が背中から後方に倒れ込む。

亜紀は小太郎の手を取って立ち上がり、脱兎《だっと》の如く駆け出した。

＊

ここだ。

祐介は謙臣に襲い掛かった。彼を押し倒し、すぐに出刃包丁のある右手首を摑んで玉砂利の地面に押しつけた。

下敷きにしている謙臣が手足をバタつかせてもがく。祐介はその抵抗を必死で押さえ込んだ。

もつれ合う自分たちの脇を亜紀と小太郎がすり抜けて行った。

「走れーっ」

祐介は声を張り上げた。

聖子から髪の毛を摑まれた。後方に圧力が掛かり、引き離されそうになる。だが、祐介は足を絡めて謙臣にしがみついた。

聖子から背中を殴られた。蹴《け》られた。痛みなど感じなかった。アドレナリンが痛覚を凌駕《りょうが》している。

だが、ブーツの先端が脇腹にめり込み、祐介はたまらず横転してしまった。

「包丁貸してっ。お兄ちゃんは二人を追って」

呼吸がままならない。

駆け出す謙臣の背中が見えた。

＊

雨の中、亜紀と小太郎は素足のまま、濡れた玉砂利の地面を一心不乱に駆けていた。山門まであともう少し。

亜紀は走りながら後ろを振り返った。

五十メートルほど後方に謙臣の姿があった。必死の形相で自分たちを追ってきている。

予想外だった。まさか、長谷川はやられてしまったのだろうか。

ここで小太郎を追い抜いた。彼が足を止めたからだ。

「何してんのっ。早く」

小太郎が前方を指差し、亜紀は振り返り、その先を見た。

いつのまにか、閉じられた山門の中央に人が待ち構えていた。

永臣だった。傘も差さずに仁王立ちしている。下げた右手に何か持っていた。傘かと思ったら、刃渡り五十センチはあろうかという鉈《なた》だった。

ごくりと唾を飲み込む。

「小太郎。こっち」

亜紀は咄嗟《とっさ》の判断で墓地の方へ向かった。

＊

出刃包丁を逆手に持った聖子がザッ、ザッと足音を立ててこちらに歩み寄ってくる。濡れた髪の毛から雫《しずく》が滴っていた。

祐介は脇腹を押さえ、玉砂利に尻《しり》を滑らせて後退した。が、すぐに距離を縮められた。

「もう、殺すしかないよね」

聖子は自らに確認するように言ったあと、出刃包丁を握った右手を振りかぶった。

祐介は咄嗟に玉砂利を摑み、聖子の顔面に向かって投げつけた。

一瞬、聖子が怯《ひる》み、顔をそむけた。祐介はその隙を逃さず、聖子の足を払うようにして蹴った。聖子が転倒する。

すかさず身体を取り押さえようとした。だが、その瞬間、聖子が出刃包丁を持つ右手をシュッと横に払った。

額を斬られ、祐介は再び尻餅《しりもち》をついた。痛みはなかったが、吹き出した血が垂れて視界が失われた。腕で両目を拭《ぬぐ》う。

視野を確保したとき、聖子は中腰で、またも右手を振りかぶっていた。

そして振り下ろされた聖子の腕を祐介は摑んだ。受け止めた衝撃で後ろに倒れ、馬乗りになられた。

聖子が柄を両手持ちにした。祐介も両手を使って彼女の腕を摑んだ。

出刃包丁の切先が目の前にあった。

「ああああっ」聖子が咆哮《ほうこう》を上げる。

その力は凄《すさ》まじかった。

やられる——。祐介は賭《か》けに出た。左手を離し、彼女が肩から斜め掛けしているポーチを横に引っ張った。

ベルトが聖子の首に食い込む。聖子が横に転がり込んだ。入れ替わるように今度は祐介が馬乗りになった。

今、聖子が逆手に持った出刃包丁の切先は彼女の腹を指していた。

祐介は躊躇《ちゅうちょ》しなかった。自分の腕に全体重を乗せた。

刃の切先が聖子の腹に刺さった感触があった。そのままずぶずぶと腹の中に飲み込まれていく。

聖子は目を見開き、大口を開けている。

祐介は力を緩めなかった。一つの生を消すことに良心は痛まなかった。いや、むしろ良心が自分を後押ししていた。

やがて、刃はすべて彼女の中に収まった。

祐介は横に転がり込み、仰向《あおむ》けになった。はあ、はあと荒い息を吐き、雨に打たれた。

首を捻《ひね》り、となりの聖子を見る。ぴくりとも動いていない。

彼女の腹には、出刃包丁の柄が卒塔婆《そとば》のようにして突き立てられている。

＊

土砂降りの中、懸命に走った。

やがて墓地の中央付近までやってきた。亜紀と小太郎は死角になるよう、中腰になって移動を始めた。いくつも立ち並んだ墓石がこの身を隠してくれることを期待したのだ。

これが功を奏し、謙臣は自分たちの姿を見失ったようだった。しきりに首を振っている。

「小太郎。一旦《いったん》ここに隠れよう」

勝手に人様の墓域に入り、一際大きい霊標の裏に屈《かが》み込んで身を隠した。バチ当たりだが、今はそんなことに構ってなどいられない。

この墓に眠る主は酒好きだったのだろうか、供物台には鮮やかな供花《くげ》と共に日本酒の一升瓶が供えられている。いざとなったらあれを武器にして戦うしかないと思った。

亜紀は霊標からわずかばかり顔を出し、謙臣の現在地を確認した。

よし、見当外れな方角へ向かっている。

「ママ、大丈夫？」

小太郎が肩で息をしながら亜紀の足元を指さした。

親指の爪が剝《は》がれ掛けていて、出血していた。

「全然平気。それよりなんとかここから外に出ないと」

だが、聖正寺の出入り口は山門しかない。敷地全体を囲う塀は人の背丈より高く、塀瓦《へいがわら》造りになっており、自分にはよじ登ることは不可能だ。

だが、このままここで夜明けを待つこともできないだろう。見つかるのは時間の問題だ。そうなるとやはり、山門へ向かうしかないのだが、そこには永臣が待ち構えている。

「小太郎。ママが身体を持ち上げるから、塀を越えて一人で外に逃げて」

「やだよそんなの。ママはどうするの」

「ママはがんばって隠れる」

「隠れるって……」

「大丈夫。小太郎が警察を呼んでくれればママだって助かるから」

「その前にあいつらに見つかって殺されちゃうよ」

「大丈夫だから」

「イヤだ。ぼくはママと一緒じゃなきゃ絶対にここを動かない」

「小太郎、お願い。言うことを聞いて。このままじゃ二人ともやられちゃう」

亜紀は小太郎の濡れた頰を両手で包んだ。じっと見つめ合う。

「……わかった」

亜紀は頷《うなず》き、小太郎をきつく抱きしめた。ずぶ濡れの身体からたしかなぬくもりを感じた。

絶対にこの子だけは死なせない。絶対に。

そのとき、

「みーつけた」

すぐそこの墓石の上から謙臣の顔がぬっと現れ、亜紀は甲高い悲鳴を上げた。

小太郎の手を取って立ち上がり、逃げようとした。

が、手が解けた。小太郎の身体が逆方向に引っ張られたからだ。

振り返る。小太郎は謙臣に捕らわれていた。

「ようやく捕まえた」

謙臣は後ろから小太郎の首に左腕を巻きつけている。右手にはどこかの墓にあったものだろう、鉄製の蠟燭《ろうそく》挿しを持っていた。

「一歩でも動いたら刺しちゃうよ」

錐《きり》のように尖った先端を小太郎のこめかみに当てている。

「やめてっ」亜紀は両手を突き出して叫んだ。「もう逃げないから。大人しくするから」

ここで亜紀は謙臣の後方に目を凝らした。

数十メートル先の闇の中に人影が見えたのだ。先ほど自分たちがしていたように中腰になってこちらに向かってきている。

永臣かと思ったら、そうではなく、長谷川だった。

「お願い。一つだけ教えて」

亜紀は時間を稼ぐことにした。長谷川の到着を待つのだ。

「あなた、わたしのこと、本当に好きだったの」

訊くと謙臣は白い歯を見せて笑んだ。

「もちろん好きだったよ。お母さんとしてね」

「……お母さん?」

「そう。だって、亜紀ちゃんは親父の伴侶《はんりよ》だから」

「……どういうこと」

長谷川は抜き足差し足で、もうすぐそこまで迫っている。彼の手には謙臣が持っていた出刃包丁が握られていた。

「亜紀ちゃんはさ、ぼくらの死んだ母親に瓜《うり》二つなんだよ。聖子にもそう言われたでしょ」

……そうだった。それが理由で聖子はわたしに話しかけてきたのだ。

「親父は母さんのことをずっと忘れられないんだ。たまに母さんの写真なんかを眺めたりしてこっそりと泣いてんの。なんかかわいそうじゃない、そんなの。だからせめて似た女をあてがってあげようと思って」

そんなことで――。寒気を覚えた。

「親父の様子を見る限り、亜紀ちゃんのことは結構気に入ってたんじゃないのかなあ。うん、たぶんこれまでで一番だと思うな」

先週、ここで檀家《だんか》の男性から人違いをされたことを思い出した。きっと過去にもいたのだ。わたしと同じような女性が。

「だからこんなことになって本当に残念。亜紀ちゃんとは長い付き合いになると思ったのに」

長谷川が謙臣の真後ろまで来た。謙臣はまるで気づいていない。

「ちなみに、小太郎くんに関してはそのうちお別れするつもり――え」

それは一瞬の出来事だった。背後に立った長谷川が出刃包丁で謙臣の喉《のど》を真横に掻《か》っ捌《さば》いたのだ。

謙臣が右手をゆっくり自身の首元に持っていく。鮮血が噴き出していた。

小太郎が謙臣の腕を解き、亜紀に飛び込んでくる。

亜紀は鮮血を浴びた息子を受け止め、抱きしめた。視線は謙臣に送ったままだ。

謙臣は何が起きたかわからないとばかりに、目を瞬《しばた》かせていた。

やがて膝《ひざ》から地面に頽《くずお》れた謙臣は、そこで一瞬動きを止めたあと、前に倒れ込んだ。

そんな謙臣を長谷川は不動明王《ふどうみょうおう》のような表情で見下ろしていた。

鬼気迫る顔に亜紀はごくりと唾を飲んだ。

その直後、

「危ないっ」

と叫んだ。

長谷川の後ろに鉈を振りかぶる永臣の姿があったのだ。

＊

「危ないっ」

亜紀の叫び声で祐介は後ろを振り返った。

真後ろに作務衣《さむえ》姿の初老の男が立っていた。右手を振りかぶっている。

咄嗟に身を引いた。だが、かわしきれなかった。左肩から左胸に掛けて縦に斬られた。

出刃包丁を持った右手をでたらめに振り回して距離をはかった。

傷はどれほどなのか、さほど痛みはなかった。だが、左腕にまるで力が入らない。

剣道のように互いに切先を相手に向け、間合いをはかる。

この男が永臣だろう。小柄だが能面のような無機質な顔が不気味だった。

永臣の唇は絶えず動いていた。何かをしゃべっている——お経だとわかった。

よく見たら目が潤んでいた。まさか、泣いているのか。

いいか。よく見ろ。相手の動きをよく見ろ。祐介は自分に言い聞かせた。たとえ視野は狭くとも、正面だけはしっかり見えているのだ。

永臣の右手が素早く動いた。鉈で出刃包丁が弾《はじ》かれた。落とすことはなかったが隙を作った。

その瞬間に一気に間合いを詰められた。祐介の右手首が永臣の左手によって摑まれる。

足払いをかけられた。祐介が尻餅をつく。

間髪入れず永臣が祐介の頭めがけて鉈を振りかぶる。左腕の動かない祐介になす術《すべ》はなかった。

もうだめだ——祐介が目を閉じたときだった。

ゴッ。

鈍い音がした。

恐るおそる目を開けると、となりに永臣がうつ伏せで横たわっていた。

その傍らでは亜紀が肩で息をして立っている。

彼女は一升瓶を手にしていた。

＊
……永臣は死んだのだろうか。

絶体絶命の長谷川を救うべく、亜紀は供台に供えられていた日本酒の一升瓶を咄嗟に手に取り、そいつで永臣の頭を背後から殴りつけたのだ。

「ひっ」

亜紀は短い悲鳴を上げた。

そろりと動いた永臣の手によって足首を摑まれたからだ。

永臣が緩慢な動作で顔を上げる。目が合った。

その瞬間、亜紀は頭上高く腕を上げ、一升瓶を振りかぶった。

躊躇《ためら》いはなかった。これが正しいと素直に思えた。

改めて永臣の頭に思いきり叩き落とした。

今度は一升瓶が粉々に砕け散った。

23

祐介たちは大雨に打たれながら、山門に向かってゆっくり歩いていた。亜紀と小太郎が一刻も早くこの敷地から、聖正寺から離れたいと望んだからだ。

「あ、パトカーの音」

小太郎が足を止めて言った。

たしかに雨音に混じって、遠くでサイレンを音が聞こえてきていた。ここに向かってきているのだろう。

「遅いよ」

祐介は白い息と共に言った。

警察に通報したのは祐介だった。

聖子が肩から掛けていたポーチの中には車の鍵《かぎ》と共にスマートフォンが入っていたのだ。もちろんロックが掛かっていたが緊急通報は可能だった。

「長谷川先生、肩を貸しましょうか」と亜紀。

祐介は素直に甘えることにした。今にも倒れてしまいそうなのだ。意識も混濁してきている。かろうじて正気を保っていられるのは身体中が痛いからだろう。

もともと満身創痍《そうい》だった上に、さらなる怪我を負ったのだ。とりわけ日向に不意打ちを食らった頭のダメージが心配だった。今になって疼痛《とうつう》が激しくなってきていた。

祐介が項垂《うなだ》れた状態で足を繰り出していると、亜紀が足を止めた。

顔を上げる。祐介は先に視線を凝らし、目を見開いた。

開かれた山門の前に、ずぶ濡《ぬ》れの少女が立っていた。

日向――。

距離にして十五メートルほど、前髪から雫《しずく》を滴らせ、こちらにとろんとした眼差《まなざ》しを向けている。

「よくもわたしの家族を殺したな」

これまで聞いたことのない、低い声だった。
日向が背を向け、山門の外へ走り去ってゆく。
祐介は反射的に駆け出していた。
「長谷川先生っ」亜紀の声が背中に降りかかる。
祐介は山門をくぐり抜け、アスファルトの道路に出た。
左右を見渡す。
——。
どういうわけか、日向の姿はなかった。
魔術でも使ったかのように、彼女は闇の中に消えてしまっていた。
そしてこの日以来、この少女の姿を見た者は誰もいない——。

エピローグ

昨日、一昨日《おととい》と天気が悪かったのだが、今日は雲一つない快晴だった。

お天道様も我が息子の門出を祝ってくれているのだろう。

亜紀はこの日のために買った真っ白なツイードジャケットを羽織り、玄関にある姿見の前に立った。

やっぱりちょっと派手だったかな――。ショップで試着したときはこれくらい華やかな方がいいと思ったのだが、こうしていざ本番を迎えると尻込《しりご》みしてしまう。

うーん。やっぱり見れば見るほど似合っていない気がしてきた。おばさんが無理していると思われるのが一番嫌なのだ。

居間に行き、朝食を食べている男どもに、「ねえ、このジャケットどう思う?」と意見を求めると、「別にいいんじゃない」と適当な返事があった。息子に至っては、「誰もお母さんのことなんて見てないし」などと鼻で笑う始末である。

「そういう言い方をしなくたっていいじゃない」

「だってそうじゃん。だいいち保護者は主役じゃないの」

小太郎は野太い声でそう言って、空になった茶碗《ちゃわん》を持って立ち上がる。どうやらまだおかわりをするつもりらしい。我が息子の胃袋はもはやブラックホールである。

「あんた、そんなのんびりしてると遅刻するよ。早く着替えなって」

「制服なんて三十秒あれば着替えられるし」

「もう、最後なんだからピシッとしてよ」と、ため息をつき、彼の対面にいる祐介を見た。「そういえばさ、夜にお義兄《にい》さん来るってよ」

「何しに来るわけ」と、ワイシャツ姿の祐介がコーヒーをすすろうとしていた手を止め、眉根《まゆね》を寄せて言った。

「甥《おい》の卒業のお祝いだって。さっきLINEが来てた」

「じゃあお金くれんのかな」小太郎が白飯を掻《か》き込んでいた手を止め、目を輝かせる。

「あんまり期待しない方がいいぞ。兄貴はケチだから」

それから時計の針は進み、学ランに着替えた小太郎が「じゃ、行ってくるわ」と玄関に向かったので、祐介と見送りについていった。

「あんた、また身長伸びたんじゃない」

「さあ、わかんないけど」

「そのうちおれも越されるかもな」

「どうだろ。そこまではいかないんじゃない。祐介くんでかいし」そう言って小太郎が白いスニーカーのつま先をトントンする。「そんなことよりさ、第二ボタンをあげるのってどういう文化なの」

「どういう文化？」

「そもそもなんで第二ボタンなわけ？」

「諸説あるようだけど、心臓に一番近いから、相手にハートを差し上げるっていうのがわりかしポピュラーなんじゃないのかな」

「へえ」小太郎と声が重なった。

「で、なに、莉世ちゃんがほしいって？」

「そう。一応もらっといてあげるって」

「へえ、意外。あの子、そういう乙女らしいところあるんだ」

「ね、おれも思った――あ、そうだ。卒業式終わったらそのまま莉世のところの施設に顔出してくるから」

「え、どうして」

「指導員の人たちが莉世の卒業祝いをしてくれるんだってさ。一人じゃ照れくさいから小太郎も参加してって。だからお昼ご飯はいらない」

「あ、そう。でも、あんた気まずくないわけ？」

「全然。みんな顔見知りだし」小太郎が玄関のドアを開けた。「じゃあ、またあとで。行ってきます」

「うん、またあとで。行ってらっしゃい」

見送りを終え、祐介と居間に向かう。「莉世ちゃん、よかったね」亜紀が歩きながらボソッと言うと、「ああ」と祐介が短く応《こた》えた。

莉世が卒業式を迎えることができて、本当に、本当によかった。

彼女は今から約二年前、同級生たちが中学二年生になってから、前兆もなく突然、意識を取り戻した。これを奇跡と呼ばずして何と呼ぶのだろう。

ただ、その奇跡を起こさせたのは息子だと亜紀は信じている。小太郎のピュアな願いが込められた千羽鶴が、時を経て、奇跡を引き起こしてくれたのだ。

「にしても小太郎のヤツ、せっかくの卒業式なのにあんな感じなんだもん」亜紀が食卓の椅子を引いてボヤいた。「なんだか張り切ってるこっちがバカみたいでやんなっちゃう」

「中学生なんてそれでいいんじゃないのかな」と笑って、祐介も向かいの椅子に腰を下ろす。

「感慨に耽《ふけ》ったり、感傷に浸ったり、そういうのはきっと保護者の役割なんだよ」

その発言後、祐介は大口を開けてあくびをした。

おそらく寝不足なのだろう。昨夜、彼はベッドの上でひどくうなされていたのだ。室内は冷えていたのに全身に汗を掻《か》いていたほどだ。

理由は訊《き》くまでもなかった。亜紀自身、今でもあのことを思い出しては身体が芯《しん》から震え出し、その場でうずくまってしまうことがある。

三年前、自分たちはとある一族によって平穏な日常を奪われた。忌まわしくも残忍な惨劇に巻き込まれた。

あの一族が世の中にもたらした影響は計り知れない。日本国内にとどまらず、海外メディアでも連日のように報道がなされ、世界中がこの猟奇的な事件に注目をした。様々な分野の専門家が彼らの生態について調べたいと名乗りを上げ、のちに彼らは書籍として見識を発表し、これらの出版物もまた激しい争議を巻き起こした。人は生まれながらにして善か悪かといった、そんな根源的な思想のちがいから、対立する団体同士による暴力事件にまで発展した。

かくして彼らは、世にも恐ろしい凶悪な一族としてその名を犯罪史に刻んだ。

だがしかし、まだあの一族は滅んでいない――。

この事実を思うと亜紀は気が遠くなり、未《いま》だに絶望的な気分になる。あの当時の、負の感情に飲まれ、もがいていた日々に引き戻されそうになる。

事件後、亜紀はＰＴＳＤ――心的外傷後ストレス障害――となり、生活がままならなくなった。事件の後遺症もさることながら、マスコミをはじめとした世間の好奇の目に晒《さら》されることに耐えられなかった。この世から消え去ってしまおうかと真剣に悩み、実行に移そうとしたほどだ。

ただ、そうはしなかった。

自分がぎりぎりのところで思いとどまれたのは、傷を分かち合い、励まし合える男性がとなりにいてくれたからだろう。

「ところで亜紀、まちがっても兄貴に泊まってってくださいなんて言うなよ」

「わかってる。頃合いを見てそろそろって帰宅を匂わせてみる」

「そんなんじゃダメだって。はっきり帰れって言わないと」

「じゃああなた言ってよ」

「おれが言ったところで効力はないの。さすがの兄貴も亜紀から言われたら帰ってくれるだろどうだろうか。それでも義兄は粘ってきそうだ。

義兄の風介はやたら図々《ずうずう》しい。そして話がめちゃくちゃ長い。亜紀はいつも話の途中で眠ってしまいそうになる。

ただ、義兄が誰よりも弟思いの人であることも亜紀は知っている。彼が長らく弟の家に居候していたのも、弟の目の病気を心配していたからなんだろう。

そしてきっと、弟に亜紀という存在ができたことで、安心して家を出て行ったのだ。

「あのさ、わたし、お義兄さんの話を聞いてるとき、ちょっとだけ幸せな気分になるんだ」頬杖《ほおづえ》をついて言った。

「奇特な人だね。おれは毎回不愉快になるよ」

「うん。だから幸せなの」

祐介が眉をひそめる。「それ、どういう意味?」

「祐介がいつもお義兄さんの遺伝の話にちょっぴり抵抗するから。あなた、二言目には『でも』

って反論するじゃない」

「それが亜紀の幸せなの？」

「そう。そういう人がとなりにいてくれてうれしいの。わかる？」

「わかるような、わからないような」

目を見合わせてくすくすと笑った。

「なあ、ちょっと早めに出ないか」

祐介が立ち上がって言った。

「せっかくこんなにお天気なんだから少し公園を散歩してから学校に行こうよ」

「賛成——なんだけど服がまだ……」

手を取られた。

「最高に似合ってるさ。さ、行こう」

〈主要参考文献〉

宮口幸治『ケーキの切れない非行少年たち』　新潮社
安藤寿康『遺伝マインド　遺伝子が織り成す行動と文化』　有斐閣
安藤寿康『心はどのように遺伝するか　双生児が語る新しい遺伝観』　講談社
安藤寿康『遺伝と環境の心理学　人間行動遺伝学入門』　培風館
ケリー・L・ジャン『精神疾患の行動遺伝学　何が遺伝するのか』　有斐閣
バーバラ・オークレイ『悪の遺伝子　ヒトはいつ天使から悪魔に変わるのか』　イースト・プレス
エイドリアン・レイン『暴力の解剖学　神経犯罪学への招待』　紀伊國屋書店
D・C・ロウ『犯罪の生物学　遺伝・進化・環境・倫理』　北大路書房
A・R・ジェンセン『IQの遺伝と教育』　黎明書房
マーティン・デイリー／マーゴ・ウィルソン『人が人を殺すとき　進化でその謎をとく』　新思索社

この作品はフィクションであり、実在の事件・人物・団体等とは一切関係がありません。また、すべての犯罪が遺伝に起因すると主張するものではありません。

本作の執筆にあたっては、精神科医の福井裕輝先生より精神医学に関するご助言をいただきました。

なお、それらご助言いただいた部分も含めて作品内容に関する責任は著者にありますことを申し添えます。

本書は書き下ろしです。

装丁／原田郁麻
カバー写真／Iska

染井為人（そめい　ためひと）
1983年千葉県生まれ。2017年、『悪い夏』で第37回横溝正史ミステリ大賞優秀賞を受賞し、デビュー。その他の著作に『正義の申し子』『震える天秤』『正体』『海神《わだつみ》』『鎮魂』『滅茶苦茶』がある。

黒《くろ》い糸《いと》

2023年８月30日　初版発行

著者／染井為人《そめいためひと》

発行者／山下直久

発行／株式会社KADOKAWA
〒102-8177　東京都千代田区富士見2-13-3
電話　0570-002-301（ナビダイヤル）

印刷所／旭印刷株式会社

製本所／本間製本株式会社

ISBN 978-4-04-114045-1　C0093